冤家勾勾纏

下

文創風 498

紅葉飄香 著

目錄

第十一章

寧巧聽了何郡王妃的話，眼淚流得更急了，抬頭慌張地看了看四周，突然朝寧汐這邊衝了過來，抱住寧汐的腿哭訴道：「三姊姊，郡王妃如此誣衊妹妹，妹妹也沒臉活在世上了。可是三姊姊，妳們一定要相信我，我只是路過後花園而已，不知道為什麼何郡王會突然衝出來抱住妹妹……這事，府中好多下人都看見了，妹妹我也活不下去了……」

寧汐皺了皺眉。寧巧這是要把她拖下水的意思？如果這樣她都不幫寧巧，傳出去，別人會如何看她？

寧汐直接略過何郡王妃，看向何郡王。「既然郡王妃懷疑當時的情況，不如聽聽何郡王如何說，看究竟是不是我家四妹算計了他？若真是我家四妹的錯，英國公府馬上將她送到庵子裡絞了頭髮做姑子；若不是，還請何郡王允我四妹側妃之位。」

何郡王有些尷尬地看了眼郡王妃，又看了眼梨花帶雨的寧巧，面紅耳赤地開口道：「本郡王本來是打算來接郡王妃回府的，或許是喝多了酒的緣故，不小心將四小姐的背影當成了郡王妃，一時情動，才會摟住四小姐，確實是本王的過失。」

寧汐彎了彎嘴角。「郡王妃可聽清楚了？這事與我家四妹沒有一點關係，既然是郡王的錯，還請選個吉日下聘，堂堂正正迎我們四妹入府。」

何郡王妃看了寧汐半晌，最後將目光移向寧巧，眼中閃過一絲狠戾。「既然平樂郡主都開口了，這個面子本妃還是要給的，回去我與婆母商量過後，會選個好日子來迎四小姐。」說完便起身走了。

何郡王忙追了出去。

「謝謝三姊。」寧巧站了起來，輕聲說道。

寧汐露出一個諷刺的笑容，靠近寧巧。「四妹好算計，連我都被妳擺了一道，不得不為妳出頭啊！」

「三姊在說什麼，妹妹不懂。」

「記住，這是最後一次了，日後，妳好自為之。」說完，寧汐毫不留戀，轉身離去。

寧嫵嘲諷地看了眼寧巧，跟著寧汐出了門；寧巧是三房的女兒，許氏不想再蹚這趟渾水，叫寧巧好好在家備嫁後也離開了；最後只剩小秦氏一人將寧巧罵了一通。

等所有人都離開後，寧巧才慢慢抬起頭，嘴角悄悄彎了起來。

寧巧回到自己屋中，將身上的荷包和一本香譜丟進了火盆，看著熊熊燃燒的火焰，寧巧似乎看到了涅槃重生的自己。終於，她不再是只能看人臉色行事的庶女了；終於，她要離開這個讓人窒息的牢籠了。

都是寧家女兒，憑什麼她們能嫁王爺、侯爺，而她卻只能嫁給庶子？老天既然不公，那她只能自己改變命運了。她鬥不過寧妙而攀不上賢王，難不成她還鬥不過何郡王妃嗎？一個病秧子而已，等到何郡王妃過世，她就能扶正，到時候看誰還敢瞧不起她是庶出。

「哈哈哈哈……」寧巧終於放肆地笑了起來，火光讓她的臉看起來格外猙獰。

翌日，一個令寧汐意料之外的人來拜訪她。將人請到大堂後，寧汐端起茶杯輕輕抿了一口，心裡暗忖。這何郡王妃登門究竟所為何事？總不會是因為昨日在自己手上吃了癟，心裡惱火，今日特意來找她的碴吧？

今日何郡王妃特意打扮了幾分，比起昨日，臉色好看許多，對今日突然登門一事也不覺得尷尬，神色自若地坐在下首。

「不知何郡王妃來我忠毅侯府所為何事？」

何郡王妃淡淡地笑了笑。「自是為即將入府的寧側妃一事而來。」

寧汐蹙眉。「如果是商量寧巧婚嫁一事，何郡王妃怕是走錯了門，妳該去找我三嬸商量才是。」

「呵！」何郡王妃輕笑一聲，看向寧汐。「明人不說暗話，昨日之事如果不是郡主妳出頭，我們王爺又是個糊塗的，憑寧巧百般算計，也別想從本妃手上拿走一個妃位。」

寧汐挑了挑眉，繼續等著何郡王妃的下文。

「本妃差人調查過了，郡主和寧巧的關係並不親近，甚至之前郡主被劫，寧巧和妳之間還生過嫌隙，所以昨日郡主為寧巧出頭，怕也是不得已而為之。」

寧汐瞇了瞇眼，看向何郡王妃的眼光凌厲了起來。「郡王妃難道不知道一榮俱榮、一損俱損的道理？我和寧巧之間就算有嫌隙，那也只是我們姊妹之間的矛盾，我再不喜寧巧也不會讓外人欺了她去。」

何郡王妃彎起了嘴角，摩挲著手上的鐲子，輕輕開口。「所以我昨日看在郡主的面子上允了寧巧側室之位，日後寧巧嫁進王府，便是王府的人了，若是她再犯錯，本妃為了府中安穩，免不了要懲處她一二，郡主到時候別心疼才是。」

寧汐這時終於明白何郡王妃此行的目的了，她是怕日後有自己給寧巧撐腰，她對付起寧巧來束手束腳；又或者說，何郡王妃並不想得罪自己，今日才特意上門打探自己的態度。

「寧巧有父有母，她的事還輪不到我一個已經出嫁的姊姊管；再說她既然已經嫁入何郡王府，自然要服從王妃的管教，我就算再心疼也不便插手，那畢竟是你們王府的家事。」

這次被寧巧利用，幫了寧巧，寧汐心裡已經不悅得很了，日後怎麼可能還會幫她？再說，寧巧那個性子，也不是會吃虧的主。

寧汐的態度已經說得很清楚，何郡王妃也就放心了，畢竟寧汐是皇家郡主，她不想和寧汐為敵。

等何郡王妃一走，寧汐才輕笑起來。寧巧自認為找了個好出路，卻不知何郡王妃不是個好對付的，寧巧後面的日子有得受了，反正是不會像上世過得那麼輕鬆。這樣想著，寧汐心頭那口因被寧巧算計而生的鬱氣終於散了。

何郡王妃剛走沒多久，舒青就從門外走了進來。寧汐記得她今日出府去買東西了，這丫鬟一向是個貪玩的，今日怎地這麼早就回府了？

「今兒個太陽打西邊出來了嗎？我們的貪玩鬼竟然這麼早就回來了。」寧汐打趣道。

「夫人，您還有心思打趣奴婢，您不知道，賢王府出事了。」舒青急急地說道。

寧汐立即收起笑容。「怎麼了？」

「外面的人都在傳賢王妃善妒，苛虐懷孕的側妃，今早許側妃被氣回家了，好多百姓都看到了許側妃的馬車，不過一上午的時間，這事都快傳遍京城了。」

聞言，寧汐鬆了口氣。她還以為出了什麼大事，這小丫鬟也太大驚小怪了。

舒青見寧汐一點也不緊張，心裡有些奇怪。夫人不是和賢王妃關係很好嗎？怎麼聽見有人抹黑賢王妃，夫人一點也不急呢？

寧汐看到舒青的神色，便知道這丫鬟在想什麼，不由得笑著搖了搖頭。她不是不擔心寧妙，只是她相信這種小事，以寧妙的聰明才智，很快就能解決，根本不需要她擔心。

寧汐她們談論的主人公，此刻正專心地畫著她窗前的桃花，等終於畫滿意了，才放下手中的畫筆，一旁的小丫鬟忙遞上帕子。

寧妙接過帕子，擦了擦手，才對吳嬷嬷問道：「許華裳什麼時候走的？」

「未用早飯就離開了。」

寧妙嘲諷一笑。昨日許華裳跑到她這兒來哭訴，說最近張氏給她院子裡送的血燕都不是最好的，分量也少，還說自己一頓沒用血燕就吃不下飯，肚子裡的孩子只有跟著她餓肚子。

孩子還沒出生呢，就想用孩子來要脅她了？寧妙自然不會讓許華裳稱心如意，當下便以自己在養病，這府中張氏說了算的理由打發了許華裳，沒想到許華裳今早竟然招呼也沒打一聲就跑回順安侯府。思及此，寧妙嘴上勾起一絲冷笑。這許華裳真是被家裡給寵壞了，一個側妃而已，竟然也敢玩離府出走的把戲，真把自己當正室了？

「別管她，這事就交給王爺處理，反正我還在養病期間，不是嗎？」

吳嬤嬤皺了皺眉。「可是京中的言論對您很不利。」

聞言，寧妙嘴角彎得更大了些。那些話不可能是許華裳放出去的，就許華裳那腦子，怎麼可能這麼快想出這一招，那便只有張氏了。說不定許華裳今日突然跑回府，也有張氏的手筆在裡面，張氏想引起她和許華裳的爭鬥，然後自己坐收漁翁之利，那也得看她願不願意。

「去請太醫來，就說我的病又加重了。唉，這府裡現在是張側妃在打理，張側妃畢竟還年輕，難免有疏漏的地方，可惜本王妃病重，想幫一把也力不從心啊！」寧妙緩緩說道。

吳嬤嬤馬上明白了寧妙的意思。這是要將一切推給張氏了，聞言退了下去。

寧妙看了眼窗外的桃花，開得真好，可若是枝椏長進了她的屋子，她難免要修剪一二了。

此刻的順安侯府也不平靜。

順安侯皺著一張臉，在書房裡走來走去，直到順安侯的三個兒子進來，才停下腳步。

「父親，您叫兒子過來有什麼事嗎？」順安侯世子先開了口。他本來是在自家院中和溫柔小意的小妾調情，卻突然被順安侯叫了過來，心情難免有些不快。

順安侯能不瞭解自己大兒子的秉性嗎？見狀，眉頭皺得更深了，抄起書案上的一封信甩給他。「自己看看。」

順安侯世子有些不明所以地拆開信封看了起來，他的兩個弟弟也圍了過來，三人越看臉色越難看，明明不是特別熱的天氣，他們卻覺得汗浸濕了後背。

順安侯世子用衣袖抹了抹額頭上的汗水，吞了吞口水。「這是誰送來的？」

「不知道，我回來的時候就已經放在這兒了。」順安侯沈著聲音答道。

「該不會是皇上知道了，讓暗衛放過來警告我們的吧？」順安侯世子一下子就想到了最害怕的一個人。

順安侯有些恨鐵不成鋼地看著自己的大兒子。「若皇上知道了我們這麼多的罪證，你覺得我們此刻還能安穩地待在書房裡聊天嗎？」高位上那位可不會顧念順安侯是自己的丈人。

「如果是其他人送來的，那目的是什麼？」順安侯次子說道。

順安侯搖了搖頭。正是因為那人沒提出要求，他才覺得害怕。

順安侯次子和三子對視一眼，點了點頭，由次子開口道：「父親不必害怕，既然那人送了這封信來，必然是有與我們合作的意思，我們只須耐心等著，總會等到他的要求。」

順安侯點了點頭，心裡安心了些，先叫次子和三子出去，只留順安侯世子一人，想訓他一頓，可是話還沒訓完，許華裳就跑了進來。

「祖父要為孫女主持公道啊！」

順安侯看了眼這個被寵壞的孫女，皺了皺眉。「妳懷著孩子，不在賢王府好好待著，跑回來幹麼？」

許華裳一聽，兩眼一紅。「我懷個孩子還比不上人家沒懷孕的呢！」說著就將賢王妃和張氏如何苛虐自己，自己在賢王府受了多少委屈一股腦兒地說了出來。

順安侯世子對自己這個唯一的嫡女還是很寵的，一聽自家閨女受了這麼大的委屈，當即就跳了起來。「這賢王妃也太不把我們順安侯府放在眼裡了，妳還懷著賢王的孩子呢，她就敢這般對妳？走，爹上賢王府給妳出頭去。」說著就要往外走。

「站住！」順安侯氣急敗壞地喊道。這兒子、孫女沒一個省心的。

「祖父。」見順安侯阻止了自己的父親，許華裳不滿地叫了一聲。

順安侯見孫女委屈的臉，心軟了幾分，放緩了語氣，問道：「妳這次回來可有和賢王妃說過？」

「她給我受了那麼大的委屈，我回個家難不成還要特意和她說一聲？」

順安侯嘆了口氣，果然如此。「華裳，妳現在只是側妃，賢王府還是王妃說了算，妳出門不和當家主母報備，已經是大錯了。」許華裳想反駁幾句，可順安侯根本不給她開口的機會，繼續道：「妳別以為現在懷著孩子就可以有恃無恐，妳一聲不響地跑回來，若惹了賢王厭棄，妳以後的日子就難過了。」

許華裳嘟了嘟嘴，心裡還是認同了幾分順安侯的話，但是想到自己現在懷有身孕，她就不信賢王會不在乎，於是說道：「不管，反正我現在不要回去。」

「好，不回去就不回去，爹養妳。」順安侯世子豪氣地說了句，惹來了順安侯的白眼。

不過順安侯想，自己的孫女畢竟懷著皇家的孩子，再加上有皇后娘娘撐腰，偶爾任性一下也無妨，便同意讓許華裳留在府裡了。

李煜回府後，本想直接去寧妙的院子，卻在半途碰到了張氏。

張氏見到李煜似乎也很驚訝，嘴角露出一個柔美的笑容，上前給李煜行了個禮。

李煜臉上仍然一如既往地帶著淡淡的笑意，點了點頭。「近日妳替王妃掌管府中事務，辛苦了。」

張氏臉上露出淡淡的紅暈。「為王妃分憂是妾身的福氣，妾不覺得辛苦。」

李煜見狀，眼中閃過一絲無趣。果然還是那隻小狐狸更好玩，這樣想著，他便道：「妳先回去吧！」

張氏垂下眼眸，眼中帶著不甘，等再抬眼時，眼裡只剩對李煜的傾慕。「王爺可是要去王妃院中？」

「有什麼事嗎？」

張氏有些擔憂地說道：「今日王妃姊姊喚了太醫過來，不知是不是病情又加重了……」

李煜皺了皺眉。他一直都認為寧妙是在裝病，可是這病裝得也太久了些，而且今日又請了太醫過來，難道寧妙這次是真的病了？

張氏見李煜眉頭微蹙，心裡閃過些許的嫉妒，臉上卻不顯，反而有些猶豫地說道：「聽說許姊姊昨日去王妃姊姊那兒鬧了一場，也不知王妃姊姊病重和這事有沒有關係？」

李煜挑了挑眉，看向張氏的眼神帶了層深意。「華裳為什麼去鬧王妃？」

「近日府裡的血燕不多，妾身按照側妃分例分給許姊姊的分量就少了些，但許姊姊畢竟懷著孩子，心裡可能有些不平衡，就去找王妃姊姊理論，也不知兩人說了些什麼，今早許姊姊就跑回了順安侯府。」張氏說到最後，露出愧疚的神色。「都是妾身能力不足，如果妾身當時將自己的那份給許姊姊，也不會出這個岔子了。」

「這事我知道了，妳回去吧！」

張氏見李煜神色如常，心裡有些打鼓，不知他在想些什麼，只好點點頭，乖巧地走了。

李煜瞧著張氏離開的背影，嘴角泛起一絲冷意。

李煜到寧妙的院子時，丫鬟正好在上膳，寧妙見到李煜，一臉懊惱地說：「王爺要過來用膳怎麼不早點說一聲？臣妾最近生病，用得清淡，早知道王爺要過來，臣妾也好叫人備幾個好點的菜色。」

李煜掃了眼桌上的膳食，都是清一色的素菜，見不到半點葷腥，李煜也不揭穿寧妙的小心思，坐了下來。「無妨，本王偶爾陪王妃吃吃素也沒關係。」

寧妙聳了聳肩，挨著李煜坐了下來。

李煜給寧妙挾了一筷子胡蘿蔔絲，寧妙挑了挑眉，慢條斯理地吃了下去，李煜見寧妙用完才說：「張氏說，華裳被妳氣回娘家了，可有此事？」

寧妙輕笑。她還以為張氏是個沈得住氣的，沒想到這麼快就急著在李煜面前給她上眼藥，她還真是高估張氏了。

「怕是張側妃弄錯了，許側妃回順安侯府是因為想念家人，與臣妾何干？順安侯府已經派人來說過了，說許側妃思念家人，要在順安侯府多留幾天。」

「哦？」李煜露出一個惡作劇般的笑容。「我怎麼聽說她是因為嫌棄張氏分給她的血燕分量太少，才一怒之下回了家？王妃怎麼連這點小矛盾都處理不了？」

寧妙有些委屈地說道：「臣妾也明白用人不疑的道理，府中事務既然全權交給張側妃打理了，臣妾自然不會插手。昨日許側妃過來找臣妾，臣妾身子難受，便讓她去找張側妃商量，難道是張側妃做事不公，剋扣了許側妃的血燕？如果真是這樣，那臣妾就算病得起不了身，也不敢再放權給張側妃了。」

李煜微微瞇了瞇眼，心裡暗笑。真是隻小狐狸，這麼輕鬆就將自己摘得乾乾淨淨的。他不由得搖頭，低笑道：「生病這個由頭真好用，日後本王不想上朝，也可以拿來用用。」

「嗯？王爺，您說什麼？」寧妙自然聽到了李煜的話，只不過還在裝愣扮傻。

李煜揉了揉寧妙的頭。「本王說，讓妳好好養病。」

寧妙乖巧地點了點頭，然後小心翼翼地問：「王爺，許側妃那邊什麼時候去接她呢？」

「她不是想家了嗎？等她在順安侯府住夠了自然會回來。」

這個意思，是不管許華裳嘍？寧妙眼露喜色，可聲音仍然帶著謹慎。「那皇后那邊怎麼交代？」

李煜揚眉，敢情是在這兒等著他處理了？「那王妃覺得應該怎麼交代呢？」寧妙心裡暗想：你的小妾玩離家出走，自然是你自己去向你娘交代啊，關我什麼事？我才不會傻到去皇后那兒找罵挨呢！但說出口的話卻變了個樣。「這事本該臣妾去向母后說明的，可是臣妾這一身的病，怕是會衝撞母后。」

李煜自然知道這隻小狐狸想讓他去幫她擋下皇后的責問，遂笑著開口道：「那就由本王去向母后說明情況吧，定不會讓母后波及到妳，妳看可好？」

寧妙喜上眉梢，可面上仍是一副恭敬的樣子。「臣妾自然是聽王爺的。」

李煜喃喃道：「真是隻小狐狸……」卻沒發現自己對寧妙縱容了許多。

沒過幾天，京中關於賢王妃的言論就變了，都說許側妃回家是因為和掌事的張側妃之間生了嫌隙，跟人家賢王妃根本沒關係，賢王妃正在養病呢，沒空搭理這兩個側妃。

寧汐從舒青口中知道這些事後，忍不住為自己的二姊姊鼓掌。這麼快就撇乾淨了關係，還順便坑了兩個側妃，果然是她們姊妹中最腹黑的人。

寧汐算算日子，舒恒才走了不過五天，自己竟然覺得他走了好久，難道這就是所謂的度日如年？寧汐無聊地撥弄著小溪的頭，小溪也不惱，乖乖地站在那兒，任寧汐玩弄。寧汐見狀，來了興致，狠狠地揉著小溪的頭。

曬青進來見到此景，心裡有片刻的無語。

「小姐，茗眉過來了。」

寧汐嘴角露出笑容，放過了小溪。「快叫茗眉進來。」

不一會兒茗眉就走了進來。茗眉昨日已嫁進老才家，今兒個是特意來感謝寧汐的恩典。

寧汐見茗眉的長髮已經盤了上去，臉上帶著新嫁娘的嬌羞，心裡方安心些。看來茗眉對自己的夫君還是滿意的。

「我家茗眉嫁了人更漂亮了。」寧汐打趣道。

茗眉臉上的紅暈變得更紅，瞋了寧汐一眼。「小姐還是這般喜歡拿奴婢開玩笑。」

寧汐笑了兩聲。「得，不打趣妳了。妳夫君對妳可好？」

茗眉低下了頭，有些害羞。「對奴婢挺好的。」

「如此，我就放心了，如果他敢欺負妳，妳只管告訴我，看我怎麼對付他。」

茗眉臉上露出一個燦爛的笑容，又和寧汐說了會兒話，才吞吞吐吐地道：「夫君他也過來了，說是要向夫人叩頭謝恩。」

寧汐一愣，忙說道：「那快叫進來啊！怎麼不早說，讓人在外面等這麼久。」

茗眉抿嘴一笑。「沒事，讓他多等等。」

很快地，曬青就將人叫了進來。

看起來倒是長相端正，人也生得高大，寧汐點了點頭，對茗眉她夫君的外表還算滿意。

見到寧汐，茗眉的夫君就跪了下去。「奴才是特意來謝主子恩典的。」

寧汐收起笑容，故意擺出架子，想要先給茗眉撐個腰，可想了半天才發現自己根本不知道他的名字，還好曬青在一旁提醒道「才勤」，寧汐忍不住捂嘴一笑。真是個有趣的名字。

「才勤，茗眉跟了我多年，我視她如姊妹，我將她許給你是因為茗眉的母親看中了你，你日後若是欺負她便是欺負我，我定不會饒了你。」

才勤忙向寧汐保證道：「奴才能娶到茗眉是奴才的福氣，奴才疼她都來不及了，怎麼會欺負她。」說著，耳根還紅了起來。

寧汐這才讓人起身，然後拉著茗眉的手，將她拉到自己身邊。「日後就好好地過日子，受了委屈就來告訴我，可別自己憋著，否則，我就不認妳了。」

茗眉的眼圈有些泛紅，點了點頭。

「也別有了丈夫就忘了我這個主子，日後記得常回來看看。」
「只要小姐不嫌棄，奴婢一定經常過來。」
寧汐拍了拍茗眉的手，讓他們夫婦離開了。對這些丫鬟，她是真的捨不得，可是總不能因為自己的私心就耽擱她們的幸福吧？於是寧汐轉頭問了問身邊的丫鬟。「妳們日後想找個什麼樣的啊？都給小姐我說說，小姐也好先給妳們相看。」
聽到這話，各個丫鬟的反應都不同，峨蕊臉泛紅，垂下了頭；曬青直接轉過身去，權當沒聽見；翠螺則是嗔怒地喊了聲「小姐」。
唯有舒青蹦蹦跳跳地跑到寧汐面前問：「真的嗎？夫人可以為奴婢作主嗎？」
寧汐頷首。「當然，舒青是瞧上誰了？」
舒青竟然也不害羞，大大方方地承認道：「是奇哥哥。奴婢和他自小在一處長大，奴婢早就想好了，非他不嫁，可他老是避著奴婢。」
寧汐皺了皺眉。舒奇嗎？不就是舒恒身邊的那個侍衛？「他為什麼避著妳？難道他不喜歡妳？」
舒青搖了搖頭。「怎麼可能？奴婢這麼可愛，他怎麼可能不喜歡奴婢？他一定是覺得奴婢還小，不懂什麼叫情愛，才躲著奴婢。哼，奴婢哪裡小了？夫人，您以後一定要為奴婢作主，讓他娶了奴婢，就算用主子的身分壓著他娶也行。」
寧汐哭笑不得。她不知該說舒青是有自信還是單純，不過這樣的小姑娘和舒奇配成一對也挺不錯的，等舒恒回來後，可以讓舒恒打探打探舒奇的心思。

遠在千里之外的舒奇突然打了個噴嚏，心裡奇怪，自己難道病了？

順安侯府。

許華裳回到娘家已經將近半個月的時間，每天都在等賢王來接她，誰知賢王沒等來，只等來寧妙身邊的人，吩咐她小心身子之後就離開了，根本沒提接她回府一事。許華裳因此心情極為不爽，可又拉不下臉面自己灰溜溜地回去，便每天變著法子地折騰順安侯府的下人解氣。

順安侯府的下人心裡都默默祈禱，希望這位姑奶奶趕緊回王府去，再待下去，這活他們真的沒法幹了。

許華裳在頭疼自己的面子問題，而順安侯頭疼的事比她嚴重多了。

順安侯放下手中的信，揉了揉雙額，心中有些後悔。早知道會被人拿住把柄，他當初就不該貪財去做不該做的事。

順安侯世子看自己父親為難的模樣，心裡有些焦慮。「父親，信裡說了什麼？」

順安侯搖了搖頭，將信遞給他。「你自己看。」

順安侯世子看完信後，臉憋得通紅，大喊道：「父親，咱們絕不能受他們脅迫做這種事。」

順安侯無奈地看了眼這個沈不住氣的兒子。明明是他唯一的嫡子，卻還沒他兩個庶弟來得穩重。「你以為為父想被人威脅嗎？經過上次的事，我已經暗中清洗了一遍府中的下人，可是今日這封信還是毫無聲息地出現在書房裡，你知道這表示什麼嗎？」

順安侯世子不傻，經順安侯這樣一說，馬上反應了過來。「對方的勢力深不可測。」

順安侯點了點頭。所以他才覺得恐懼，對方在暗，他們在明，要對付他們太容易了。

「可是，華裳不過是一個側室而已，他們為何一定要打掉她肚中的孩子？」

順安侯眼中閃過一絲陰霾。「他們在乎的不是華裳的孩子，而是皇室血脈，他們怕是不願看到當今有皇室孫輩出生。」

「華裳她畢竟是我的親女兒，您的親孫女，這讓我們怎麼下得了手？」

順安侯輕輕閉上了眼睛。他當然下不了手，可是，如果順安侯府這些年來做的事被捅到了皇上那兒去，那麼這些年的經營就都白費了，他怎麼能讓順安侯府毀在他的手上？

順安侯無力地拿出另一樣東西。「你看看這是什麼。」

順安侯世子一看，心驀地一跳。「這不是言兒的玉珮嗎？怎麼在您這兒？」

許華言，許華裳的親弟弟，順安侯世子的唯一嫡子，如今只有八歲。

「是和信一起送來的。」

「那言兒人呢？」說著，順安侯世子就想衝出去確認自己兒子的安全。

「別擔心，我已經讓人去看過了，他沒事。」順安侯安撫了一句，然後無奈地說道：「這次是沒事，可若是我們不按照他們說的做，言兒怕就危險了。」

順安侯世子握緊了拳頭。沒想到對方不僅用順安侯府的罪證威脅他們，還帶上了自己的兒子，這是逼他在兒子跟女兒之間做選擇啊！

不同於順安侯世子的糾結，順安侯已做出了決定。他睜開眼睛，對自己兒子說：「只有委屈華裳了。」

「父親！」順安侯世子眼帶悲痛地喊道，畢竟許華裳是他的第一個孩子啊！

順安侯何嘗不知道自己兒子的兩難？他嘆了口氣道：「皇上將華裳指為側妃就是在警告我們，順安侯府不會再出第二個皇后，讓我們歇了心思；現在且不論賢王能否登上那個位置，就算華裳生下孩子，皇上也不會讓這個孩子成為皇位的後繼者。」

順安侯世子的臉有些僵硬，他自然知道自己父親的打算。當初培養華裳就是衝著后位去的，如今華裳注定拿不到那個位置，對父親來說華裳就是廢棋了；可是他是真心疼愛這個女兒的，他到底希望自己的女兒能過得好一些。

順安侯搖了搖頭，走到順安侯世子身邊，拍了拍他的肩。「別忘了，你還有兒子，順安侯府不能毀在我們的手裡。」

順安侯世子闔上眼睛，算是默認了父親的決定。許華裳終歸是嫁出去的女兒，他必須要為自己的幼子考慮。

「只是，就算要做，也要拖些人下水，這個虧不能讓華裳白吃。」順安侯陰鬱地說。

兩日後，許華裳下腹突然疼痛不已，言氏馬上給她請了大夫來，大夫看過後，搖了搖頭，說許華裳已經有了流產的跡象，就算自己現在開藥也只能保她肚中胎兒多活一個月。

許華裳知道後，直接昏死過去。

言氏雖然也心痛，但看女兒已經昏了過去，只好強撐著照顧女兒。

等許華裳醒來後，言氏忙讓人把安胎藥端上來。

許華裳的心神還有些恍惚，見丫鬟端上藥來，這才反應過來，忙拉著言氏喊道：「孩子，我的孩子呢？」

「孩子還在，別怕，他還在。」言氏忙摟住許華裳，輕拍她的背安撫著。

許華裳聞言，摸了摸肚子，感覺到孩子還在，才放下心來，然後握住言氏的手，期盼地問道：「母親，我的孩子不會有事的對不對？他已經在我的肚子裡待了六個月了，他一定會平安的，對不對？」

言氏不忍見自己女兒這樣，忙安慰道：「對，沒事的，孩子不會有事的。」

許華裳這才放下心來，露出一個虛弱的笑容，輕撫著肚子。

言氏見狀只覺得心裡難受得緊，吩咐丫鬟好好照顧許華裳後，離開去找順安侯世子商量對策了。

順安侯世子這兩天也不好過，見自己妻子紅著眼圈過來，心虛地移開了目光，問道：「華裳還好嗎？」

言氏還沈浸在悲傷中，自然沒注意到丈夫的不對勁，聞言，沈聲答道：「好不容易勸住了，我們現在是不是要通知賢王一聲？」

順安侯世子搖了搖頭。「不妥，孩子畢竟是在我們府中出的事，上面若怪罪下來該如何是好？」

聞言，言氏有些激動地說道：「難道我們還會害自己的親女兒嗎？上面憑什麼責罰我們？」

順安侯世子的臉色一黯，想起父親的交代，強忍內心的愧疚，開口對自己的妻子道：「等過兩天，華裳情緒和緩些後，妳勸勸她，既然孩子已經保不住了，不如乘機利用這個孩子為自己取得最大的利益。」然後，順安侯世子便在言氏的耳邊說了幾句話。

聽完後，言氏微怔。這真的是自己的夫君想出來的辦法嗎？可是細想一下，這確實是在這種情況下最有利於自己女兒的做法了。

幾日後，言氏又去找了許華裳一趟。此時的許華裳已經比初聽見自己孩子保不住時冷靜許多，言氏便將順安侯世子的話複述給許華裳。

許華裳聽完後難以置信地盯著自己的母親。「你們瘋了嗎？我肚子裡可是你們的外孫啊！你們怎麼可以說出這種話？」

言氏握住許華裳的雙肩，認真地說道：「如果可以，我們也希望妳能平平安安地生下這個孩子，可是那天大夫已經說了，這個孩子是保不住的，我們這樣做也是為了妳好。」

「妳胡說！妳那天明明說孩子沒事的。妳騙我！你們都在騙我！」許華裳大喊起來，淚水順著她的臉頰緩緩流淌下來。

「華裳，妳聽我說。」言氏使勁搖了搖許華裳的雙肩，迫使她冷靜下來。「這個孩子雖然保不住了，但是妳還年輕，妳還能有其他的孩子，妳如果不趁這個機會對付寧妙和那個張氏的話，等她們生下孩子，就更難撼動她們的地位了。特別是那個寧妙，她搶走了原本屬於妳的位置，難道妳就甘心，難道妳就不想除掉她取而代之？」

許華裳一愣。「妳是說……我還有可能成為正妃？」

「雖然不敢保證，但是讓賢王厭惡了寧妙，對妳而言總歸是好的。」

許華裳有些心動，可是摸了摸肚子，心裡又開始動搖起來。這畢竟是她的骨肉，她怎麼捨得？「妳讓我再想想。」

言氏也不想逼她，點了點頭。

第二日，許華裳就回了賢王府，回到賢王府後，她便去見了寧妙。

寧妙聽到她回來了，心裡也有些驚訝，她還以為許華裳會在順安侯府多待一段時間呢，沒想到這麼早就回來了，還真是無趣。更令寧妙驚訝得是，許華裳對她的態度好了許多，不僅不鬧騰了，甚至對她恭敬許多。反常即為妖，寧妙馬上打起精神應付許華裳，等許華裳離開後，她還特意吩咐人仔細盯著許華裳。

可是接下來幾天，許華裳都老老實實地待在自己的院中。

寧妙不敢放鬆警惕。一個人的性子哪那麼容易改變？

李煜得知許華裳回來後照例去看望她，陪許華裳用過晚膳後便回了寧妙這邊，這次許華裳卻沒有鬧他，李煜心裡奇怪，但也沒有說什麼。

如此過了大概八、九日，這日許華裳突然邀了張氏來寧妙這兒，說是順安侯府送來了一些絹花，她拿了一些要送給寧妙和張氏。寧妙看了眼許華裳，挑了挑眉，收下了。

三人圍坐在圓桌邊，有一搭、沒一搭地聊著，不一會兒，許華裳提議去園中轉轉，寧妙剛想稱病不去，許華裳就靠近她，拉著她的手道——

「今天天氣這般好，王妃可不能拒絕。」

寧妙直覺許華裳要耍陰謀了，心裡冷笑一聲。懷著孩子呢，還這麼不安分，既然這麼想拉她下水，那她就奉陪到底。

出門的時候，寧妙不小心撞了張氏一下，然後笑著扶起了張氏。「不好意思，弄亂了妳的衣服。」看了眼張氏身上掛的荷包，笑道：「妳這荷包真漂亮。」

聞言，張氏淡淡地笑了笑。

三人還沒走到園中，突然，從路邊竄出一隻貓，那隻貓像發狂了一樣向張氏撲去，眼看著貓爪就要碰到張氏的臉，張氏慌張之下拉了把身旁的許華裳；許華裳似乎也被眼前這一幕驚到了，張氏拉她的時候，她下意識抗拒，結果踉蹌了兩步，身子便朝後倒去。寧妙見狀忙去攙扶許華裳，畢竟許華裳還懷著孩子，孩子是無辜的，不想寧妙根本扶不住許華裳，反而被許華裳壓在了身下。寧妙心裡忍不住翻了個白眼，她這是得罪誰了？竟然飛來橫禍。

可寧妙還沒唸上兩句，就聽見有丫鬟喊道——

「血！許側妃流血了！」

寧妙心裡一驚，強忍著身上的疼痛，急忙吩咐道：「還愣在這兒幹什麼？快去請大夫和穩婆來，其他人快把許側妃移回屋子去。」

寧妙由吳嬤嬤攙扶著，跟在眾人身後進了院子。

室內，許華裳的呻吟聲不斷傳來，張氏則是一臉蒼白地站在寧妙身邊。

寧妙沒空搭理張氏，讓人搬來一張椅子，吳嬤嬤攙扶著她坐下，寧妙看了眼左腳，皺了皺眉。「穩婆還沒來嗎？」

寧妙的話音剛落，就有人喊道：「穩婆來了。」

因為府裡一早就將穩婆請進了府住下，所以過來得比大夫快了許多。

穩婆見到寧妙就要請安，寧妙擺擺手道：「快進去看看許側妃。」

「吳嬤嬤，吩咐人將那隻貓看好。」這件事可不是什麼意外，等許側妃度過危險，這件事非徹查不可，也不知是許華裳自己作孽，還是張氏動的手腳。

一聽寧妙這話，張氏立刻跪了下來，臉上冷汗直冒。「回稟王妃，那隻貓是妾養的。」頓了頓又解釋道：「可是牠平常很乖，從沒攻擊過人，妾也不知道是哪裡出了岔子。」

寧妙垂眸。讓貓發狂的東西不是沒有，看了眼張氏後，寧妙淡淡地道：「等王爺回來再說此事。」

很快地，穩婆就從內室出來了。「王妃娘娘，側妃已經有了小產的跡象，現在只能用藥催生，方有可能保住胎兒。」

寧妙抿了抿嘴。她沒想到許華裳這一摔竟然這麼嚴重，孩子畢竟是李煜的，這個決定該是他來做，可是偏偏現在他不在。寧妙長呼了口氣，道：「去準備吧！」

穩婆輕輕退了出去後，寧妙讓吳嬤嬤將自己扶起來，然後走到內室，看著躺在床上痛呼、一身狼狽的許華裳，心裡突然有點害怕。原來懷胎生子是這般危險的事，如果今日躺在床上的不是許華裳而是她……寧妙閉了閉眼，不敢往下想，捏著吳嬤嬤的手不由得緊了些。

吳嬤嬤似乎也察覺到寧妙的心情，勸道：「王妃，您先出去吧，這兒有穩婆及丫鬟們，您在這兒也幫不了忙。」

寧妙點了點頭，走了出去。屋外張氏還跪著，寧妙掃了眼，並沒有叫她起身的意思。

很快地太醫就過來了，寧妙讓太醫在一旁等著。叫太醫過來不過是為了以防萬一。

寧妙闔上眼睛，聽見不斷由內室傳出的尖叫聲，心裡第一次這麼緊張。

很快地穩婆又走了出來，寧妙驀地睜開眼睛。

「許側妃剛用了藥，離生產還要一段時間，現在最好先給許側妃用點吃食。」

寧妙點了點頭，無力地擺了擺手，看著丫鬟們忙裡忙外，她第一次覺得疲倦。

也不知過了多久，李煜終於出現在院落門口，見到李煜，寧妙才放下心來，如果一會兒許華裳真的出了什麼意外，至少還有李煜做決定。

李煜走過來見張氏跪著，微微蹙眉，然後走到寧妙身前，問道：「怎麼回事？」

寧妙讓吳嬤嬤攙扶著自己站起來，將事情的經過一一說清楚。

聽完，李煜狠狠地瞪了眼張氏。

寧妙心裡有些詫異，她還是第一次見到李煜表露怒氣。

張氏被李煜這樣一瞪，身子更是忍不住抖了起來。

還好李煜還算冷靜，瞪了眼張氏後並沒有其他動作，反而看寧妙一直攙扶著吳嬤嬤，皺了皺眉地問道：「妳怎麼了？」

寧妙淡淡回道：「剛剛不小心將腳扭了。」

李煜看了眼就在不遠處的太醫。「怎麼不叫太醫過來看看？」

寧妙一愣，耳朵有些燒。「臣妾給忘了。」

李煜沒想到竟然會得到這個答案，有些哭笑不得。他這個精明的王妃竟然也有這樣的一面，然後便對太醫說道：「還不過來給王妃看看。」

太醫忙走到寧妙身邊，可是礙於男女之別，只能說道：「還是請個醫女過來給王妃摸骨為好，如果骨頭沒有錯位，臣再開一些活血化瘀的藥物，幾日方可痊癒。」

李煜點了點頭，吩咐小廝去請醫女。

醫女來看過後，確定寧妙的腳無礙，太醫忙給寧妙開了藥方。

寧妙叫吳嬤嬤收下，然後轉頭對李煜說道：「許側妃不會有事的，王爺不必擔心。」

李煜神色一黯，捏了捏寧妙的手，和她一起坐下，等著屋內的動靜。

也不知過了多久，穩婆終於走了出來，寧妙的心倏地提了起來。

穩婆一臉蒼白，對兩人說道：「許側妃誕下的是、是……」

「是什麼？」李煜沈聲問道。

「是一個死胎。」穩婆的聲音也有些發抖，畢竟面對的是當朝王爺，誰知這位王爺會不會一怒之下連同她們這些穩婆、丫鬟一起責罰？

李煜神色一僵，握緊了拳頭，半晌才道：「本王知道了。告訴許側妃好好休息，本王晚點再過來看她。」

穩婆明顯鬆了口氣，轉身回了屋子。

李煜看了眼寧妙和張氏兩人，對她們道：「妳們跟本王來。」

寧妙在心裡嘆氣。李煜怕是沒表面上那麼平靜，今天這事，看來自己是躲不掉了。這樣想著，寧妙將手遞給吳嬤嬤，想讓吳嬤嬤扶她起身，不想李煜又突然退回來，看了眼寧妙，然後一把將她抱了起來。寧妙的嘴角抽了抽，這廝是被氣糊塗了？

「王爺，臣妾可以自己走的。」

「閉嘴！」李煜現在沒心思和寧妙鬥嘴，冷冷地回了句。

寧妙只好訕訕地閉上了嘴。

回到正廳，李煜將寧妙放下，然後問道：「那隻貓呢？」

寧妙對吳嬤嬤說了聲，不一會兒，就有小廝提了個籠子進來。之前還狂躁不已的貓，現在已經乖巧地蹲在籠子裡舔著自己的爪子。

張氏看了眼李煜，又不放心地看了看籠子裡的小貓。

「這是妳的貓？」李煜對張氏說道。

張氏點了點頭，連忙解釋道：「牠平時很乖的，從來沒有攻擊過人，而且妾一直讓人看著，沒讓牠出過院子，妾也不知為何牠今日會跑到園子裡去？」

聞言，李煜皺眉想了片刻後，叫人將籠子放到離張氏稍近的地方，便見籠子裡原本乖巧的貓突然激動地向張氏撲去，雖被籠子攔住了，張氏還是嚇了一跳，往後退了退，衣袖裡的絹花落了下來，先前還對張氏發狂的貓突然轉了方向，對著絹花落地的方向齜牙咧嘴起來。

「怎麼回事？」

「這是許姊姊剛剛送給妾的絹花。」張氏對李煜解釋道。

寧妙看了眼張氏，沒有出聲。

李煜冷著臉，叫人去把太醫請來。

太醫過來的時候，見屋中三人都冷著張臉，想起許側妃剛離世的孩子。他常年給後宮妃嬪看病，哪裡不知道女人的手段有時候比男子還要狠辣，看來許側妃這孩子也是被人害掉的，不知是這兩個女人之中的哪個？雖然心裡這般嘀咕著，太醫臉上卻不顯，恭敬地給眾人行了禮。

「你過來看看這絹花。」李煜淡淡地說道，聽不出他的情緒。

太醫忙走了過來，拿起地上的絹花，細心聞了聞，良久才對李煜道：「這絹花上似乎沾有擬荊芥的味道，不過味道太淡，臣需要拿回去仔細察看才能確定。」

「擬荊芥？那是什麼？」寧妙皺著眉問道。

「是一種植物，對人無害，只是貓聞了會過於興奮，可能會導致行為異常。」

聞言，寧妙看了看李煜，沒再開口。

李煜揉了揉鼻梁，讓太醫退出去後，低嘆了口氣，竟然將寧妙和張氏兩人丟在原地不管，自顧自地走了出去。

寧妙從未見李煜如此失神，心裡有些感觸。不管他喜不喜歡許華裳，對那個孩子他還是期待過的吧？

寧妙看了眼張氏，冷笑一聲。這件事中，張氏真的無辜嗎？明目張膽地在自己送的絹花上動手腳，最後還害了自己，許華裳真有這麼傻？

許華裳生了死胎後，李煜連著多天沒有回府，直到某日晚上，寧妙迷迷糊糊中感覺有人看著自己，睜開眼睛一看，卻看見李煜站在床前，靜靜地看著自己。

寧妙揉了揉眼睛，坐了起來。「王爺什麼時候過來的？」寧妙望了眼外屋，院子已經落鎖了，他是怎麼進來的？

李煜深深看了眼寧妙後，突然一把抱住寧妙。

寧妙無奈地翻了個白眼。得，又發病了。

「妳說，為人父母該有多狠心才會傷害自己的孩子？」

半晌，沈悶的聲音從寧妙的頭頂傳來。

寧妙一愣，知道李煜還因許華裳肚中孩子一事耿耿於懷，輕聲道：「臣妾雖然沒有當過母親，但是臣妾知道，沒有哪個母親會捨得傷害自己的孩子。許側妃一事還須徹查，臣妾相信許側妃不會做出如此糊塗之舉。」

寧妙不是要為許華裳脫罪，只是比起許華裳，她更討厭使陰招傷害無辜胎兒的人。

聽到這話，李煜沒有開口，很久之後才慢慢說道：「這幾天我查了順安侯府。」

寧妙怔了怔。她還以為李煜被打擊到了，這幾日才沒有回府，沒想到他竟然已經想到去調查順安侯府那兒了，難道這事還真和順安侯府有關？不該啊，許華裳可是順安侯府的嫡小姐，府裡誰會害她？

「這件事，就算不是她做的，可是她到底動了那個心思；還有順安侯府的那群人，還真是本王的好舅舅、好外公。」

寧妙心裡有些驚訝，這事還真和順安侯府有關？可順安侯圖的究竟是什麼？比起這個，寧妙更擔心的是，今晚她知道的事似乎多了些，李煜以前從來不會和她說這些的，等明日李煜回過神來，她會不會被李煜滅口啊？

「別皺眉了，本王現在清醒得很。」李煜見寧妙半天不說話，馬上猜到了她的心思。

寧妙在李煜懷裡吐了吐舌。

李煜放開寧妙，轉身脫衣服，一邊脫、一邊說道：「許華裳這事還是要徹查，不管是誰，既然敢動心思，就別想本王睜一隻眼、閉一隻眼地放過。」

寧妙的眼眸閃了閃，應了。

第十二章

第二日一早，寧妙就去了許華裳的院子。

過了一段時間，許華裳的身子恢復許多，沒有剛生下死胎那會兒虛弱了，只是整個人不復當初的明豔，見到寧妙也只是掃了一眼，便移回了目光。

寧妙不在意，讓人搬了張椅子來，在床前坐下，也不與許華裳寒暄，直接拿出之前許華裳送給她的絹花，在許華裳疑惑的目光下開口問道：「太醫說這上面有擬荊芥，是妳弄的？」

許華裳一愣，神色有些迷茫，不似作假。「那是什麼東西？我沒做過。」

寧妙微微揚起了嘴角。「我也覺得妳沒那麼傻，就算妳想算計人，第一個算計的也該是我，而不是張氏。」許華裳當日是將絹花直接送到了她的院子，所以許華裳並不能確定她一定會將絹花戴在身上，如果許華裳真的要算計她，這個方法也太拙劣了。

聞言，許華裳將頭偏向一邊。「我不知道妳在說什麼，我沒想過要算計誰。」

寧妙不介意許華裳的否認，輕描淡寫地說：「不管妳之前有過什麼計劃，反正沒成功，我也不與妳計較。如果妳真的心疼妳肚中的孩子，最好想想誰動過妳的絹花，絹花上的擬荊芥會讓貓發狂，這也是那日那隻貓會突然撲向張氏的原因。」

許華裳愣了許久，直到寧妙快要失去耐性，許華裳才突然開口。「這個孩子是我和表哥的第一個孩子，我曾經那麼期待他來到這個世上，能懷上這個孩子我是那麼高興，可是表哥他……他卻沒那麼高興，甚至有時候我會想，也許他根本就不想要這個孩子，也許對他來說，這個孩子只是個負擔，他根本就不期待這個孩子的到來。」

「所以，妳就想殺了這個未出世的孩子？」寧妙的眉眼冷了下來。

「沒有！」許華裳突然激動地大喊起來。「我沒有，我從來沒有這樣想過，如果不是大夫說……」說到這兒，許華裳抽泣了起來，頓了頓，她抬頭看著寧妙。「絹花是我娘親送我的，之後就一直由我身邊的阿蒂收著。阿蒂本來是王府裡的小丫鬟，我嫁進來後她就一直跟在我身邊，最近我才升了她做二等丫鬟，首飾之類的東西一直是她在給我打理。」

既然得到了線索，寧妙也不再逗留，對吳嬤嬤說道：「不管妳用什麼方法，我要妳撬開阿蒂的嘴。」吳嬤嬤在宮裡當過差，宮裡那些逼供的手段她知道的不少，對付一個小丫鬟綽綽有餘，寧妙放心得很。

寧妙回到自己屋內沒多久，吳嬤嬤就讓人來傳話，說阿蒂招了。寧妙嘴角一彎，道：「去請張側妃過來。」

張氏很快就過來了，仍然恭敬地給寧妙行禮，然後乖順地站在一旁。以前也是這般，只要寧妙不開口，張氏絕對不會說話，比起許華裳來不知道多懂規矩。

寧妙打量了張氏一番，笑著開口。「沒想到張側妃才握權沒多久，就急著在府裡收買人心，本妃還真是小瞧妳了。」說出的話卻冷得很。

張氏一聽，悄悄捏緊了手上的手絹，強裝鎮靜地道：「妾自從接手王府以來，自問一向按規矩辦事，從未逾越本分，所謂的收買人心怕是空穴來風。」

寧妙挑了挑眉。嗯，還算不錯，挺冷靜的，看來這段日子成長了不少。寧妙轉頭看了眼吳嬤嬤，點了點頭。

不一會兒，阿蒂就被押了上來，張氏一見，臉色明顯僵硬了幾分。

寧妙不動聲色地將張氏面上的變化看在眼裡，眼角劃過一絲不屑。

「阿蒂，許側妃身邊的丫鬟，妳認識她嗎？」

「不認識。」

寧妙揚眉。「妳不認識她，她卻認識妳，妳吩咐她做的事，她可是一一交代了，那絹花上的擬荊芥是妳吩咐她染上去的吧？」

張氏驀地跪了下去，背挺得筆直。「欲加之罪，何患無辭？她是許姊姊身邊的丫鬟，又怎會聽從妾的話行事？她的主子難道不是許姊姊嗎？難道王妃願意聽信一個丫鬟的話，卻不信妾身？」

寧妙輕輕玩弄著腰間的荷包，笑了起來。「說實話，妳們兩個本妃都不信，本妃只信自己。」頓了頓，寧妙接著說道：「妳是不是很好奇，明明我身上佩戴的荷包擬荊芥的味道更重，為何那隻貓卻撲向了妳？」

聞言，張氏的嘴角微微顫抖了起來。

寧妙走到張氏身邊，道：「那日我撞妳的時候，就順勢把荷包給摘了下來，留在了屋裡，所以那日本妃身上沒有一點與擬荊芥有關的東西。」寧妙又繞著張氏走了一圈，輕笑起來。「是不是很好奇，我為什麼早就知道那個荷包有問題了？」寧妙彎腰，在她耳邊輕聲說道：「我的東西都有特殊標記，妳覺得妳換了個一模一樣的荷包就能蒙混過關嗎？我讓人去檢查過了，那個荷包上也沾有擬荊芥，許華裳落胎後，妳大概很想把荷包收回去吧？可惜本妃怎麼可能給妳這個機會。」

張氏的臉刷地變得蒼白。她知道寧妙不簡單，卻一直認為以自己的才智可以與寧妙一拚，沒想到竟然輸得這麼慘。

「妳早就知道了，所以妳故意看我和許華裳狗咬狗，妳好坐收漁翁之利？」張氏驀地抬頭看向寧妙。「妳就不怕我告訴王爺，說這一切都是妳安排的嗎？」

寧妙輕笑兩聲。「張側妃，妳是傻還是天真？妳覺得王爺會信妳？這事可是王爺交給我全權負責的，而且本妃根本不知道妳和許華裳的心思，本妃只是一直以來警醒慣了，被人動過手腳的東西絕不會帶在身邊。」

「王爺他為什麼這般信任妳？難道就因為妳是英國公府的嫡女，是正妃嗎？」說到這裡，張氏的眼裡滿是憤怒和苦澀。

從她第一眼看到李煜就愛上了他，一想到那樣英俊、那樣儒雅的人是自己的夫君，她就滿心喜悅，可是隨之而來的便是不甘。為什麼她只是一個翰林之女？為什麼她沒有早點遇見他？為什麼她不是正妃？這種不甘在看到李煜對待寧妙的不同後達到了頂點。

她嫉妒懷了李煜孩子的許華裳，她更恨得到李煜另眼相待的寧妙，所以她養了隻貓、準備了擬荊芥。她本來的打算是讓貓撲向寧妙，再透過寧妙的手除掉許華裳肚中的孩子，但是她知道寧妙很聰明，所以以防萬一，她收買了阿蒂，讓她在許華裳準備送人的絹花上浸上擬荊芥，必要時將許華裳推出來頂罪，只是沒想到，這一切全被寧妙看穿了。她自恃聰慧，現在才明白原來她根本贏不了寧妙。

寧妙冷笑一聲。沒有她的默許，許華裳能懷上孩子？既然她默認了這個孩子的存在，自然不會去傷害這個孩子，這件事，李煜不是不知道，他自然不會懷疑她。

「將張側妃拖回院子，等王爺回來處理。」

寧妙說完就讓丫鬟、婆子走上前將張側妃拖了下去。

處理完事情後，寧妙輕輕吐了一口氣，終於解決了。吳嬤嬤適時遞上一杯蜜水，寧妙接過來，抿了一口，微微閉上了眼睛。

「這事若是王妃做的，王妃會如何處理？」

聞言，寧妙輕笑了起來。「如果是我，我會在第一時間處理掉阿蒂；至於這個荷包，打死都不承認是自己動的手腳；最重要的是，一定要鎮定，不能被對方用語言攻破自己的防線。」所以說，張氏還是太嫩了些。

吳嬤嬤笑著點了點頭，這段日子，成長的可不是只有張氏一人。

當晚李煜回來後去見了張氏一面，然後沒過一段時間，張氏便病逝了。當然，這都是後話了。

賢王府的後院不平靜，身處江北的舒恒也沒有平靜日子過。

舒恒看著腳邊剛嚥下毒藥自殺的死士，冷著聲音道：「這是第幾個了？」

「第八個了。」舒奇恭敬地答了一句。

舒恒挑了挑眉。還真是堅持，看來他的到來的確擋了不少人的財路。

周王小心翼翼地避開腳邊的屍體，走到舒恒身邊。「舒兄，我們還要在這兒待多久啊？」他可不想過這種天天被人惦記著性命的日子，他開始懷念在京裡畫畫賞景的日子了。

舒恒一個眼神都沒賞周王一個，只是淡淡地道：「快了。」

「你之前已經這樣說過很多次了。」很明顯，周王已經被舒恒騙了很多次了，現在根本不相信舒恒的話，可偏偏除了舒恒，他找不到其他人詢問。

舒恒看都不看周王一眼，逕自走進屋子，拿出帕子擦拭手中染上了鮮血的利劍。那些山匪不足為懼，真正要當心的是那些不乾不淨的官員，為了錢財，他們可是什麼事都做得出來。擦完劍，舒恒摸了摸心口。不知道寧汐在京裡過得好不好？有沒有被人欺負？

正在院子裡吃著曬青給她做的酸梅汁的寧汐突然打了一個噴嚏，曬青忙收走寧汐手中剩餘的酸梅汁，還瞋了寧汐一眼道：「之前我就說小姐不能再喝了，這東西喝多了，涼了身子怎麼辦？」

寧汐望了眼越來越炎熱的天，心裡哀怨得很。這麼熱的天不僅不讓她吃冰，現在連酸梅汁都不准她喝，這日子真的沒法過了，不知道江北的天是不是也這麼熱？

一晃眼，舒恒已經在江北待了三個多月。這三個月來，那些山匪被舒恒帶領的軍隊殺的殺、抓的抓，都清理得差不多了，剩下的事便只有清理這些地方官員了。

平涼知州小心翼翼地看著坐在上首的舒恒，心裡直打鼓。這位侯爺來江北後直接派人將他們這些官員給關進了一進小院子裡，直到近日才放出來；最開始不是沒人抗議過，可是人家根本不理你，給你吃、給你喝，就是不和你說話，最後那些抗議的聲音也漸漸沒了。現在好不容易被了放出來，他們自然要抓緊機會設宴討好這位京裡來的高官，畢竟山匪那事，當地官員沒一個脫得了干係。

平涼知州對一個舞姬使了使眼色。這個舞姬是他常年養在府裡的樂妓，長相明豔，專門用來獻給高官。

舞姬得了命令，心裡也歡喜得很。聽說這位是從京城來的高官，而且長相俊逸，如果能入了他的眼，她下半輩子就不愁吃穿了。舞姬扭著細腰，以最嫵媚的姿態向舒恒靠近，可是才走沒幾步，舒恒就抬頭冷冷地盯著她。「滾！」

舞姬臉色一白，似乎從舒恒的眼裡看到了殺意，她強忍著心裡的害怕，努力露出一個笑容，向舒恒走了幾步。「知州大人讓奴來伺候侯爺，奴……」

舞姬的話還沒說完，舒恒就拂袖站了起來，盯著在場的眾人半晌，直把在場的人盯得冒冷汗後，才揚起嘴角，道：「各位大人不必急著現在討好我，也不必擔驚受怕，因為在場的人，沒一個能逃得了；既然你們當初敢收人錢財，不顧百姓的死活，現在希望你們也能有勇氣承受這樣做的後果。」

短短幾句話，便讓現場的氣氛降到了冰點。

平涼知州忙站起來，讓人抬了幾個箱子上來。「這些就是下官幾人一時糊塗收的財物，現在下官幾人願意全部上繳給侯爺，侯爺想怎樣處理都可以，下官們不會置喙，還請侯爺屆時能在皇上面前替下官們美言幾句，讓下官們能保住這條命。」

舒恒挑了挑眉。這是要賄賂他？思及此，讓舒奇將幾個箱子打開，淡淡掃了一眼，皆是珠寶、金銀一類的財物。舒恒沈聲道：「收起來。」

平涼知州面上鬆了一口氣，心裡想著：裝什麼正經？不就是想敲我們一筆嘛！可還沒欣喜片刻，就見舒恒拍了拍手，一群士兵立即圍了上來。平涼知州心裡一驚，喝道：「侯爺這是什麼意思?!」

舒恒看了他一眼。「什麼意思？呵，自然是將你們抓起來，帶回京交給皇上處理；你們的罪證，本官也會一一呈給聖上過目。」話音一落，在場的官員皆慌了起來，嘴上罵罵咧咧的。聽見他們的咒罵聲，舒恒皺了皺眉，不耐煩地道：「把嘴給我堵上。」

等現場清靜了，舒奇問道：「從那些官員家裡搜來的財物怎麼辦？」

舒恒揉了揉雙額。「一部分發給百姓，剩下的全上繳國庫。」

等舒恒回到住處，已經是深夜了，不想卻在院中碰到了周王，舒恒這才想起今日好像都沒看到周王的身影，不禁皺起眉頭，問道：「周王這是去哪兒了？」

周王嚇了一跳，轉過身見是舒恒才放鬆下來。「本王見不得你們這般打打殺殺的，去平涼府各處轉了轉。」

舒恒深深地看了周王一眼，才淡淡地道：「最近這邊還不能算完全太平，周王還是少出去為好，免得到時被誰擄了去，臣擔待不起。」

周王點了點頭，回了屋子。

舒恒見周王回屋，瞇了瞇眼，對身邊的舒奇說道：「去調查調查，周王今天出去發生了什麼事？」

京城裡，寧汐剛收到江北那邊的消息，是寧妙差人送來的，想來是從李煜那兒聽來的，說是舒恒要回來了。寧汐瞇了瞇眼，嘴角輕輕上揚，只是這個笑容還沒保持多久，寧汐就慢慢皺起了眉頭。

曬青見狀，擔心地問道：「怎麼了？」

寧汐癟了癟嘴。「肚子疼。」

曬青一愣，回過了神。「我馬上給您取個暖袋過來。」暖袋拿過來後，曬青還是忍不住唸了句。「之前就讓您少吃點冰，您不聽，看吧，這會兒來月事，有您受得了。」

寧汐委屈地嘟了嘟嘴，但也知道這次是自己自作自受，因此沒有和曬青頂嘴。用暖袋貼著小腹，寧汐覺得稍微舒服了些，便回了屋，打算小憩一會兒。

沒想到等她醒來的時候，外面天已經見黑了。寧汐慢慢地爬起來，揉了揉眼角，喊道：「峨蕊、曬青。」

很快就有人走進來，除了峨蕊外還有舒母，寧汐愣了愣。「母親什麼時候過來的？怎麼都不叫醒我？」

舒母淡淡地道：「我聽我院裡的小月說妳肚子疼，就順便過來看看。」

寧汐不解地看了眼峨蕊，舒母院中的人怎麼會知道？

峨蕊忙解釋道：「奴婢之前碰到小月，無意間提了一句。」

寧汐了然地點了點頭，對舒母笑道：「母親不用擔心，我沒什麼大問題，只是這個月貪嘴，多用了些酸梅汁，才會腹痛。」

舒母眼中劃過一絲擔憂，卻狀似隨口地說道：「明兒我請個大夫過來，給妳調理調理。」一見寧汐並不重視的模樣，又添了句。「女子的身子大意不得。」

寧汐點了點頭。心裡雖然覺得自己的身體沒什麼問題，但為了讓舒母安心，寧汐還是打算明日讓大夫過來看看。

第二日大夫來的時候，舒母也在，或許是因為家裡沒有男人，舒母過來也是為了寧汐的聲譽著想。這次過來的不是太醫，而是舒母從外面請的名氣較大的大夫。

大夫給寧汐把了把脈後，放開寧汐的手腕，對舒母說道：「少夫人體內寒氣較重，不利於受孕，不過還好並不是很嚴重，只要調養一番，身子很快就能調養回來。」

舒母點了點頭，謝過大夫後便讓峨蕊隨大夫去取藥。

寧汐看著峨蕊離開，神色微窘，沒想到只是隨便一個檢查，還真查出問題了。她撓了撓耳，不好意思地道：「我還以為我的身體很康健。」

舒母不贊同地看了眼寧汐。「妳們這些小姑娘就是不知道保養好自己的身體，等真的出問題了有妳哭得。」

寧汐吐了吐舌。

舒母見狀，眼裡閃過一絲無奈。「等妳的丫鬟取了藥回來，一定要準時服用。」

寧汐點點頭，突然想起歐陽玲，故意問道：「需要叫大夫順便去給歐陽玲把個脈嗎？」

聞言，舒母的神色似乎變冷了些，揮了揮衣袖。「不需要，她一向跟在我身邊，這些事我都替她注意著的。」

寧汐「哦」了一聲，舒母囑咐寧汐好好休息後就回了院子。

舒青進來的時候，就見寧汐右手撐著下巴，垂著眼眸，一副思考的模樣。她看了眼四周後，問道：「夫人，您在想什麼？」

寧汐聳了聳肩，眼睛露出些許的笑意。「只是覺得母親好像沒有她外表看起來得那麼冷淡。」還有一點，她更加肯定舒母並沒有她表現的那麼在乎歐陽玲。

舒青聽了後點了點頭。「奴婢雖然不記得了，可是聽奇哥哥說，以前老侯爺還在的時候，老夫人是個很溫柔的女子。」

寧汐挑了挑眉。她這才想起她對舒恒的父親一點都不瞭解，便問舒青。「妳知道老侯爺是怎麼樣的人嗎？」

舒青搖了搖頭，見寧汐露出失望的神色，忙又開口道：「不過奴婢聽奇哥哥提起過，老侯爺是個非常俊美的男子，待人又溫和，是位翩翩佳公子，年輕時可受閨閣小姐喜歡呢！」

寧汐見舒青一臉嚮往的模樣，不由得笑了出來。這丫鬟說得好像自己真的經歷過一樣。不過她還真想像不出舒恒他父親的模樣，畢竟她一直以為舒父和舒恒一樣都愛冷著臉，想想舒恒那張臉突然變溫柔的樣子……寧汐揉了揉雙手，她怎麼覺得那麼怪呢？

「那母親為什麼會變成現在這樣？」寧汐轉了話題，問起了舒母。

舒青想了須臾，最後只能無奈地攤了攤手。「奴婢也不知道，奴婢只知道老侯爺走後，老夫人的笑容就越來越少了，對少爺也越發嚴厲起來。少爺好像也是從那個時候開始不再調皮，行事越發穩重。」

寧汐垂下了眼眸。這樣聽來，舒母和舒父的感情真的很好，失去摯愛後，舒母竟然還能獨自一人將舒恒養大，並將舒恒教得這般好，真看不出來舒母竟然是個如此堅強的女子。寧汐在心裡默默佩服著舒母；至於舒恒，她還滿想看看他調皮的樣子。

不過轉眼一想，滿朝都知道舒父是在乾元二年為救皇上而死，可是究竟是所為何事，卻鮮為人知；而且也是這一年，舒氏一族旁支全滅，只剩京中嫡支。當年究竟發生了什麼事呢？任憑寧汐想破頭也想不出半點頭緒來。

舒母院裡。

舒母面前站著的人正是之前的大夫，兩人看來頗為熟悉。「你確定她的身體不是受藥物影響的？」舒母挑了挑眉道。

大夫恭敬地答道：「老夫人放心，少夫人只是體質性寒，並沒受到外界藥物的影響。」

舒母這才放心下來。

大夫見狀道：「老夫人對少夫人挺上心的，看來對少夫人很滿意。」

舒母露出了絲笑意。「難得少桓找了個合心意的女子，我自然要替少桓護她周全。」

舒恒回府的時候，寧汐剛用過晚膳。聽說舒恒回來了，寧汐愣了愣，忙提起裙襬去了前院，不想另一個更心急的人卻比她還早到前院。

舒恒剛進府門，歐陽玲就匆匆忙忙地跑了過去，一臉擔憂地道：「表哥，你沒事吧？此次江北之行有沒有受傷？」

舒恒皺了皺眉，看到歐陽玲身後的寧汐，隨即露出一絲笑容。看來小丫頭還是在乎他的，於是直接越過歐陽玲，走到寧汐面前。「我回來了，有沒有等很久？」

寧汐挑了挑眉。「我就是吃過晚飯後，順便出來轉轉的，可沒你家表妹等得心急。」

舒恒揉了揉寧汐的頭，只當沒聽見她的話，拉起她的手道：「回長青堂吧！」

寧汐想了想，沒有甩開舒恒的手。

身後的歐陽玲跺了跺腳，委屈地喊道：「表哥，我在這兒等了你這麼久，你卻連一句話都不與我說，你這樣做不會太過分了嗎？」

聞言，舒恒臉冷了下來，停下腳步，道：「我有叫妳等過我嗎？」說完就拉著寧汐回了院子。

歐陽玲看著兩人的背影，心中只剩下嫉妒和怒火，甚至咬破了自己的嘴唇也不自知。

回到院子，寧汐就滿臉嫌棄地趕舒恒去次間洗澡。

舒恒聞了聞自己的衣袖後，乖乖地去洗漱了。

等舒恒離開，寧汐才揚起嘴角。
一旁的舒青見了，打趣道：「夫人今天的心情很好嘛！」
寧汐瞋了舒青一眼。「我哪日心情不好了？」
舒青故作玄虛地晃著腦袋。「夫人每天心情都好，只是今日心情特別好而已。」
寧汐笑罵了舒青兩句，就讓人去準備一些吃食，估計舒恒趕著回來，也沒時間用飯。
舒恒洗漱出來時，看到桌上放著熱騰騰的雞湯麵，臉部線條不由得柔和了些。
寧汐走到他身邊，接過丫鬟手上的帕子，輕聲道：「你快吃吧，我給你擦頭。」
舒恒笑了起來。「有娘子就是好啊！」
寧汐瞪了舒恒一眼。得了便宜還賣乖。
不過舒恒沒讓寧汐給他擦拭頭髮，他拿過寧汐手上的帕子，胡亂地揉了揉自己的頭髮後，道：「妳也別忙乎了，我等一下換了朝服就得進宮，暫時不用飯了。」
寧汐皺了皺眉。「就算要進宮也不急在這一時半刻吧？我特意讓人給你準備的雞湯麵呢！」
舒恒歉意地捏了捏寧汐的手，轉身進屋換衣服去了。
寧汐不悅地扯了扯衣袖，眉頭一揚，讓人去將小溪帶過來。
小溪過來後，或許是聞到了舒恒的氣味，急著要往內室跑去，卻被寧汐攔了下來。
寧汐拍了拍小溪的頭，一臉認真地道：「就知道找你的主子，跟我過來。」

小溪委屈地叫了一聲，垂著尾巴，乖乖地跟在寧汐身後。

寧汐端起桌上的雞湯麵，蹲下來，遞到小溪面前。「你主子不賞臉，只有給你吃了。」

小溪之前已經被丫鬟餵飽了，用鼻子聞了聞，並沒有食慾，抬起頭來看向寧汐。

寧汐瞪了牠一眼。「快吃，否則以後別想吃肉了。」似乎是聽懂了寧汐的話，小溪委屈地低哼兩聲，才勉勉強強吃了起來。寧汐這才滿意地點了點頭。

舒恒剛出來就看到了這一幕，不由得搖了搖頭。還真是個孩子脾氣。

看到舒恒出來，寧汐站起身。

小溪眼睛一亮，想要撲向舒恒，卻在寧汐淡淡的眼神下失了氣勢，繼續吃麵。

舒恒失笑道：「妳對牠做了什麼？牠現在這麼怕妳。」

寧汐不介意地聳聳肩道：「大概是之前烤紅薯時不小心燒了牠的毛，然後幫牠洗澡的時候不小心燙到了牠的爪子；對了，前段時間牠老愛半夜亂叫，我就把牠丟出了院子，順便扣了牠的口糧。」寧汐偏著頭想了想。「也就這些而已吧！」

舒恒的嘴角抽了抽。他不該問的。

「你不是急著入宮嗎？還不走？」寧汐望著他。

舒恒「嗯」了一聲，然後捏了捏寧汐的臉。「一會兒時間太晚妳就先睡，不用等我了。」

寧汐拍開舒恒的手，一副嫌棄的模樣。「快走快走，誰會等你。」

見寧汐心口不一的模樣，舒恒笑出了聲，又怕寧汐惱羞成怒，忙走出去。

舒恒是與周王一同進宮的，皇上早就得到舒恒和周王回京的消息，聽到舒恒和周王過來了，馬上讓人將他們請到御書房。

兩人剛到御書房，皇上就匆匆忙忙地問起江北之事，兩人自是事無鉅細都講給了皇上聽，在聽到當地官員和山匪勾結謀財害命的時候，皇上氣得生生掰斷了手上的筆，恨不得立即處死那些貪官污吏。

等兩人把事情說完，自然就是論功行賞了。舒恒以「為聖上辦事是為人臣子的本分」一由婉拒了賞賜，但周王可就沒那麼客套了，直接請求皇上為他指個側妃，而那側妃的人選竟是歐陽玲。

聽到歐陽玲的名字，皇上和舒恒眼中皆閃過一絲深意。

皇上玩味地看著自己的這個大兒子，問道：「你府裡已經有正妃、側妃各一人，還有多名姬妾，怎麼又突然想要娶個側妃了？」

周王無比委屈地說道：「兒臣本來是想在夏季之前完成仕女圖的，可是卻去了江北，將這事給擱置下來；現在回京都快入秋了，兒臣便想著將人娶回家，儘量在入秋前完成仕女圖。」這話赤裸裸地就是在怪皇上將他外派，才導致他未能按時完成仕女圖。

皇上頗為無語地看了周王片刻。這種理由擺在別人那兒，肯定是假的，可是說這話的是周王，還真說不準，他這個不可靠的兒子，什麼時候按常理辦過事？最後皇上只能無奈地搖了搖頭。「這事朕再考慮考慮，你先回去吧！」說完就衝周王擺了擺手。

周王離開後，皇上又恢復了常態，問道：「周王在江北可有和誰接觸過？」

舒恒的眼眸閃了閃。想起此次江北之行，周王一直跟在他的身邊，只除了他處理江北官員那一日，但他後來吩咐舒奇去調查，竟然查不到周王和什麼人接觸過，越是這樣，反而讓他越懷疑。思及此，舒恒老老實實將此事告知給皇上。

皇上顯然也有顧慮，皺著眉思索了片刻，又問道：「愛卿，你覺得能否允了周王這門婚事？」

若是以前，舒恒肯定覺得將歐陽玲這顆棋子放在他的眼皮子底下更為安心，可是想到歐陽玲在忠毅侯府興風作浪，常惹得寧汐不快，他便轉了想法。與其將她放在忠毅侯府惹得寧汐不悅，還不如把她嫁出去，終歸是在京裡，也跑不掉。

「歐陽玲年齡漸大，終有成婚的一天，既然周王看上歐陽玲，皇上不如成全了周王，臣會加派人手看著她，不會出亂子的。」

聽到舒恒這話，皇上盯著他看了半晌，最後笑了起來。「你以為朕不知道你那點小心思？不就是怕歐陽玲在忠毅侯府留久了，會惹得朕的外甥女不快嗎？」

舒恒低下頭，不言，算是默認了皇上的話。

皇上見狀，搖了搖頭。其實要他說，既不讓人懷疑歐陽玲的身分，又不擔心歐陽玲逃脫的方法，就是讓舒恒娶了她；不過看舒恒對平樂情深的樣子，這個打算是不可行了。

舒恒回到長青堂的時候，寧汐已經睡下，舒恒怕吵醒寧汐，特意放輕了動作。可是寧汐睡覺一向警覺，舒恒躺下時，她還是醒了過來。

「你回來啦？」寧汐迷迷糊糊地說道。

見自己把寧汐吵醒了，舒恒歉意地拍了拍寧汐的頭。「抱歉，把妳吵醒了，繼續睡吧，明早醒來有好消息等著妳。」

寧汐點了點頭，根本沒將舒恒的話聽進耳朵裡，而是自動地滾進了舒恒的懷裡，找了個舒服的位置，又睡了過去。

舒恒無奈地看著懷中不自知的某人，以及自己激動的某個部位，嘆了口氣。這種日子還要過多久啊？什麼時候懷裡的人兒才能放下成見，成為自己真正的妻子？

翌日，寧汐醒來的時候，舒恒已經去上早朝了，寧汐這才後知後覺地想起舒恒昨晚說的話，不由得喃喃道：「好消息？什麼好消息？」

給她梳頭的曬青聽到寧汐在自言自語，問道：「小姐在說什麼啊？」

寧汐揉了揉鼻梁。「昨晚舒恒說今早有好消息，也不知是什麼好消息。」

曬青聞言，笑了起來，一邊給寧汐挽髮，一邊說道：「既然侯爺說了今早就會知道，小姐耐心等著便是，總會等到的。」

寧汐撓了撓頭。好像也是這個理，便滿心欣喜地等著所謂的好消息。

結果，當寧汐接到皇上將歐陽玲賜婚給周王為側妃的聖旨時，不禁暗罵舒恒坑人。這算什麼好消息？歐陽玲嫁給周王當側妃，比上輩子嫁得好多了；不過從另一方面來說，歐陽玲馬上就要離開忠毅侯府，她再也不用見到那張討厭的臉了，確實也算是個好消息。

對於寧汐來說，這可能還算是個好消息，可對歐陽玲來說，這無疑是晴天霹靂。接到聖旨後，歐陽玲就堵在了寧汐面前，不顧周圍還有丫鬟、小廝在就大聲質問道：「寧汐，我待在府裡是礙著妳哪一點了？妳就這麼看我不順眼，一定要把我嫁出去才甘心嗎？」

寧汐無語地看著眼前的歐陽玲。怎麼歐陽玲什麼事都能扯到她身上來？「歐陽玲，妳別到我面前來發瘋，這事跟我還真沒關係。」

歐陽玲滿臉不信，指著寧汐罵道：「能向皇上求來旨意的人除了妳還能有誰？寧汐，妳別敢做不敢當。」

寧汐不耐煩煩地用手搧了搧風，這大熱的天，在這兒和歐陽玲吵架可划不來。「這事本來就不是我做的，妳愛信不信；如果是我去求的旨意，我早把妳丟到外鄉一個犄角旮旯去了，還會讓妳做王府側妃？作夢去吧！」說完寧汐就繞過她，回了院子。

歐陽玲還想上前，卻被舒青擋了回去。「表小姐，妳還是去繡嫁衣吧，婚期這麼趕，也不知來不來得及？對了，表小姐，奴婢提醒妳一句，妳是側室，嫁衣可不能用正紅啊！」

「賤婢。」歐陽玲怒氣沖沖地盯著舒青，恨不得上前劃花舒青那張臉。

舒青才不在意歐陽玲的話，朝歐陽玲做了個鬼臉後，蹦蹦跳跳地走了。

舒恒晚上回來時，得到了寧汐的一個白眼。舒恒有些莫名其妙，他今天沒做什麼事惹寧汐不高興吧？

「歐陽玲的婚事就是你所謂的好消息？」寧汐開口道。

舒恒點了點頭。他知道寧汐不喜歡歐陽玲，所以他還以為歐陽玲出嫁，寧汐會很高興呢，難道他想錯了？「妳不希望歐陽玲出嫁嗎？」

寧汐忍不住又白了舒恒一眼。「歐陽玲出嫁，我自然高興，我只是覺得將她嫁給周王，周王太吃虧了。」

舒恒聞言，忍不住笑了起來。「沒辦法，這可是周王自己求的。」

寧汐挑了挑眉，非常誇張地說道：「周王喜歡歐陽玲？」周王眼神有問題吧？雖然歐陽玲也是一個美女，可是這個美女的脾氣可不太好。

舒恒一眼就看出寧汐的想法，捏了捏她的手。「周王是想完成他的仕女圖。」

寧汐咋舌。該不會周王娶歐陽玲就是為了一幅畫吧？得，周王的想法果然異於常人。

屋裡兩人正在調侃著，舒青就走進來，說歐陽玲過來了。

寧汐打趣地看著舒恒。

舒恒無奈地嘆了口氣。「不見。」

舒青猶豫了片刻，還是老老實實地道：「表小姐說，要和您討論舒氏一族的事。」

聞言，舒恒眼中閃過一絲凌厲，沈聲道：「讓她進書房。」然後對寧汐輕聲道：「別多想，我很快就回來。」

寧汐乖順地點了點頭，可舒恒前腳剛離開，寧汐後腳就跟了上去。

峨蕊很不贊同自家小姐的這種行為，反倒是舒青高興地跟了過去。

讓幾個丫鬟守好各個入口後，寧汐走近舒恒的書房。

書房內，歐陽玲正滿臉哀怨地看著舒恒，似乎站在她面前的不是她的表哥，而是對她始亂終棄的負心人。

舒恒冷著臉看著歐陽玲。「妳想說什麼？」

冰冷的語氣讓歐陽玲忍不住顫抖，開口道。從她知事起，她的眼裡、心裡就只有舒恒一人，她愛了眼前這個人這麼多年，怎麼能容忍自己嫁給別人？她不想嫁給什麼周王，更不想做什麼側妃，她現在只剩下一個籌碼了，她必須放手一搏。

「表哥，舒氏一族被滅門一事你就一點都不懷疑嗎？舒氏上上下下一千多人被殺，你就一點都不恨，一點都不想報仇嗎？」

舒恒瞇著眼睛看著歐陽玲。「這與妳何干？」

歐陽玲抬頭直視舒恒的雙眼。「如果我說我能幫你報仇呢？」

「哦？」舒恒毫不掩飾自己的不屑。「憑妳？」

「表哥，你看到的我不一定就是真的我，現在憑我的能力確實還不能做太多事，但只要表哥願意和我結盟，報仇之事絕不只是空談，甚至，就連那個位置，我也能幫你拿到。」後面幾句話，歐陽玲壓低了聲音。

舒恒用手摸著下巴，打量歐陽玲半晌後，緩緩道：「條件。」

見舒恒被自己說動，歐陽玲的嘴角急不可耐地揚了起來。「幫我想辦法取消皇上賜婚的聖旨，然後，娶我。」

門外的寧汐聽清楚的話不多，但後面這句卻是聽清了，她不由得握緊了雙手。

「聖旨可不是那麼容易就能取消的，妳未免太看得起我了。」

「我相信表哥有這個能力。」

舒恒走到書桌前坐了下來，朝歐陽玲露出一個笑容。

歐陽玲見狀，心裡更是雀躍不已。

「歐陽玲，妳是過於自信，還是覺得我傻？憑妳這幾句話就想讓我相信妳？再說，我舒家的事何時需要妳一個姓歐陽的來插手了？」

舒恒的話像冷水一樣澆熄了歐陽玲心中的喜悅，她呆滯地看著舒恒，似乎沒能從舒恒的話中反應過來。「舒恒，你難道就不想知道是誰滅了你舒氏一族？難道你就甘心為一個仇人賣命？」

「我甘心。」

歐陽玲難以置信地看著舒恒，似乎不相信剛才的話出自舒恒的口中。「你竟然甘心為你的仇人賣命？為什麼？難道是為了寧汐？」不知怎地，歐陽玲突然想到了寧汐這裡來，而且越想越覺得就是這樣，當下便歇斯底里地喊了起來。「寧汐她憑什麼能嫁給你？憑什麼能得到你的愛？除了身分以外，她哪裡比我強？她也不過是個孤女。」

舒恒的眼神冷了下來。「歐陽玲，妳給我聽好了，不管寧汐是不是郡主，她都比妳強上百倍、千倍。就憑妳，也配和她比？」

「不是這樣的，不應該是這樣的。」歐陽玲瘋狂地搖著頭。「我才是郡主，我才是！」

「哦？我倒想知道妳怎麼就是郡主了？」寧汐再也聽不下去了，踢門而入。

舒恒看到寧汐，有點意外，但又覺得高興，嘴角揚了起來。

所謂仇人見面，分外眼紅。歐陽玲見到寧汐進來，突然像瘋了一樣地撲向寧汐。「都是妳！都是因為妳這個女人出現，表哥才會不要我，是妳搶走了我的表哥！」

寧汐沒想到歐陽玲這般瘋狂，還來不及躲避，就被歐陽玲掐住了脖子。

舒恒忙奔上前，用力推開了歐陽玲。

歐陽玲一個踉蹌摔在地上，背部碰到桌角，疼得飆出了眼淚。

舒恒拉過寧汐，輕輕碰了碰她脖子上的紅痕。「疼嗎？」

其實寧汐並不覺得有多痛，可是故意想氣氣歐陽玲，便點了點頭，窩進了舒恒懷裡。

「好疼。」

聽到寧汐這樣說，舒恒心疼極了，馬上叫來舒奇。「把歐陽玲給我扔回她的院子，出嫁前不准她踏出房門一步。」

歐陽玲沒想到舒恒對她這般心狠，瞪大了眼睛，半晌，突然大聲地笑了起來。「哈哈、哈哈……舒恒，你會後悔的，你一定會後悔今日這般對我的。」

舒恒看都不看她一眼，不耐煩地催促道：「還不快點。」

等歐陽玲走後，寧汐馬上離開了舒恒的懷抱，戳了戳舒恒的胸膛。「現在我們該說說你的問題了。」

舒恒苦笑道：「我有什麼問題？」

寧汐挑了挑眉。這是不想主動交代的意思嘍？寧汐也不逼問，轉身就要離開。

舒恒嘆了口氣，將寧汐拉了回來。「娘子，偷聽不是件好事。」

寧汐不以為意地撇了撇嘴。

舒恒又說道：「以後有什麼話妳就問我，不能告訴妳的我會跟妳直說，其他的我都不會瞞著妳。」

寧汐有幾分懷疑地看著舒恒。「那你先告訴我舒家的事。」

舒恒知道寧汐會問這個，也做好了心理準備，將寧汐拉到桌邊坐下，才輕輕說道：「乾元二年，舒氏一族犯了大罪，所有涉案人員全部被判死罪，其他未涉案人員全被流放到邊疆。」

寧汐詫異地睜大雙眼，張了張嘴，卻說不出話來，須臾，才問道：「是多大的罪？」

舒恒垂下眼皮。「誅九族的罪。」

寧汐這次忍不住驚呼出來，然後連忙用雙手摀住了自己的嘴巴。誅九族的罪，她能想到的，只有謀反。

舒恒摸了摸寧汐的頭。「當年那事，我們嫡支雖然並未參與，但如果不是父親以自身的性命救了皇上一命，忠毅侯府早不復存在。」

寧汐反握住舒恒的手。「乾元二年究竟發生了什麼事？」

「當年的四皇子造反，想要謀取皇位，拉攏了不少世家，舒家便是其中之一，只是參與此事的只有旁支，父親一直不知，等知道的時候已經挽救不了舒家。」

寧汐抿了抿嘴。

舒恒接著說道：「當年的事皇上一直諱莫如深，再加上不少知道這件事的世家都折在了當年的戰事中，所以後來再無人敢提起。」

「可是太后告訴我，舒氏一族是被山匪屠殺的。」舒恒的誠懇，贏取了寧汐的信任，她也不再隱瞞。

舒恒沒想到太后會與寧汐說此事，有片刻的愣神，回過神來後才解釋道：「不是被山匪殺害的，是在流放的途中被人盡數屠殺。」

寧汐一愣，想起歐陽玲的話，難道是皇上舅舅做的？

看出了寧汐的猜疑，舒恒搖了搖頭。「當年之事，雖然父親救了皇上一命，但皇上留下舒氏嫡支，還保留了舒家的爵位，已經算是仁至義盡了，如果他真的容不下舒家旁支的話，大可直接下令滿門抄斬，何必背後做這種事，留人話柄？歐陽玲不過知道了皮毛，就妄想離間我和皇上的君臣之情，她也未免太小看我了。」

「你之前也說這事京中沒人敢再提起，你現在都告訴我了，沒關係嗎？」寧汐有些忸怩地問道。

舒恒露出一個溫柔的笑容。「妳是我的娘子，告訴妳自然沒問題。」頓了頓，舒恒將頭湊到寧汐身前。「在我的眼裡，妳就是我唯一的娘子，我愛妳、敬妳，只要能告訴妳的，我都會告訴妳，我不想再欺妳、瞞妳。」

寧汐一愣，鼻子一酸，輕輕將頭靠進了舒恒的懷中。

舒恒輕輕拍著寧汐的背。「汐兒，妳可願成為我真正的妻？」語氣中帶著小心翼翼和些許期盼。

寧汐安靜了片刻，才輕輕點了點頭。這些日子的相處，讓她不再懷疑舒恒的真心，不管怎樣，她都願意再相信舒恒一次，她想和舒恒做一次真正相知、相愛的夫妻。

舒恒心中一喜，將寧汐抱起來，放到了屏風後的軟榻上。

當舒恒傾身覆下的時候，寧汐心想，重生一次，也許並不是讓她來報仇的，而是老天想還她一次圓滿。

舒恒溫熱的吻輕輕地落在寧汐的額上、眉上、臉上，他的雙手像對待一件珍寶一樣，膜拜著寧汐的每一寸肌膚，輕攏慢撚。

在舒恒的溫柔攻勢下，寧汐只覺得腦中像煙花一樣炸裂開，一片空白，臉燒得很，她忍不住握緊了身下的被褥。

舒恒見狀，將自己的手覆在了寧汐的手背上，溫柔卻又強勢地與她十指相纏，嘴唇回到寧汐粉嫩的耳邊，輕咬了一口，似乎怕寧汐吃痛，又安撫性地舔了幾下。

寧汐忍不住嚶嚀了一聲，舒恒輕笑起來，灼熱的氣息噴在寧汐的耳邊，寧汐覺得自己整個身子都快燒起來了，這種久違的害羞感讓她不由得有些抗拒。

「別怕。」舒恒輕聲哄道。

寧汐微微睜開眼睛，用細小的聲音說道：「太害羞了。」

「傻瓜，對夫妻來說，這是常事。」說完，雨點般的吻就落到了寧汐的眼上。

寧汐忍不住腹誹。她當然知道夫妻做這種事是正常的，可還是會忍不住害羞啊！

見身下的人兒竟然走神了，舒恒挑了挑眉，加重了手上的動作。

不一會兒，寧汐就棄甲拋戈，腦中只剩下急促的嬌喘和灼熱的氣息。

屋內的兩人抵死糾纏，屋外的月娘則害羞地躲進了雲層中……

第十三章

第二日寧汐醒來的時候已經晌午，昨日事後舒恒叫人換了被褥，還親自幫她清洗過了，所以寧汐倒不會睡得不舒服，只是……寧汐摸了摸痠痛的腰，忍不住咬牙切齒地想，某人表面上冷冷的，可是在床第上一點也不冷。想到某人一早就精神奕奕地去了兵部，寧汐心裡更不平衡了，明明出力的不是她，為什麼最後難受的只有她一人？

聽見寧汐起身的聲音，峨蕊、曬青等人端水走了進來。

寧汐不自然地移開了自己的目光。

等梳洗完畢，峨蕊提醒道：「小姐，今天是什麼日子，您該不會忘了吧？」

寧汐揉了揉雙額，想了很久也沒想出來。「什麼日子？」

峨蕊搖了搖頭，就知道寧汐忘了，小聲道：「今日是給四小姐添妝的日子。」

寧汐一聽拍了拍頭。她怎麼把這件事給忘了，雖然自己不喜寧巧，但終歸是一家出來的，自己為了英國公府的面子著想也必須回去。

不過給寧巧添妝，寧汐一點都不急，慢吞吞地用過了午膳，收拾一通，才準備回英國公府。

這樣一拖，寧汐回到英國公府的時間自然已經比較晚了。

寧妙和寧嫵早到了，見到寧汐，寧嫵不由得打趣道：「怎麼回來得這麼晚？難道是忠毅侯不捨得放人？」

許氏瞪了寧嫵一眼。「妳們三姊妹難得聚到一起，妳就別逗弄妳三妹了。」

寧嫵哀嘆了句，到底誰才是親生的啊？

寧汐則笑著上前拉住許氏的手。「還是大伯母最疼我了。」

許氏拍了拍寧汐的手。「得，別貧嘴了，既然妳們三姊妹都到了，便過去寧巧那邊吧，別一會兒去晚了，又有人要嚼舌根。」

三人點了點頭，攜手走了出去。到寧巧院子門口的時候，竟然碰到了寧顏，寧顏似乎已經待在這兒好一會兒了，見到寧汐三人，抿了抿嘴，走上前來，乖乖行了個禮。

寧汐挑了挑眉。這幾年她跟寧顏的交流極少，倒沒發現寧顏已經長成一個亭亭玉立的大姑娘了。

「怎麼在這兒站著不進去？」寧嫵畢竟是最大的，自然是她先開了口。

寧顏舔了舔唇。「我在等三位姊姊過來。」

聽到這話，不只寧汐，其他兩人也有些詫異，寧顏可不是這麼乖巧的孩子。不過雖然心裡疑惑，但臉上皆不顯，和寧顏一同進了寧巧的院子。

寧巧的院子並沒有如其他新嫁娘那般熱鬧，畢竟只是一個庶女，也因為她之前做的事落了小秦氏臉面，小秦氏對她的婚事根本不上心，聽說嫁妝只是中規中矩按照庶女的分例辦的，根本沒有因為寧巧嫁的是郡王而多加點物品，倒是聘禮還是一如既往地讓寧巧帶走了。

不過寧汐知道這些後，一點也不同情寧巧，只能說她是自作自受，既然當初選擇了這條路，不管是什麼結果她都該受著。

見到寧汐四人前來，寧巧臉上露出恰當的笑容，將四人迎進屋。

四人中除了寧顏，其他三人和寧巧都沒有多深的感情，寒暄兩句後拿出了自己的禮物。

等寧巧笑著收下寧汐三人的禮物後，寧顏才叫身邊的丫鬟拿出自己的禮物。

然而沒想到的是，四人中和寧巧關係最好的寧顏拿出的禮物竟然都是梅紅色的。梅紅色的耳環、梅紅色的髮簪，甚至還有一套梅紅色的衣服，側室不可用大紅，寧顏這不是明擺著在諷刺寧巧做小嗎？

見到寧顏的禮物，寧巧臉上閃過一絲狼狽，但很快就恢復如常，笑著收下禮物。

寧顏抿嘴笑道：「四姊別怪妹妹的東西不多，本來妹妹是給四姊準備了一整套正紅的頭面，沒想到四姊最後做了人家的側室，匆匆忙忙間叫人去尋的梅紅色首飾，自然準備得不夠充分。」

被寧顏當眾嘲笑，饒是寧巧也有些撐不住，白了一張臉。「五妹，如果可以，我也不想做小，可是這事由不得我……」說著淚水就要滴落下來。

寧顏瞪了寧巧一眼。「別裝了，以前是我傻，才以為妳是真的被迫、無奈的，現在看來，妳早就存了攀高枝的心思。」

聞言，寧巧無措地看著寧顏，欲言又止，似乎自己受了莫大的委屈。

在場的人都沒有開口說話，寧汐和寧妙自不用說。她們都被寧巧算計過，現在怎麼會為她說話？至於寧嫵，對寧巧和寧顏之間的事根本就不上心，任她們鬧去。

寧顏見寧巧這副姿態，冷笑一聲，沒再逗留，一點面子都不給寧巧，直接拔腿走了。

寧汐揚眉。這兩人之間發生什麼事了？她突然有點好奇了。

三人回到許氏那兒的時候，竟然意外地看到了寧顏。

寧顏坐在許氏身邊小聲說著話，見到她們三人，馬上站起來，乖巧地喊了幾聲姊姊。

許氏又和她說了幾句，她便去了次間。

寧妙嘴角一揚，找了張椅子坐下。「母親，寧顏是怎麼回事？怎麼變得這麼乖了？」

許氏瞋了寧妙一眼。「寧顏也不是什麼壞孩子，以前只是被妳們祖母慣得嬌蠻了些，沒吃過苦頭而已，現在吃了苦頭，自然知道收斂了。」

許氏點到為止，在場的三人卻是懂了。

寧顏以前有大秦氏護著，又有小秦氏慣著，脾氣自然有些不知天高地厚。本來三房的孩子，許氏不想出手管教的，誰知竟出了寧巧一事。許氏平生最看不慣上趕著去給人做小的女子，心裡窩火得很，更害怕寧顏有樣學樣，跟在寧巧身邊學壞了，連累她們大房、二房三個出嫁女的名聲，於是就出手讓寧顏吃了點苦頭。

還好寧顏雖然脾氣壞了點，性子還沒長歪，本身就對於寧巧給人做小一事嗤之以鼻，許氏只是使了小計讓寧顏知道這事是寧巧自己設計的，寧顏就更厭惡寧巧了。許氏見寧顏還算有挽救的餘地，有心將她扳正過來，吩咐楊絮菀將寧顏帶在身邊，讓寧顏也能學點東西，一來二去，寧顏的性子便乖順許多，和大房的關係也就緩和了許多。

寧汐哪裡不知道定是許氏出手對付寧顏了，心裡不由得給許氏豎了個大拇指。果然，比起許氏來，她的那些小手段都不夠瞧的。

離開英國公府的時候，寧顏特意跑出來送寧汐一程。

「三姊姊，以前是我不懂事，還請三姊姊別和我計較。」

寧汐露出一個淡淡的笑容。「我沒和妳計較過。」以前她和寧顏的關係就淡，現在自然不會因為寧顏的一句道歉就變得深厚，她說沒和寧顏計較過，一半是因為她覺得寧顏是無關緊要的人，還有一半也是覺得過去的事沒必要揪著不放。

寧顏也知道寧汐是在客套，卻不點破，送寧汐到二門後便回了自己的院子。

路過寧巧院子的時候，寧顏不由得露出一絲嘲諷。她一直以為寧巧是她唯一的姊妹，沒想到這些年來，寧巧不過是在利用她來討好母親和祖母而已，如果不是許氏點醒了她，她也許到現在都還在為寧巧被嫁去郡王府做側妃一事而憤憤不平。現在她是明白了，出嫁女最重要的不是嫁得多高、多好，而是娘家願不願意為自己出頭，偏偏寧巧自作聰明，自以為自己找到了依靠，卻不知道因此失去了英國公府這個最大的依靠，以後有她受得了。

回去的時候，峨蕊忍不住感慨了一句。「五小姐現在長大了，倒是懂事許多。」

聞言，寧汐的嘴角微微揚起。她也沒想到當初那個胡攪蠻纏的寧家五小姐有乖順的一天，反而一向乖巧的寧巧做的事令人心寒，所以說，人心才是最難測的東西啊！

因為周王急著畫他的仕女圖，所以和歐陽玲的婚期就定得非常急，不過反正只是個側妃，眾人也沒什麼意見。

歐陽玲出閣前日，寧汐本來想學寧顏那樣，送套梅紅色的首飾給歐陽玲，噁心噁心她，可是轉念一想，那首飾的錢都要自己出，還是不划算，便從妝匣裡選了支過時不用的珠花差人送過去了事。

歐陽玲出閣那日，晴空萬里，就像寧汐的心情一般，送走了歐陽玲，這忠毅侯府再沒讓她煩心的事了。

歐陽玲身著梅紅色嫁衣，踏出忠毅侯府的時候，握緊了手中的喜帕。總有一天，她會回來的，寧汐也好，舒恒也罷，所有背棄過她、傷害過她的人，她一個都不會放過。

新婚當晚，歐陽玲收到了一張紙條，看完後，將紙條燒成了灰燼，對窗邊的身影說道：

「回去告訴他們，我會照做的。」
「主子說，他不希望小姐再對忠毅侯心軟。」
歐陽玲驀地握緊了雙手，冷笑一聲。「放心，我不會再對任何人心軟。」
聽到這話，窗外的身影立刻消失了，在他們都沒注意到的某個角落，一個同樣穿著夜行衣的身影也迅速消失在夜色中。

忠毅侯府。
「侯爺，屬下無能，又跟丟了。」身著夜行衣的男子跪在舒恒書房中。
舒恒眯起眼睛。這已經不是第一次跟丟人了，之前和歐陽玲接觸的人也神不知、鬼不覺地消失了，再沒有出現過，如果不是他對自己屬下的瞭解，怕是要以為自己的屬下被人收買了。對方的窩究竟在哪兒？京城就這麼大的地，憑他的本事竟然都找不出來？不得不說，對方的手段果然高明，難怪上世能隱忍二十餘年才發難，即使他和皇上早有準備，也被打了個措手不及。
舒恒回到房間的時候，看到寧汐在擺弄小孩子戴的長命鎖。
看到舒恒進來，寧汐向舒恒招手道：「快過來看，這些小鎖漂不漂亮？」
舒恒走到寧汐身邊，將寧汐抱進懷裡，然後說道：「很好看，是給小湯圓的？」

寧汐點了點頭。「今天我收拾出來一些不喜歡的銀飾，讓峨蕊拿去融了，給小湯圓還有大哥家的孩子各做了一個長命鎖。」

舒恒用下巴蹭了蹭寧汐的頭頂。「妳很喜歡小孩子？」

寧汐輕聲「嗯」了一聲，然後說道：「你不覺得他們很可愛嗎？」

舒恒不由得想起上世他和寧汐唯一的孩子，還沒來得及降世便被歐陽玲給毒害了，思及此，舒恒將寧汐抱得更緊，他絕不會放過歐陽玲。

「你怎麼了？」寧汐皺著眉掙扎了一下。「你把我弄疼了。」

聞言，舒恒的手放鬆了些，然後用臉去蹭寧汐的臉頰。「我們也生個孩子好不好？」如果孩子像寧汐，那就更好了。

寧汐摸了摸自己的肚子，點了點頭。「不過大夫說，我的身體還要調養一番。」

舒恒將寧汐抱了起來。「嗯，妳的身子的確太弱了。」

寧汐還以為舒恒是正經地在關心她，可是一看到舒恒臉上戲謔的笑容，她馬上反應過來，臉紅得像個大番茄，狠狠地瞪了舒恒一眼。明明就是某人要得太狠，她身子再好也禁不起那樣的折騰啊！

當晚，舒恒又身體力行地告訴了寧汐一次，她真的很弱，入睡前還叮囑寧汐要把身體養強壯點，然後不出意外地，舒恒的腰被寧汐狠狠擰了一把。

翌日，寧汐醒來時果然又是晌午，揉了揉快散架的身體，寧汐在心裡將某人罵了個狗血淋頭。

矖青推門進來。「小姐，來客了。」

寧汐揉了揉額頭。「誰來了？」

她在京中交好的人不多，她的兩個姊姊很少過來忠毅侯府，楊玲瓏又跑到邊塞去了，誰還會來拜訪她？

矖青笑道：「是楊小姐。」

「楊小姐？」寧汐皺了皺眉，然後回過神來，眼睛亮了起來。「三姨母家的表姊？」見矖青笑著點了點頭，寧汐忙坐起來，吩咐道：「快給我梳洗更衣，別讓她等久了。」

恰好舒青進來聽到這話，忙道：「夫人別急，這會兒楊小姐在老夫人那邊呢！她吩咐奴婢過來告訴夫人一聲，說您昨晚肯定辛苦了，讓您多休息會兒，她等會兒再過來。」

舒青是個未出閣的女子，自然不明白楊玲瓏話中的揶揄，寧汐卻是聽出來了，臉騰地燒起來，再次將某個害她賴床的人從頭到尾罵了一遍。

寧汐這邊剛收拾妥當，楊玲瓏就過來了，看到寧汐，先打趣道：「我記得某人當初嫁人的時候還百般不情願，現在的日子倒是過得很甜蜜嘛！」

寧汐嬌嗔地瞪了楊玲瓏一眼。「一年多沒見，妳不知道先關心我兩句，一見面就調侃我。」說完就上上下下打量了一番楊玲瓏。顯然楊玲瓏過得挺好，除了膚色比以前黑了些，其他的看上去都和以前一樣，甚至精神都比以前好了。「我還以為妳把我給忘了呢，去了邊塞就沒了消息，如果不是後來從三姨母那兒得知妳一切安好，我都要以為妳出了什麼事呢！」寧汐忍不住抱怨道。

楊玲瓏有些抱歉地說道：「這不是路途遙遠，不太方便送信回來嗎？好啦，是我不對，妳別生氣了。」

寧汐也不是真的生楊玲瓏的氣。她知道，一個女人在外，難免有不方便的地方，於是伸出一根手指。「一支金步搖。」

楊玲瓏馬上理解寧汐的意思，從頭上拔下了一支釵子遞給寧汐。「真是個小財迷，改日我一定要問一下忠毅侯，看他是不是虧待妳了，怎麼好好的一個姑娘到了他忠毅侯府就變得這麼愛斂財了。」

寧汐笑咪咪地將釵子遞給曬青。「我出閣前就這樣了，妳又不是不知道。」寧汐喝了口茶，又問道：「對了，妳怎麼突然回來了？之前看妳離開時那決絕的模樣，我還以為妳真想留在邊塞，一輩子不回來了。」

「邊塞那邊不安穩，我小叔怕我出事，便將我送回來了。」

寧汐蹙眉，難道又要打仗了？

「收起妳那憂國憂民的心腸，小叔說了，並不是什麼大事，他們應付得了，只是預防萬一才把我送回來，妳不是不知道我娘那個性子，若我出了事，她能把京城鬧翻了天。」

寧汐想想楊玲瓏剛離開那會兒三公主的鬧騰勁兒，不禁感同身受地點了點頭。

「對了，我昨兒個回來的時候剛好看到了歐陽玲的婚嫁隊伍，她怎麼嫁給大表哥了？該不會是妳做的手腳吧？」

寧汐嘆了口氣。怎麼大家都覺得這事跟她有關呢？難道她對歐陽玲的厭惡表現得那麼明顯？

等寧汐將歐陽玲出嫁一事解釋清楚後，楊玲瓏一副果然如此的模樣。「我就說，依妳的脾氣，怎麼會讓她嫁進皇家？不把她丟給一個肥頭大耳的富商當妾都算妳仁慈了。」

聞言，寧汐沈默了，她有那麼狠嗎？

「對了，我之前不是跟妳說歐陽玲長得像我認識的一個人嗎？」

寧汐看向楊玲瓏，點了點頭，不過歐陽玲長得像誰很重要嗎？

楊玲瓏看了看四周後，走到寧汐身邊，在她耳邊說道：「我發現她眉眼之間竟然有當年四舅舅的風韻。」

寧汐一愣。四舅舅？難道是指先皇的四兒子，當年叛亂的那個？聽說這個四皇子身子孱弱，在乾元四年的時候就病逝了，她對這個人根本沒印象，楊玲瓏也比她大不了多少，怎麼會記得？

或許是看出了寧汐的疑惑，楊玲瓏低聲道：「我母親那裡有一幅她和四舅舅的畫像，我十歲那年看到過，當時我問了母親這位舅舅的事，還被母親訓斥了一頓，說以後再不准提起此人，就連平時嬌寵我的父親都沒為我說過一句話，後來那幅畫就不知被扔到哪兒去了。」

寧汐皺了皺眉。三姨母對四皇子一事閉口不談，看來當年那事的確鬧得挺嚴重的；不過歐陽玲是舒母娘家那邊的人，怎麼也不會和這位四皇子掛上鉤才是，如果她真和四皇子有關係，皇上又怎麼會同意歐陽玲和周王的婚事？這可是亂倫啊！

「人有相似，物有相同，可能歐陽玲只是碰巧長得有點像四舅舅罷了。」

楊玲瓏也覺得寧汐說得在理，點了點頭。

「妳年齡也大了，這次回來，三姨母肯定會給妳訂親了。」寧汐不想再提歐陽玲，於是換了話題。

一說到這事，楊玲瓏就拉下了臉。「別提了，這不，才剛回來我娘就急著給我相看夫家，說什麼我年齡大了，沒以前容易找夫家了，她要先下手為強。」

寧汐捂嘴笑了起來。「妳也該嫁人了，老是這麼拖著也不是辦法。」

楊玲瓏哀嘆了幾句，然後就被寧汐拉著去用午膳了。

舒恒回到長青堂的時候，看到寧汐在箱子裡翻東西，他挑了挑眉，走到寧汐身旁。「妳在找什麼？」

寧汐撓了撓頭，沒有回頭，直接說道：「我記得我之前有一套窄袖水綠色長裙，還沒穿過呢，也不知道放哪兒去了？」

舒恒皺了皺眉。「找不到就叫人重新做一套吧！」

「來不及了。」寧汐解釋道：「玲瓏表姊約我後日去武昌侯府的馬場玩。」

「妳還會騎馬？」聽到這話，舒恒便來了興致，上輩子他竟然都沒發現寧汐會騎術。說著，就把寧汐拉到自己身邊坐下。

「欸，我還沒找到衣服呢！」寧汐嚷道，然後回答道：「我不會啊，不過後日可以讓表姊教我。」

舒恒眼睛一轉，自己的娘子怎麼能讓別人來教？就算對方是女子也不行，而且親手教自己的娘子騎馬，似乎是個挺不錯的想法。思及此，舒恒右手握拳放在嘴邊咳了兩聲。「後日，我也要過去，還是我教妳吧，別麻煩外人了。」

寧汐吐了吐舌，在心裡反駁：玲瓏表姊才不是什麼外人。

「女人之間的聚會，你去幹什麼？」寧汐瞪了舒恒一眼。

舒恒揚眉，戳了戳寧汐的額。「傻丫頭，妳真以為只有妳和楊玲瓏兩人去啊？」

寧汐狐疑地看向舒恒，不然還能有誰？

舒恒輕笑兩聲。「三公主急著給妳那表姊找夫家，後日特意吩咐了楊旭在馬場招待一些世家公子，只是順便邀請了一些世家女而已。」

今早在朝中，楊旭就跟他說了此事，可是舒恒覺得參加這種活動哪有在家裡摟著嬌妻有趣，便拒絕了，卻不想自家嬌妻竟答應了楊玲瓏的邀請，要將他獨自留在家中。

聽到舒恒的話，寧汐睜大了雙眼。「難道表姊也不知道？」

舒恒不確定地搖了搖頭。楊玲瓏能在三公主的眼皮底下溜出府，跑到邊塞去，還能不知道這事嗎？他有點懷疑。

這日，難得休沐卻不能抱著自己娘子好好睡個懶覺的舒恒坐在床邊，滿眼哀怨地看著正愉快地梳妝打扮的自家娘子。

寧汐梳洗完畢，回頭才發現舒恒還身著寢衣坐在床邊，忙上前拉起他。「快換衣服啦！」說著就取過丫鬟身上的衣服替舒恒穿了起來。

舒恒一邊享受著寧汐的服侍，一邊鬱悶地開口問：「妳今兒怎麼興致這麼高？」難道楊玲瓏在寧汐心中就這麼重要？

寧汐沒發覺舒恒的奇怪，興致勃勃地回答道：「我還從沒騎過馬呢！一想到今日能學騎馬，我心裡就激動。」

舒恒將衣服繫好後，拉過寧汐的手。「那我今日教妳騎馬好不好？」

寧汐拍拍舒恒的手，嘴角一揚。「到時候再說吧！」

武昌侯府的馬場就在城郊，也不算太遠，寧汐和舒恒到的時候，時辰還早。

不過楊玲瓏聽說寧汐過來了，特意走到馬場門口迎接，卻恰好瞧見舒恒扶寧汐下車，於是滿眼含笑地盯著寧汐，其中的揶揄不言而喻。

寧汐的耳朵有些泛紅，舒恒見狀，對楊玲瓏說道：「希望楊小姐今日能擇得佳婿。」

楊玲瓏的嘴角抽了抽。這廝真是哪壺不開提哪壺，可偏偏人家一副誠懇的模樣，她還反駁不得，最後只能瞪了瞪躲在一旁偷笑的寧汐。

「舒大哥，你來啦！」

一個洪亮的聲音在寧汐兩人身後響起，回頭一看，竟然是多日不見的于夢賢。現在于夢賢在兵部領了份差事，雖然不是多重要的職位，但對他爹來說也是很欣慰了。

「喲，于夢賢，一年多沒見，怎麼還這麼傻？」寧汐剛想開口，就被楊玲瓏搶了先。

于夢賢這才看到楊玲瓏，竟然像見到鬼一樣地跳了起來。「妳什麼時候回來的?!」

楊玲瓏挑了挑眉，露出一個挑釁的笑容。「你怕我。」陳述句，不是疑問句。

一聽這話，于夢賢又腦門充血了。「我一個大爺們，怎麼可能怕妳一個弱女子？來，敢不敢和小爺我比試一場？」

楊玲瓏雙手交叉在胸前，似笑非笑地盯著于夢賢，「呵」了一聲，然後轉身進了馬場。

于夢賢覺得自己的男性自尊被深深傷害了，走上前來，大吼道：「舒大哥，你別攔我，我今天一定要好好地教訓一下她。」

舒恒冷冷地看了他一眼，淡淡道：「我沒攔你。」

「嗯？」于夢賢回過頭一看，竟然是被忠毅侯府的馬給咬住了衣襬，瞬間臉就苦了下來。連馬都欺負他。

「舒大哥……」于夢賢滿臉哀怨地看著舒恒。

舒恒直接無視于夢賢的眼神，拉著寧汐走進了馬場，進去後不久，寧汐就和舒恒分開來。馬場設有幾個比較大的帳篷，除了公子、小姐休息之用外，還有些帳篷是專門用於小姐們換衣和存放吃食的。

寧汐隨著楊玲瓏走到一處較為華麗的帳篷內，已經有幾位小姐、夫人到了，寧汐一眼就看到坐在其中、身著鵝黃色騎裝的寧妙。

寧妙的衣著一向清雅，倒是楊玲瓏今日一反常態，穿了身火紅的窄袖長裙，整個人看起來明豔又活潑，比起平常的她，更添了分活力；只是不知道這身打扮是她自己的意思，還是三公主的主意？

寧汐本來想和寧妙說會兒話，楊玲瓏卻拉起兩人，淡淡道：「既然都到馬場來了，在這兒坐著多無趣？去選一匹馬騎唄！」

寧妙站起身來，揉了揉肩。「好久沒騎過馬了，今天既然來了，可要盡興才好。」

聽到這話，寧汐有些詫異，她竟不知二姊也會騎馬。

選馬的時候，寧汐有些糾結。她對這本來就一竅不通，現下更是犯了難，最後還是楊玲瓏看不下去，幫寧汐挑了匹通體黝黑的駿馬，而寧妙則選了匹棗紅色的馬，至於楊玲瓏……嗯？她竟然沒挑。

見寧汐糾結地看著自己，楊玲瓏摸了摸寧汐的那匹馬。「妳不是不會嗎？我先教妳好了。」

「不必了，我來教她。」

楊玲瓏的話音剛落，身後就傳來一個清冷的聲音。

楊玲瓏轉身看去，原來是舒恒，她揚了揚眉，放開了手中的韁繩。「得，那我就不打擾了。」說完就向一旁的寧妙走去。

寧汐瞋了舒恒一眼。

舒恒只當沒看見，一手牽馬，一手拉著寧汐，走了出去。

此時馬場上傳來一聲喝彩，寧汐隨著聲音看去，看到一個粉色的身影站在馬上，一手握著韁繩，一手拿著鞭子，在場中飛馳著，寧汐露出一個笑容。「沒想到武昌侯府的二小姐騎術如此了得。」

舒恒一邊小心翼翼地扶著寧汐上馬，一邊笑著說：「以後我有空就陪妳練馬，有一天妳的騎術也會變得那般好。」

聞言，寧汐搖了搖頭。「不必了。」她騎馬只是圖個樂子，又不圖拔尖。

舒恒笑著搖了搖頭，然後一躍上了馬背，將寧汐圈在懷裡，在她耳邊輕聲說道：「別怕，我帶著妳跑。」

寧汐沒想到舒恒所謂的「教她騎馬」竟是這樣一種教法，當下便紅了耳朵，掙扎道：

方。」

「別這樣，這兒人這麼多。」

舒恒沒理會寧汐的抗議，反而踢了踢馬的肚子，加快了速度。「沒事，我們去人少的地方。」

另一邊的寧妙和楊玲瓏剛騎著馬出來，就碰上同樣騎著棗紅色蒙古馬的李煜，楊玲瓏哀嘆一聲，知趣地離開了。

「本王還沒看過王妃騎馬，不知王妃騎術如何？」李煜將馬靠得更近了些。

寧妙故作羞澀地低下頭，眼珠子卻轉個不停。「臣妾只是略懂一二，比不上王爺。」

李煜嘴角上揚，有心試探，便道：「不若王妃來與本王比試賽馬吧？如果能贏了本王，本王許妳一個要求。」

寧妙的眉毛上挑，這可是個難得的好處。「王爺高看臣妾了，臣妾怎麼贏得了王爺？」

聞言，李煜嘴邊的弧度又大了些，這是誘餌還不夠大的意思啊！「那好，只要妳能跟在本王的身後不超過三個馬身的距離，本王就許妳一個要求。」

寧妙抬起頭來，臉上哪有什麼羞澀模樣。「從哪兒開始，又到哪兒結束呢？」

「就從這裡開始，到那棵槐樹下。」李煜指著遠方的一棵槐樹，話音剛落，身邊的女子就已經策馬衝了出去。李煜一愣，回過神來，眼中的笑意更甚。竟然偷跑？果然是隻小狐狸，李煜揚了揚手中的鞭子，立刻追了上去。

楊玲瓏看著跟著各自的相公離開的寧汐和寧妙，坐在馬上嘆了口氣，果然嫁了人就是不一樣了。她提了提手上的韁繩，將馬轉了個方向，看到某個騎了匹白馬在馬場上秀馬術的男子，嘴角不禁抽了抽，可真傻。但是過了會兒，她的嘴角又彎了起來，也許，下半輩子有個人讓她折騰，日子還是不錯的，楊玲瓏嘴角一彎，策馬奔向了于夢賢。

「你在這兒耍猴戲呢？」

于夢賢本來和幾個世子哥玩得正開心，一聽到楊玲瓏這話，馬上齜牙咧嘴地回道：「妳懂什麼？這叫馬術。」

楊玲瓏瞇起眼睛。「我不懂？哪你敢不敢和我比試一場？」她再怎麼說也是在邊塞待過一段時間的，怎麼可能不會點騎術？

于夢賢嫌棄地看了一眼楊玲瓏，不認為她一個千金大小姐會這些，根本不屑與她比賽；再說，他贏了楊玲瓏一個弱女子，心裡也不會有多大的成就感，於是便不再理會楊玲瓏，輕輕甩了甩手上的鞭子，飛馳出去。

楊玲瓏看著前方的于夢賢，眼中露出絲絲危險的光，轉了轉脖子，也策馬追了上去。

「于夢賢，你一個爺兒們，怎麼跑得這麼慢啊？該不會連我一個女子也比不過吧？」楊玲瓏很快就追上于夢賢，和他並肩的時候故意刺激了他幾句，話音一落便踢了踢馬腹，越過了他。

于夢賢本就不是什麼聰明的人，被這樣一激，火氣馬上就上來了，當下便什麼都不顧，追了上去。

楊玲瓏回頭看了眼身後的于夢賢，嘴邊的笑容更深。真是頭腦簡單的傢伙，不過正是如此才有趣，這樣想著，她又用力甩了甩韁繩，馬的速度又加快了些。

于夢賢咬了咬牙，看著距離自己越來越遠的楊玲瓏，心裡生出些許挫敗感。這個女人是怪物嗎？竟然跑得那麼快，就不怕自己出事嗎？剛這樣想著，便看見前方楊玲瓏的馬突然發瘋般地亂跑起來，同時還劇烈地掙扎著，似乎急於想把身上的人甩下去。

于夢賢心裡一驚，雙腳用力踢了一下馬肚子，同時大聲朝楊玲瓏喊道：「快拉緊韁繩，夾緊馬的肚子。」

楊玲瓏隱隱約約聽見了于夢賢的聲音，皺了皺眉。她當然知道要抓緊韁繩，可是再怎麼說她也只是個女子，力氣比不上男子，這馬現在驚慌得很，還不斷地掙扎，她根本駕馭不了啊！為了不被甩下去，她已經用盡了全身力氣。

于夢賢不一會兒就追了上來，楊玲瓏看到于夢賢，鬆了一口氣，輕聲道：「你一定要接住我啊！」

「什麼？」于夢賢沒聽清，大聲問了句。剛說完，就看見楊玲瓏放開了韁繩，身子馬上像片落葉般墜了下去。于夢賢心裡一驚，暗罵一聲，從馬上跳了下去，勉強接住楊玲瓏，兩人在地上滾了幾圈才堪堪停下來。

楊玲瓏趴在于夢賢的身上，不自然地動了動，身下的于夢賢突然傳來一聲悶哼。

「你沒事吧？」楊玲瓏有些愧疚地問道。

于夢賢聽見楊玲瓏的聲音，這才回過神來，馬上大吼道：「妳個傻女人，誰叫妳放開韁繩的？妳是嫌自己命大是不是？」

聽見于夢賢中氣十足的吼聲，楊玲瓏放下了心，從于夢賢身上爬起來，揉了揉耳朵，拍了拍身上的灰，淡定地道：「我這不是沒力氣了嗎？」然後蹲下身子看著于夢賢。「你不是很討厭我，怎麼願意救我？其實你沒那麼討厭我對不對？」

一聽到這話，于夢賢的臉慢慢紅了起來，話也說不順暢了。「我……我這不是因為……那個、那個……反正不管是誰在我面前遇到這種事，我都會救的。」說到最後，于夢賢乾脆大吼了出來。

「噗。」楊玲瓏不由得笑了起來。

燦爛的笑臉就這樣猝不及防地闖進了于夢賢的眼簾，于夢賢一時竟看癡了，臉色更紅上幾分。

「小妹，妳沒事吧？」在遠處看到這一幕的楊旭趕了過來，臉上還帶著薄汗，想來也嚇得不輕。

楊玲瓏收起臉上的笑容，淡淡地道：「沒事。」然後看了眼于夢賢，貌似不經心地說道：「多虧于公子相救。」

于夢賢看著楊玲瓏這副冷淡的模樣，嘴角抽搐，這是他認識的那個楊玲瓏嗎？

楊旭看著還坐在地上的于夢賢，伸手將于夢賢拉了起來，抱拳道：「于兄，謝謝你救了小妹一命。」

于夢賢動了動自己的右臂，然後擺擺手道：「小事一樁，不必掛齒。」

楊旭張了張嘴，看著眼前這個傻小子笑呵呵的模樣，一時不知該如何開口，心裡糾結地想著，這人真的知道這場意外的後果是什麼嗎？

「既然大家都沒事，那我就先走了。」于夢賢揮了揮手，就要離開。

「于兄，且慢。」楊旭急忙攔下于夢賢，見其一副疑惑的模樣，楊旭暗嘆了口氣，這傻小子果然什麼都沒想過。「不知于兄打算什麼時候來三公主府提親？」頓了頓，楊旭才開口。其實他也很不想說這話，以前他對于夢賢這個人沒什麼偏見，可是一想到這樣的傻小子剛剛當眾抱了自己的小妹，即使知道他是為了救小妹不得已而為之，他心裡也覺得憋屈。

「提親?!」于夢賢一聽到這話就跳了起來。「向誰提親啊？」

楊旭見到于夢賢這副模樣，嘴角抽了抽，咬牙切齒地道：「自然是向我家小妹提親。你適才當眾抱了她，在場很多人都看到了，難道你不想負責？」

于夢賢連忙解釋道：「我那是為了救她啊！」

「如果于兄不願負責的話，小妹的清譽便是毀了，一個毀了清譽的女子，除了被送去庵堂，還能有什麼出路？于兄可要想清楚，三思而後行，怎麼說我們三公主府也是皇親啊！」

說到最後，楊旭已經明目張膽地威脅起了于夢賢。

于夢賢心裡著急，看了眼楊玲瓏，突然反應過來，連忙說道：「妳倒是說句話啊！難道妳想嫁給我這個一事無成的人？」

楊玲瓏只是掃了于夢賢一眼，淡淡地道：「自古婚事都是父母之命、媒妁之言，哪有女子置喙的餘地？這事我作不了主。」

急忙趕過來的寧汐和舒恒恰好聽到了兩人的對話，寧汐一時有些傻眼，這發展是怎麼一回事？楊玲瓏和于夢賢？這兩人成親後真的不會把永寧伯府給鬧翻天嗎？可是想想，竟然意外地覺得有趣。

于夢賢傻眼了，那個嘴尖舌巧，常常將他說得啞口無言，甚至曾偷跑出京的楊玲瓏，竟然會說這種話？

寧汐意味深長地看了眼楊玲瓏。她家這個表姊今日的表現不太對勁啊！是真的認命了，還是說看上于夢賢了？

「舒大哥，你替小弟說句話吧！」于夢賢最後將求助的目光放到了舒恒身上。

舒恒看了于夢賢一眼，緩緩道：「恭喜。」

「啊?!」于夢賢悲憤地看著舒恒，可是又不敢回嘴。

舒恒沒再理會他，帶著寧汐走了。

寧汐見楊玲瓏身體沒事，便放心地和舒恒離開，走了一段路還回過頭朝楊玲瓏揮了揮手，道：「過幾天我再來看妳。」

見舒恒他們走了，楊旭也向于夢賢拱了拱手。「家父、家母會在三公主府靜候于兄登門。」說完也拉著楊玲瓏走了，徒留于夢賢一個人傻傻地站在原地。

他不過是來湊熱鬧的，怎麼最後竟然莫名其妙撈了門親事啊？

賽完馬回來的寧妙夫婦也看到了這一幕，寧妙不由得笑了起來。「沒想到楊玲瓏最後被于家公子叼走了，于家公子也算是有福氣。」

李煜挑了挑眉。「妳確定楊家表妹是被于夢賢叼走的？」

寧妙有些不解地看向李煜，他這話是什麼意思？「難道不是嗎？」怎麼想，于家娶了楊玲瓏都是他們占了便宜啊！

李煜故作神秘地說道：「不告訴妳。」說完就將目光放到了遠處的楊玲瓏身上。據他所知，他這位楊表妹可不是那般容易妥協的人，今日這事，怕是沒大家看到的那麼簡單。

寧妙看李煜一副眾人皆醉我獨醒的模樣，嘴角直抽搐。她怎麼現在才發現這廝竟然還挺自戀的。

李煜回過頭看到的就是寧妙這副臉部扭曲的模樣，不禁嘴角一勾。「王妃對我有什麼意見嗎？」

寧汐露出一個假得不得了的笑容。「豈敢。」

看著寧妙皮笑肉不笑的模樣，李煜心情大好，伸手捏了捏寧妙的臉。嗯，手感還不錯，不過再胖點就更好了。

寧妙的眼眸閃了閃，再次將一堆問候李煜的話憋進喉中，她真怕哪天她會憋出內傷來。

李煜見寧妙臉上神色不定，終於決定不逗弄她了，好心地轉了話題。「既然適才贏了本王，可有想好提什麼要求？」

聽到這事，寧妙眼裡露出了得意之色。怎麼說她母親也是從小全方面培養她們姊妹倆的，她的騎射之術可不輸她在琴棋書畫上的造詣。

「臣妾現在還沒想好，等想好了再同王爺提可好？」寧妙瞥了一眼李煜。

李煜揉了揉寧妙的頭。「慢慢想，只要不胡鬧，本王都允妳。」

當晚，三公主聽到這事，心裡堵得不輕。說家世，永寧伯府的爵位已經承了三代，等現任的永寧伯一走，爵位就會被皇上收回，根本落不到于夢賢身上；再說于夢賢這個人，老大不小了只是在兵部混了份小差事，怎麼想他也不是三公主心中的佳婿人選啊！可是又有什麼辦法？自家女兒被于夢賢當眾抱了，而且人家還是為了救自家女兒，不管是為了女兒的清譽著想，還是為了自家的面子，這婚事都必須結啊！

而楊玲瓏自從回府後，就一直待在自己屋中，沒再出來過。三公主怕自己的女兒接受不了這個事實，便叫楊旭去勸勸楊玲瓏。

楊旭見三公主這般焦慮的模樣，欲言又止，最後還是什麼都沒說，去了楊玲瓏的院子。

到楊玲瓏院子的時候，楊旭看到楊玲瓏身邊的丫鬟們都坐在屋外繡著手帕，見到楊旭，丫鬟們馬上站了起來。楊旭擺了擺手，道：「妳們繼續做自己的事，我來看看小姐。」說著就走上臺階，敲了敲門。

「誰？」楊玲瓏清冷的聲音從屋內傳了出來。

「母親叫我來看看妳。」楊旭話音落下不久，門就從裡面打開了。

「我能有什麼事？母親太過緊張了。」說著，楊玲瓏就走回屋裡。

楊旭緊跟楊玲瓏的步伐走了進去。

楊旭看著面前這個從小一起長大的妹妹，一時心頭百感交集。他自小便知道這個妹妹是個有主意的人，比起他對父母的順從，楊玲瓏雖然從不在表面上反對父母的決定，但暗地裡她一定能想出各種方法來改變父母的想法，她從來都不是會委屈自己的人，只是沒想到她這次竟然這樣做，看到母親擔憂的模樣，他第一次對這個妹妹生出了火氣。

見楊旭一直盯著自己，楊玲瓏打量了一下自己，確定身上沒什麼奇怪的地方，不禁皺了皺眉。「你一直看著我做什麼？」

楊旭沒說話，拿出一根細長的銀針。「這個東西妳熟悉嗎？」

楊玲瓏的眼神閃了閃，移開目光。「你都知道了。」

楊旭苦笑一聲。「我還以為妳至少會否認一下。」

「你覺得我是那種人嗎？」

楊旭搖了搖頭。正是因為瞭解自己的妹妹，所以在楊玲瓏那匹馬的身上發現這根銀針的時候，他才沒去猜想是別人要害楊玲瓏，而是馬上想到今天發生的一切也許都是楊玲瓏自己一手設計的。楊旭無奈地說道：「胡鬧！婚姻大事，豈可兒戲？」

楊玲瓏無所謂地聳了聳肩。「反正我已經胡鬧了。」

看著楊玲瓏一副事不關己的模樣，一種熟悉的無力感從楊旭內心深處冒了出來。楊旭扶額嘆息一聲，道：「那于夢賢有什麼好的，妳怎麼偏偏就看中了他，甚至為了他設計這麼一齣意外？難道妳就不怕自己真的出事嗎？」

「有什麼好怕的？我的婚事，我總得為自己拚一下吧？至於于夢賢，你不覺得他傻傻的模樣很有趣嗎？既然反正都是要嫁人，不如嫁個有趣的。」想到今日于夢賢聽到要娶自己時的那副傻樣，楊玲瓏的嘴角不由得揚了起來。她已經開始期待婚後生活了。

看著自己的妹妹又露出那種惡趣味的笑容，楊旭背脊一涼，突然開始同情起于夢賢。也不知他娶了自家妹妹，是福還是禍？

第十四章

比起三公主的鬱悶，永寧伯知道這事後差點沒笑歪嘴，直道自己兒子走運了。因為永寧伯對楊玲瓏這個兒媳十分滿意，於是不管自己兒子的反對，以極快的速度請了人上門提親。

接著便是合八字、納吉、納徵等瑣事，所以即使永寧伯再心急，最後敲定婚期的時候也已經入冬了，兩人的婚期定在明年秋天。

寧汐得知此事後，會心地笑了。沒想到兜兜轉轉，這兩人竟然走到了一起，不過想想楊玲瓏那腹黑的性子，于夢賢日後有得受了。寧汐正想著這事，聽到屋外的丫鬟喊道——

「下雪了。」

寧汐走到窗邊，推開窗一看，看到零零星星的雪花飄落下來，有些甚至還沒來得及到達地面就化成了水滴，但這絲毫不影響寧汐看到初雪的好心情。想起之前莊子上送來的紅薯還剩了些，便叫人將爐子移到屋裡來，喚來身邊的丫鬟圍坐在火爐旁，一起烤紅薯吃。

舒恒今日回來得挺早，一回來就看到這樣其樂融融的一幕，嘴角不由得也染上暖意。

見到男主子回來了，丫鬟都站了起來，只是翠螺和舒青還滿眼不捨地望著爐子上的紅薯。

寧汐抿嘴一笑，讓她們拿走幾個後，翠螺和舒青這才高高興興地退了出去。

峨蕊和曬青不禁搖了搖頭。

等丫鬟們都離開了，舒恒才坐到寧汐身邊，取過她手上的叉子，小心翼翼地翻了翻紅薯。

寧汐挑了挑眉，調侃道：「堂堂的忠毅侯竟然也會做這種事？」

舒恒對寧汐偶爾冒出來的調侃都已經見怪不怪了，聽到這話也只是滿眼寵溺地捏了捏寧汐的臉。

寧汐嘟著嘴，揉了揉自己的臉，聽見舒恒略帶懷念地開口。

「以前父親還在的時候，也常常給我和母親烤紅薯吃。小時候，父親對我很放縱，只要不是原則性問題，我怎麼鬧騰他都不會責怪我，母親總說父親對我太縱容了，可是父親說男孩子就該頑皮一些，母親也拿父親沒法。後來父親過世，母親整個人都沈靜下來。記得父親入葬那日，母親把我叫到她身邊，非常認真地告訴我，以後這個家就由我來支撐了，從那以後，我便再沒做過這種事。」

寧汐從沒聽舒恒提起過他小時候的事，安靜地靠在舒恒肩上，聽他講述，等他說完，寧汐忍不住想，如果舒父還活著，現在的舒恒又會是怎樣？是像二皇子那樣溫文爾雅，還是像許逸凡那樣自命風流？想到舒恒一臉桃花地搖著摺扇的模樣，寧汐忍不住笑了出來。

舒恒見狀，用指尖點了點寧汐的額頭。「又在胡思亂想些什麼？」

寧汐笑著搖了搖頭，想起舒恒的話，道：「一會兒，我們也給母親送些烤好的紅薯過去吧！」

舒恒「嗯」了一聲，然後挑出一個烤熟的紅薯，細心剝開後，撕了一小塊放到寧汐嘴裡，寧汐愉悅地享受著舒恒的服侍。

等寧汐吃夠了，舒恒才說起另一件事。「今日祖父遞了摺子，要把英國公的位置讓給大伯。」

寧汐也不覺得奇怪，摸了摸吃飽的肚子，懶洋洋地回道：「祖父年紀也大了，是時候休息了，在家含飴弄孫挺好的。」然後寧汐換了個姿勢，趴在舒恒身上。「有時間，你陪我回去看看祖父唄，我看他挺喜歡和你下棋的，你似乎也滿喜歡和祖父下棋來著。」

聞言，舒恒笑了起來。「妳以為那會兒，我真那麼閒？還不是為了從祖父手上娶到他的寶貝孫女，不過我的那點心思怕是早就被祖父看穿了。」

說起這事，寧汐突然想起之前就想拜託舒恒的事，於是開口道：「你幫我辦件事唄！」

舒恒挑了挑眉。「什麼事？」

「你手下的人不是挺多的嗎？幫我留意一下有沒有合適峨蕊、曬青她們的人，她們年齡也大了，是時候婚配了。」

舒恒皺了皺眉。這事他還真不擅長，可既然寧汐開口了，再不擅長他也得做。

寧汐伸手撫平舒恒的眉頭。「不就是讓你幫我注意一下你身邊的人嗎？看你這眉頭，都能夾死蟲子了，如果真的太勉強，還是我去做這事吧！」

自己的娘子每天盯著別的男人看？想想都不能接受，舒恒忙道：「不勉強，我會注意的。」

聽到這話，寧汐的嘴角露出一絲得逞的笑容。

「對了，舒奇和舒青是怎麼回事啊？我看你對他們兩人滿特別的。」

舒恒將手搭在寧汐的肚子上，幫她輕輕揉著肚子，慢慢道：「他們是我父親收養的孤兒，自小跟在我身邊，武功也是跟我的武術師傅學的。」

寧汐瞇著眼睛，「嗯」了一聲。「我看舒青挺喜歡舒奇的，舒奇那邊是什麼意思啊？」

舒恒輕笑一聲。「妳就這麼急著把妳身邊的丫鬟都嫁出去嗎？不知道的人還以為妳多不待見她們。」

寧汐輕捶了舒恒一拳。難得今日兩人都閒著，她自然要將該問的事都給問了。「快說。」

舒恒嘴角掛著淡淡的笑容，道：「我也不太清楚，我一向不太注意這些事，不過他們兩個是一塊兒長大，感情應該挺好的。」

寧汐看了舒恒一眼，眼中帶著滿滿的嫌棄，彷彿在說：你這主子拿來有何用？

舒恒有些哭笑不得。他每天這麼忙，哪有時間去關注底下人的感情問題？再說感情這事，他也不太好出面干涉。

寧汐才不管舒恒心裡的想法，暗暗盤算著，哪天要把舒奇叫來，問清楚他的心意，舒青好好的一個姑娘可別被耽誤了。

等剩下的紅薯烤熟後，寧汐便叫舒青給舒母送了些去。

舒母拿到香氣逼人的紅薯，輕輕撕下一塊放進嘴裡，嚐到熟悉的味道，眼圈迅速泛紅，放下手中的紅薯，擦了擦眼角，讓下人們分去吃了。舒母看著手中的手鐲，眼中帶著緬懷。不是你烤的紅薯，終究少了些味道……

眼看著年關將近，各家各戶都在忙著備年貨，想要和家人開開心心地過一個好年，可御史臺的一紙奏摺卻打破了這個平靜的年節，在朝堂上再掀風浪。

一貫不會看人臉色行事的御史臺，這次參的不是別人，而是皇后的娘家，順安侯府。奏摺上一共列了十餘條罪狀，貪污受賄、買賣官職，皆在其上，且證據確鑿，連哪年哪日在何處收某人多少銀兩都寫得清清楚楚的，就像御史臺的人當時就在現場記錄一樣。

證據確鑿，任憑順安侯百般狡辯，皇上仍在朝堂上直接奪了他的爵位，相關人員全部下獄，甚至連賢王和皇后都受到此事牽連，兩人皆被禁足，後宮暫時由貴妃代為管理。

一時之間，京中勛貴皆收斂了手腳，都怕一個不慎，自己就成了帝王盛怒下的炮灰。

這個年節，京中安靜的氣氛中帶著濃濃的壓抑。

皇宮裡，皇后摘去身上所有首飾，一身素色，不顧宮人的勸說，執意跪在御書房外。

皇上聽到此事後，重重地放下了手上的奏摺。「朕不是將她禁足了嗎？是誰有那個膽子敢放她出來？」

聽到這話，在場的宮人都默默不語。那可是皇后，她硬要闖出鳳儀宮，她們這些宮人哪攔得住啊！

「既然她想跪，就讓她跪著好了。」皇上正在氣頭上，自然不願見到皇后。說完，皇上就拿起了奏摺批閱。

旁邊的宮人見了也不敢多提，悄悄退了出去。

直到用晚膳的時候，宮人上了膳食，皇上身邊的太監見皇上還沒有接見皇后的意思，忍不住提了一句。

皇上皺了皺眉。「她還沒走？」頓了頓，又道：「讓皇后進來。」

太監舒了一口氣。還好皇上氣消了些，沒有遷怒他。

不一會兒，皇后就被人攙扶著走進來，因在殿外跪了兩個多時辰，她現在走路都有點不穩。

皇上本來看到皇后這副模樣，心裡還有些愧疚，可一看到皇后的裝束，心裡便忍不住冒出了火氣。「妳這身打扮是什麼意思？」

皇后拉著宮人的手，輕輕跪了下去。「罪妾現在是戴罪之身，怎敢穿金戴銀？」

皇上冷哼一聲。「朕看妳不是不敢穿金戴銀，不過是想以這副模樣來騙取朕的憐惜，為妳父親求情而已。」

皇后抬起頭來，直視著這個她嫁了多年的男子。這是她的夫，同時也是她的君，卻永遠不會是她的愛人。「罪妾自知家父罪不容恕，但罪妾為人子女，豈有家父在獄中受苦而自己卻安享榮華富貴之理？罪妾不求皇上寬恕家父，只是家父已經年邁，身子怕是禁受不住牢獄之災，罪妾願替家父承受所有責罰，只求皇上能放家父出獄，哪怕是將他禁足在一個落魄的小院裡也好。」

「胡鬧！」皇上沒想到一向精明的皇后也有這般糊塗的時候，不由得指著她大聲喝斥道：「妳知不知道妳所求的是多麼荒唐的一件事？朕若是允了妳，怕是會被天下人貽笑大方。」

「皇上，罪妾何嘗不知這是一件荒唐事，可那畢竟是罪妾的父親啊！罪妾如何忍心看他受苦？」說著，淚水就從皇后的眼角流了下來。

皇上輕嘆了一口氣，上前將皇后扶起。「朕知道妳的孝心，朕也知道順安侯府的事妳和子玉都不知情，可是皇后，妳已經嫁入皇家，早是皇家的人了，萬事都應該先為皇家考慮；而且，妳別忘了，妳還有子玉，難道妳忍心看到子玉在失去舅族的支持後，又失去妳這個母親嗎？」

聽到這話，皇后愣了愣，喃喃道：「皇上……」

皇上拍了拍皇后的手。「朕言盡於此，妳回去好好想想。」

皇后福了福身，由宮人攙扶著走出了御書房。

回到鳳儀宮，皇后身邊的宮女馬上拿來藥膏，一邊小心地給皇后上藥，一邊心疼地說：「娘娘，您明知皇上在氣頭上，又何必這個時候去找不痛快？您看，您的膝蓋都青了。」

皇后一邊忍著痛，一邊道：「正是因為皇上在氣頭上，本宮才要這個時候去見皇上。沒有誰希望自己的枕邊人在面對自己父親入獄的時候還能保持冷靜，皇上也不例外，如果本宮不去替父親求情，在皇上眼裡這不是聰明，而是冷血。這次本宮雖然遭了些罪，卻給皇上留下了好印象，一個糊塗但有孝心的皇后，總比一個冷血的皇后來得好；而且現在對於本宮和子玉來講，我們能依靠的只有皇上的寵信了。」

「那順安侯府那邊怎麼辦？還好世子夫人的娘家未受牽連，聽說世子夫人已經帶著孩子回了娘家。」

皇后揉了揉額，眼中閃過一絲冷意。「本宮的父親和哥哥在做這種事時難道沒想過這是把本宮和子玉放在火上烤嗎？既然他們早就放棄了本宮和子玉，本宮又何必管他們的死活？」

賢王府內。自從李煜被禁足後就一直窩在寧妙的院子裡，足不出戶，不瞭解內情的外人真以為他是被這件事給打擊到了，開始頹廢度日。

可天天和李煜待在一塊兒的寧妙卻知道，這廝根本沒把禁足當回事，每天吃飽睡足後就寫寫字、作作畫，再去院子裡蹓躂兩圈，日子過得別提多滋潤了，寧妙看了都嫉妒得很。

就在寧妙一邊看著帳本，一邊腹誹著某個悠閒的王爺時，吳嬤嬤走了進來。

看到吳嬤嬤無奈的表情，寧妙就猜到了是什麼事，直接開口道：「許華裳又過來了？」

這幾日，許華裳天天過來求見李煜，可是李煜直接將許華裳丟給寧妙，讓她去處理。

見吳嬤嬤點了點頭，寧妙恨恨地剜了李煜一眼。明明他那麼閒，明明是他的側妃，為什麼卻要她去應付？憑什麼她每天累死累活地幫他打理家事，還要照料他的妾室？寧妙重重地合上帳本，驀地站了起來。

李煜拿起茶杯輕抿了一口，見寧妙起身，輕聲道：「辛苦了。」

寧妙聽到這話，心裡更扭曲了，轉過頭冷冷地看了李煜一眼，才滿心不甘願地走了出去。

李煜奇怪地摸了摸鼻頭。他剛剛表現得明明就是一個模範夫君的模樣啊，怎麼寧妙還不高興了？

許華裳坐在正廳等了許久，聽到腳步聲，忙站起來，滿眼期待地望著門口，當看到寧妙走來時，眼眸又黯了下去。

「王爺還是不肯見我嗎？」許華裳表情落寞。

「王爺想清楚了自然會見妳，妳不必每日都來。」寧妙儘量保持溫和的語氣說道，心裡不斷告訴自己，要端莊、要大度。

許華裳咬了咬唇，突然向寧妙屋中走去。「不行，我今天一定要見到王爺。」可是還沒走幾步，就被一旁早已準備好的丫鬟攔了下來。

許華裳已經不是第一次這樣做了，寧妙嘆了口氣。這女人在想什麼呢？別說現在李煜已經表明了態度，不會幫順安侯府，就算李煜願意幫，他如今被囚禁在家，又做得了什麼呢？

順安侯府出事後，許華裳日夜擔驚受怕，本就精神脆弱，這會兒被丫鬟攔下來，許華裳心裡的火氣一下就大了起來，當下便對寧妙大喊大叫道：「寧妙！妳有沒有良心？就算我以前做過對不起妳的事，可現在我娘家出了這麼大的事，祖父、父親如今還在牢房裡受苦，妳就不能大發善心幫我一次嗎？妳這樣攔住我去見王爺，究竟是何居心？妳可別忘了，那不僅是我的祖父、父親，也是王爺的外祖父、舅舅。」

寧妙心裡本就不耐煩應付許華裳，這下聽到這話，便不想給許華裳面子了，冷笑一聲，道：「本妃自然記得妳娘家親人的身分，如果他們不是王爺的舅家，王爺現在也不至於被牽連，禁足在府，連朝堂都不能去。妳現在在這兒提到妳的父親、祖父，是生怕王爺忘了自己是被他們牽連的嗎？」

許華裳聽到這話，臉色一白，她也明白了，在這兒和寧妙硬來根本行不通，於是也聰明了一回，態度馬上軟和下來，眼圈泛紅，懇求道：「王妃，妾適才是過於心傷才會胡言亂語，您不要和妾一般見識。求求您，就讓我見王爺一面吧！」
如果許華裳一開始就是這個態度，寧妙即使不會讓她見李煜，至少也會勸她幾句，不至於讓她下不了臺，可如今，晚了。「我說了，不是我不讓妳見王爺，是王爺不願意見妳，妳回去吧！」
「王妃，妳想想，如果是英國公府遭遇此事，妳會放棄一線生機去救自己的家人嗎？」
寧妙看了許華裳一眼，淡淡道：「不會。」
許華裳的眼睛剛冒出一絲希望，又聽到寧妙繼續說道——
「可是我的祖父、父親絕對不會做出有傷國體的事，至少只要我一日是賢王妃，他們就不會做出任何給賢王扯後腿的事。日後妳也不必過來了，王爺如果想見妳，自然會召見妳，如果妳再來，我也不會再見妳了。」說完，寧妙就轉身離去。
許華裳頓時癱倒在地，低聲哭了起來。
回到屋裡，寧妙也沒給李煜好臉色看。
李煜湊上前去。「怎麼，生氣啦？」
寧妙坐在書桌前，繼續看著帳本，皮笑肉不笑地回道：「哪敢生王爺的氣。」
李煜摸了摸鼻子，知道寧妙是真生氣了，他站起身來，在屋裡轉悠了幾圈後，突然眼前一亮，湊到寧妙面前，抽出寧妙手中的帳本。「換衣服，我帶妳出去轉轉。」
「嗯？」寧妙有些疑惑，來不及發問，就被李煜推著去換衣服。

扮。

「順安侯府這下算是徹底垮了，你應該很高興吧？」

聲音從內室傳來，男子坐在外面能看到簾內人影浮動，一個女子模樣的剪影正在梳妝打扮。

不一會兒，一隻纖細白嫩的手將簾子掀開，打扮得鮮豔明麗的女子走了出來，竟然是歐陽玲。「怎麼不說話，難道後悔了？你可別忘了，我們這邊原來是打算利用順安侯的，可是你擔心他臨時倒戈，讓我們放棄順安侯，而且順安侯府的那些罪證也是你親自送到御史臺去的，現在才心軟會不會晚了點，周王爺？」

坐在歐陽玲面前的人正是那個傳言閒雲野鶴、不喜政務的周王爺。

周王皺了皺眉。「本王既然做了決定就不會後悔，我剛剛只是在想，要怎麼做才能讓皇后一脈徹底沒有反擊之力？」

歐陽玲將手絹按在嘴邊輕笑兩聲。「王爺你也太心狠了，順安侯府本就成不了氣候，你現在已將他們連根拔起了，哪還有死灰復燃的餘地？」

周王挑了挑眉。「我那二弟可不是吃素的，妳以為沒了順安侯府，他就成不了事了嗎？而且，父皇的心思也實在難猜。」

歐陽玲的神色冷了下來，本就沒什麼情緒的眼中露出些許冷意。「那就先折了賢王的左膀右臂，即便他再怎麼有能力，一個人也威脅不了我們。」

周王的嘴角彎了起來。「那下一個要對付的人是誰？」

「舒恒。」曾經，那個在口中溫柔呢喃過多次的名字，原來也可以不帶任何感情地說出來，歐陽玲不由得冷笑了一聲。

周王的眼眸閃了閃，走到歐陽玲身邊，挑起她的臉，握緊她的下巴，微微彎下腰，直視歐陽玲的雙目。「妳真的捨得？」

歐陽玲的嘴角更加上揚。「自然。」

周王這才露出一個滿意的笑容，坐回位置，玩著手中的茶壺。二弟，你可別怪我，那個位置誰不想坐？以前我是沒有能力與你爭，可自從江北剿匪時與那幫人接上線後，如今既然我手上有了籌碼，我自然要為自己爭上一爭。

寧妙和李煜坐在馬車上，大眼瞪小眼。寧妙萬萬沒想到，這廝膽子這麼大，竟然敢陽奉陰違，偷偷溜出府來。寧妙的心裡已在盤算如果被皇上知道這件事，自己該如何脫身了。

李煜看寧妙一臉嚴肅的模樣，不禁敲了敲寧妙的頭。「別沈著一張臉了，我為了討妳開心，都違反父皇的旨意，偷跑出府來了。」

寧妙的眼角抽了抽。「其實，我待在府裡挺高興的。」

李煜眼中帶著柔情，摸了摸寧妙的臉。「看這小臉委屈的，今天夫君就帶妳出來玩一遭，就算被父皇發現了，我也會保護妳、替妳擔著責罰的。」

寧妙看李煜一副情深的模樣，嘴角抽了抽。別做出那副大義凜然的樣子好不好？又不是我硬拉你出來的，你受罰不應該嗎？最後，寧妙磨著牙說了句。「還真是謝謝你了。」

「不用謝。」李煜收回手，笑得一臉得意。

寧妙怎麼看怎麼覺得李煜的臉很欠扁。

不一會兒，馬車就停了下來，李煜扶著寧妙下了馬車，寧妙這才發現他們到了某處類似酒樓後門的地方。

李煜讓馬伕去敲門，很快就有人從裡面把門打開，看到李煜和寧妙兩人也不覺得詫異，而是恭敬地將兩人迎了進去。

寧妙蹙眉，不知道李煜這是要做什麼，但還是乖順地跟在李煜身後走了進去。

就如寧妙所料，這裡的確是一家酒樓。很快地，兩人被迎進二樓一處偏僻的包廂中，一路上竟然都沒碰到其他客人，寧妙心裡更加詫異，心裡猜想這裡絕對不只是一家酒樓那麼簡單。

李煜見寧妙皺著眉，嘴角一彎，也不和她解釋，隨意坐了下來，問道：「這裡的醬香肘子和蓮蓉糕可是一絕，要嚐嚐嗎？」

寧妙也坐了下來，見李煜沒解釋的意願，也聰明得沒發問，而是故作乖順地回了句。「王爺您說了算。」

可是很快地，寧妙就後悔她說了這句話了，看著那一大桌的菜，寧妙嘴角抽搐道：知道你財大氣粗，但也沒必要點一大桌菜來證明吧！

「王爺，這麼多菜，我們兩人也吃不完呀，這太浪費了。」寧妙委婉地表達了對李煜這種鋪張浪費行為的不屑。

李煜搖了搖頭。「妳怎麼知道就只有我們兩人？」

寧妙面露疑惑。還會有誰？

李煜話音剛落，門口就傳來了敲門聲，門打開後，寧妙一看，竟然是舒恒？然後又看到一個小腦袋從舒恒身後探了出來，正好奇地打量著屋內，那人竟是寧汐。

寧汐見到李煜，眼中有些詫異，可是眼珠一轉見到寧妙後，眼睛立即亮了起來。「二姊，妳怎麼在這兒？」寧汐好奇地問道。舒恒帶她出門，也不告訴她要去哪兒，她還以為是多神秘的事呢，原來是來見自己二姊。

「妳二姊想妳了，我帶她來見見妳。」李煜笑著說道，然後看向舒恒。「少桓，你看把平樂表妹樂得，一見到她二姊，就把我們兩人都給忘了，看來我們在這兒也是討人嫌，出去轉轉吧？」

舒恒淡淡地掃了李煜的一眼，道：「只有你。」

寧汐一聽這話就噗哧一聲笑了出來。

寧妙和李煜愣了片刻才反應過來，舒恒這話的意思是，討人嫌的只有李煜一人。

李煜搖了搖頭。算了，不和舒恒計較，反正舒恒這種冷冰冰的人，你和他爭論，你說十句他才回你一句，這種一拳打在棉花上的感覺一點都不有趣。

「好了，讓她們姊妹倆聊聊，我們兩個爺兒們就別在這兒杵著了。」說著，李煜就出了門。

舒恒向寧汐點了點頭，才走出去，順便把門給合上了。

「不錯嘛，我那個王爺表哥對妳挺好的，禁足期間還帶妳出來和妳親愛的妹妹見面。」見兩人出去了，寧汐迫不及待地打趣道。

寧妙白了寧汐一眼，拿起茶杯，試了試冷熱，感覺合適才放到嘴邊輕抿了一口，然後淡淡地道：「妳信他的話嗎？」

寧汐這才露出一個正經的笑容。「不信，但是二姊不也不會拆穿王爺，不是嗎？」

聽到這話，寧妙才笑了起來。「為妻之道和為臣之道差不多，夫君不想讓妳知道的事，妳就算心裡知道也要裝糊塗，明白嗎？」

寧汐吐了吐舌。「舒恒說我想知道什麼就去問他，只要能告訴我的他都會告訴我。」

寧妙聽到這話，不由得挑了挑眉。「看來舒恒挺聰明的嘛，我之前還怕他太傻，不懂得討妳歡心。」

寧汐皺了皺眉。舒恒才不傻，那廝心裡精明著呢！

寧汐心中精明的舒恒，此刻正冷冷地盯著李煜。

李煜搓了搓雙臂，笑道：「少桓，你別這樣看著我，這天已經夠冷的了。」

舒恒冷哼一聲才移開目光。「我不認為現在是我們見面的好時機。」

李煜嘴角的笑意冷了些。「我現在是一個窮途末路的王爺，和自己最後的一個得力幫手見面不正應該嗎？」

舒恒挑了挑眉，問道：「救不救順安侯？」

「順安侯府於我而言可有可無，他以為是除掉我的一大助力，其實跟蟲子在我身子咬了一口一樣，我根本不痛不癢。」李煜頓了頓，接著道：「只是一想到這隻蟲子和我有血緣關係，我心裡就不舒坦。」

「他求娶歐陽玲的時候我就叫你多注意他了，怎麼，現在被咬，心裡難受了？」舒恒才沒那個心情去安慰李煜，被人算計了一把，雖然於他沒什麼損失，心裡卻極度不快。

李煜聽到舒恒的話也不惱火，反而諷刺道：「你說我那個大哥不是一心要做個畫師嗎？怎麼突然看上那個位置了？難道是為了日夜觀察，畫一幅完美的龍椅圖？」

舒恒白了李煜一眼。「以前裝作無慾無求，不過是因為沒那個能力，只能寄情於物，現在有幫手，自然心思就上來了。」

李煜不由得輕笑起來，笑容卻不似以前溫暖，反而帶著淡淡的冷意和悲哀。「少桓，你知道的，我從未想過要與他為敵，而且那個位置我也不是非要不可，只是身為中宮之子，有些事由不得我選擇。」

舒恒的眼神閃了閃。他何嘗不懂李煜身不由己的感受?就像他身為舒氏一族的後人，有些事他也沒得選擇。

「你說，父皇知道大哥的事嗎?」李煜突然發問。

舒恒沈思片刻。「也許知道，但知道得肯定不多。」

李煜點了點頭，然後轉了話題，拍拍舒恒的肩膀道：「他們之後要對付的人可能就是你了，小心點，我可不希望你出事。」

「你放心，我不會讓他們得逞的。」舒恒的眼裡帶著堅毅。就算是為了寧汐，他也不會讓自己出事的。

看舒恒這個樣子，李煜放心了些，不過想到舒恒對待寧汐的態度，還是忍不住揶揄道：「也是，就衝著你對平樂表妹的癡情樣，肯定也捨不得留她當寡婦。」

舒恒白了李煜一眼。「臣也沒想到王爺會把王妃帶到我們秘密見面的地方來，還臨時通知我，讓我帶上內子，想來王爺對王妃的癡情不比臣少。」

李煜聽到這話，臉上的笑容都快維持不住了，他怎麼可能對那隻小狐狸癡情?

等兩人回到之前的廂房時，寧汐她們都吃完了，舒恒便帶著寧汐先回府，李煜則在廂房內停留了一會兒，才攜著寧妙回府。

在回程的馬車上，寧妙在心裡朝李煜翻了無數個白眼。得，又被當了回幌子，明明是為了見舒恒，還好意思說是帶她出門，逗她開心。

和舒恒回去的途中，寧汐不禁問道：「賢王會有事嗎？」

聽到寧汐這樣問，舒恒想起李煜曾經說過皇上打算將寧汐許進皇家一事，心裡突然有點不舒坦，似笑非笑地道：「妳擔心他？」

寧汐見狀，知道舒恒又多想了，不由得瞋了他一眼。「二姊姊現在和他命運相連，我自然關心，你在亂想些什麼？」

舒恒有些尷尬地揉了揉鼻子，轉開視線。

寧汐伸手戳了戳舒恒的腰，舒恒皺了皺眉，寧汐見狀又戳了戳他的腰。

舒恒轉過頭來，用自己的手輕輕包裹住寧汐不規矩的小手。「別鬧。」

寧汐又往舒恒身邊靠了靠。「欸，你和賢王神神秘秘的，都說了些什麼啊？」

舒恒有些拿不准寧汐的心思，問道：「妳真想知道？」

寧汐乾脆將頭放在舒恒的腿上，仰著頭看著舒恒，笑道：「你不說我也知道，總歸離不開朝堂上最近發生的那些事；不過我倒是不知，你私下竟然在為賢王辦事。」

舒恒捏了捏寧汐的鼻子。「也不算是為他做事，只是我和他算是多年好友，比起其他人，我更希望成事的人是他，不過舒家忠的永遠是皇上。」頓了頓，然後道：「朝堂之事妳不必管，我會處理的。」

寧汐對這些事也沒什麼興趣，遂點了點頭。

一個月後，某家茶樓內，兩個尋常百姓打扮的人坐在一起竊竊私語。

「你還記得前陣子江北鬧山匪一事嗎？」

「哎喲，那事，怎麼不記得？那會兒京裡不知湧進來多少難民，還是忠毅侯出兵才解決了此事呢！說起這忠毅侯啊，真不愧是英雄之後，你知不知道，當今聖上的命都是前任忠毅侯救下的。」

「喲，還有這事呢？不過我今天要跟你說的關於忠毅侯的事，你肯定不知道。」

「是什麼？你別賣關子，快說。」

「聽說忠毅侯在江北那些貪官家裡搜出不少的民脂民膏，你知道忠毅侯是怎麼處理的嗎？據說大部分都發放給了當地百姓，那邊的百姓可感激忠毅侯了，甚至有人說……」說著，那人看了看四周，壓低聲音道：「這忠毅侯比皇上還管用。」

聽到這話，隔壁桌的男子放下銀錢，走了出去。

見隔壁的人走了，適才說話的兩人嘴角一勾，也起身走了出去，最後拐進了一處隱蔽的小巷子裡，那裡站著一個蒙面的男子，兩人走到蒙面男子面前，說道：「大人，事已經辦妥了，您看您之前承諾給小的們的銀兩……」

「拿去，快走吧！」男子的聲音有些沙啞，說著遞給兩人各一個鼓鼓的荷包。

那兩人接過荷包後迫不及待地打開看了一眼，然後馬上將荷包放進懷中，帶著滿臉猥瑣的笑容離開了。

第二日早朝，太監剛說完有本啟奏，無本退朝後，陳御史就站了出來。

「臣有事啟奏。」

皇上看是御史臺的人，心裡有些無力。這群人平時為了進諫，到處去打聽官員們的家長裡短，連一點雞毛蒜皮的事都要搬到朝堂上來講，這次又不知道要說些什麼了。「什麼事啊，陳御史？」皇上的語氣頗為敷衍。

似是沒聽出皇上的不耐煩一樣，陳御史仍然不疾不徐地說道：「臣要參忠毅侯欺上瞞下，擅自挪用贓物。」

皇上皺了皺眉，道：「陳御史，你沒糊塗吧？忠毅侯最近一直待在京中，也未參辦過任何案件，何來挪用贓物一說？」

「臣參的是忠毅侯在江北時所做的事。」

舒恒聞言皺了皺眉，心裡冷笑。看來真是那邊動手了，不過兩次都用同一種方法，他們也未免太信任御史臺了。這樣想著，又聽到陳御史說道——

「據臣所知，忠毅侯在江北收繳了當地貪官大量的錢財，按理，這些錢財都應該送入國庫，可忠毅侯卻在未徵求皇上同意的情況下，將其中大部分銀錢送給了當地百姓；臣甚至聽說，在江北，忠毅侯的威嚴可比擬皇上的威嚴，臣不得不懷疑忠毅侯之用心。」

陳御史說完後，朝堂上的官員都安靜了下來，心裡暗罵陳御史真是個棒槌，就算他想暗示舒恒有功高震主之嫌，也應該在單獨覲見皇上的時候說，或者隱晦地暗示皇上嘛，哪有人大剌剌地將這種話放到朝堂上來講的？

皇上瞇起眼睛打量了一番陳御史後，才轉頭看向舒恒。「你可有話要說？」

舒恒走了出來，站在陳御史身旁。

比起陳御史肥胖矮小的身材，舒恒站在那兒就像一棵挺拔的松樹，賞心悅目多了。

「臣在離京前，皇上曾說過，遇到特殊情況，臣可自行處理。臣當時見江北百姓食不果腹，便自作主張分了部分贓物出去，未提前告知陛下實屬無奈之舉，不過發放財物的時候，臣都是以皇上的名義送出去的，這一點，相信周王也能作證。」說著，舒恒看了眼周王，見周王笑著點了點頭，才又朝陳御史說道：「還有一點，陳御史可能不知道，我在回到京師後便立即將此事稟告了皇上，皇上也是同意此事的。不知陳御史還有什麼疑問，儘管提出來，我現在可以為你一一解答。」

舒恒的話多說一句，陳御史的臉就白上一分，最後臉上已經血色全無。本來還以為能告上舒恒一狀，為自己的功績添上濃墨重彩的一筆，沒想到自己過於心急求功，未去查證事情的真實性就將此事說了出來，結果不僅沒有扳倒舒恒，反而讓自己在大殿上顏面盡失。一時間，陳御史的臉色非常精彩。

「哈哈……」等舒恒說完，皇上忍不住笑了起來，還對陳御史說道：「陳御史還有什麼問題啊？儘管提，朕讓忠毅侯都解釋於你聽。」

陳御史滿臉尷尬，恨不得找個洞鑽進去。「沒有了，是臣一時失察，誤會了忠毅侯，忠毅侯別和小官計較才是。」

舒恒冷冷掃了一眼陳御史。雖然知道他是被利用的，但對這種有頭無腦、好大喜功之人始終喜歡不起來，半晌，才冒出兩個字。「不敢。」然後退了回去。

陳御史也退回了原位，忍不住直冒冷汗。忠毅侯剛剛那一眼也忒嚇人了點，他還以為他會被忠毅侯的眼神給凍死呢！以後就算是再大的功績，他也不敢參忠毅侯了，這種恐怖經歷有過一次就好。

退朝後，皇上留下了舒恒。「今天陳御史突然參你一本，你不覺得奇怪嗎？」

舒恒低下頭。「御史臺的職務本就是監督官員有無收受賄賂等違法行為，任何官員被他們參了都不意外，自然，臣被參了也屬正常。」

皇上饒有興趣地看著舒恒。「可是，他是從哪兒得知你在江北之舉的？朕可不認為，陳御史有這個能力自己查到；還有，順安侯府一事，御史臺的證據也太齊全了些，他們的能力朕還是知道的，背後沒人幫忙，他們不可能查得到那麼多。舒恒，朕命你去調查此事，朕想看看究竟是誰在背後搞鬼？朕不管你心裡懷疑誰，只要有嫌疑，你都可以查，但朕一定要看到確實的證據。」皇上的語氣中透著從未有過的威儀和嚴厲。

舒恒眼眸一沈。果然，皇上也看出其中的不尋常之處，甚至心裡也有懷疑之人，只是在沒有證據的前提下，這位君王還是捨不得動那個人。

「臣領命。」舒恒回道。

皇上點了點頭，揮揮手，讓舒恒退了出去。

等舒恒走出去後，皇上身邊的太監忍不住問道：「皇上就如此信任忠毅侯？適才陳御史那句話也不是沒有道理，比起遠在高堂上的您，對江北百姓而言，還是到過江北的忠毅侯更親近。」

皇上冷冷地掃了眼自己身邊的太監。「何時你也如此多嘴了？」

太監連忙跪了下來。「奴才也是為了皇上著想。」

皇上這才收回目光。舒恒，他還是願意相信的，不過小太監的那番話也不是沒有道理，或者，這個時候可以考慮啟用平樂了。

周王回到府後，狠狠灌了自己一壺茶水，才勉強冷靜下來。

歐陽玲見狀，冷笑一聲。「我當時就勸過你，這個方法不可靠，你偏要一意孤行。」

周王聞言，狠狠捶了捶桌子。「是本王失誤了，沒想到舒恒臨去江北前，父皇竟然給了他可自行處理江北一事的口諭，他甚至還背著我將此事稟告了父皇，否則以他私自動用贓款一事，根本別想全身而退。」

「你也別氣了，這次不行，下次再換其他方法就是。」歐陽玲安慰道。

周王冷笑一聲。「不過這次至少在父皇心中留了一根刺，功高震主，這對每個帝王來說都是大忌。」

日子已到冬末，秋景軒早就關門歇業，本該無人的地方卻飄出了淡淡茶香，甚至二樓拐角的包廂裡還能看到人影浮動；不過在這種偏僻的地方，又正是冷的時候，倒是沒人會發現這一異狀。

不一會兒，一匹馬出現在官道上，馬上的人正是舒恒。很快地他就到了秋景軒門口，他飛速下馬，在門口敲了三下，馬上有人為他開門。

來開門的人正是秋景軒的掌櫃，見到舒恒立刻恭敬地將其迎了進去，舒恒一進去，掌櫃又迅速關上了門。「侯爺，世子已經等候多時了。」

聞言，舒恒點了點頭，上了樓梯。

掌櫃則自覺地留在樓下。

舒恒推開門就看到許逸凡正百般無聊地坐在桌前把玩著茶杯，看見舒恒進來，立即一臉不滿地說道：「舒恒，怎麼說我也是在幫你做事，你就不能早點來嗎？」

舒恒隨意拉開一張椅子坐了上去，根本不理會許逸凡的抱怨，直接問道：「找到人了嗎？」

許逸凡憤憤地皺了皺鼻，才道：「找到了嗎？瞧瞧你說的是什麼話，怎麼著小爺我也是在衙門裡辦事，找兩個人的能力還是有的。」

舒恒眉一挑。「那人呢？」

許逸凡的眼睛轉了轉，摸了摸鼻梁。「那個……在衙門的停屍房裡。」剛說完，許逸凡又連忙補充道：「可不是我辦事不力啊，是你給我的線索太少了，我找到人的時候，仵作說都死了三天了。」

舒恒垂下眼眸。三天前，不就是陳御史參他的隔天嗎？他明明用最快的方法撬開了陳御史的嘴，沒想到還是晚了。果然，對方辦事夠狠，一利用完就殺人滅口，還好陳御史是朝廷命官，他們暫時還不敢動。

「我想去看看。」深思片刻後，舒恒如是說道。

許逸凡斂了笑容，正色道：「我已經替你檢查過了，那兩個人身上什麼都沒有，而且都是一刀封喉。」說到這兒，許逸凡眼中帶著從未有過的認真看向舒恒。「你這次的對手不簡單，你萬不能大意。」

舒恒點了點頭，心裡思索著之後要怎麼做。

許逸凡見狀，突然拿出兩張畫卷來。「別苦著張臉了，我叫仵作把兩人的樣貌描了下來，拿著這兩張畫卷，你應該有用。」

舒恒接過畫卷，謝了一聲便轉身出屋子。

許逸凡見狀，喊道：「欸，我幫了你這麼大一個忙，你連份謝禮都不送我嗎？我可是垂涎你那壺二十年的女兒紅好久了。」

「想都別想。」冷冷的聲音從樓道傳了進去。

許逸凡後來離開時，忍不住向掌櫃的抱怨。「你家主子也忒無情了點，過河就拆橋。他也不想想，我可是在這大冷天放棄了暖被窩幫他四處找人呢，最後竟連份謝禮都沒有。」

許逸凡也不是第一次來這兒了，掌櫃也瞭解他的脾氣，知道他只是口頭上說說，不是真的怨舒恒。扶許逸凡上了馬車後，掌櫃才慢悠悠地拿出一罈酒來，遞給許逸凡的馬伕，道：「這是主子命我交給世子的美酒，正是二十年的女兒紅。」

許逸凡一聽這話，忙讓馬伕遞給他，一打開罈口，酒香就溢了出來，許逸凡立即露出一個燦爛的笑容，看來舒恒還是很夠意思的嘛！

舒恒回到忠毅侯府後，沒有回長青堂，而是直接去了書房，叫來了舒奇。

「拿著這兩人的畫像，去查查他們最近可有出入賭坊、勾欄等地方？」舒奇一到，舒恒就如此吩咐道。

舒奇接過畫卷，有些躊躇，問道：「為何只調查這些地方？其他地方不用查嗎？」

「不必了。」舒恒肯定地答道：「能被輕易收買而且出事也不容易被發現的人，除了地痞流氓，我想不到其他可能，要查地痞流氓的線索，自然去這種地方查，線索來得最快。」

舒奇認可地點了點頭，退了出去。

等舒奇走後，舒恒才回了長青堂，卻被寧汐留在院子中的翠螺、矖青兩人告知，寧汐被太后請進了宮。舒恒皺了皺眉，不放心，轉身出了長青堂。

此刻，被太后傳召入宮的寧汐正跟在領路宮女身後，她越走心裡越覺得奇怪，最後忍不住問道：「妳走錯路了吧？這可不是去延壽宮的路。」

宮女回頭微微一笑，解釋道：「這是條近道，太后急著見您，奴婢才帶您走這條路。」

寧汐聞言，笑著點了點頭，相信了宮女的話。

宮女轉回身後，微不可察地鬆了口氣，沒想到走沒幾步，就聽到身後的寧汐叫了一聲。

宮女忙轉過去看，卻見寧汐正一臉愁容地望著自己的腳。「郡主這是怎麼了？」

寧汐有些不好意思地答道：「剛剛妳說太后急著見我，我便想著走快點，卻不小心扭傷了腳，似乎走不了了。」

宮女咬了咬唇，似乎很心急。「這該怎麼辦……」然後又略帶試探地問道：「郡主，您真的不能走了嗎？奴婢的意思是，您還能堅持一下嗎？」

寧汐搖了搖頭，道：「妳別怕，我讓峨蕊去和太后解釋我這邊的情況，不會讓太后責罰妳的。」

「不用了、不用了。」寧汐話音剛落，宮女就急忙拒絕，說完後見寧汐滿眼奇怪地盯著她，她忙解釋道：「奴婢的意思是，這種小事就不麻煩姊姊了，奴婢去向太后回報就好。」

寧汐這才收回目光，笑著道：「辛苦妳了，快去吧！」

宮女勉強一笑，有些不甘願地離開了。

等宮女一走遠，舒青便道：「這宮女果然很奇怪。」峨蕊也認同地點了點頭。

寧汐對峨蕊吩咐道：「妳去太后宮中一趟，就說我把腳扭了，不能去給她老人家請安，下次再進宮向她老人家道歉。」

峨蕊皺了皺眉。「不需要說今日這個宮女的事嗎？」

「不必了，妳就和太后說這些，她便明白了。妳快去，我在宮門口等妳。」

峨蕊頷首，急忙向延壽宮走去。

寧汐和舒青兩人也向宮門口趕去，只是走了一會兒後，寧汐的眼角就抽了抽。「……舒青，妳知道這兒是哪兒嗎？」

舒青一愣。「這是奴婢第一次入宮，自然不知。」

就知道是這樣。寧汐懊惱地垂下了頭。她不應該因為舒青會武而選擇帶她入宮，如果現在是曬青或翠螺陪在她身邊該多好，至少她們不會迷路啊！

見寧汐一臉愁容，舒青不確定地問道：「夫人，難道您迷路了？」

寧汐嘆了一口氣。「我說沒有，妳信嗎？」

舒青非常認真地想了須臾，然後搖了搖頭。

「……快找路吧！」寧汐的情緒有些低迷，望了望四周，眼睛慢慢有了神采。怎麼這裡看起來有些熟悉呢？她好像來過……寧汐不由得認真地打量了起來。

同樣荒涼的宮殿，同樣長滿雜草的道路，同樣四處看不到宮人……寧汐驀地嚥了嚥口水，她確定她真的來過。這不就是上次遇鬼的地方嗎？她怎麼這麼倒楣，這樣偏僻的地方她也能來錯兩次。寧汐連忙轉身，一邊往反方向走，一邊在心裡默唸：這次別再遇見了，千萬別再遇見了。

可惜，天不從人願，寧汐這樣想著，身後就響起了一個聲音——

「姑娘，請留步。」

寧汐一聽，雞皮疙瘩都起來了，腳下的步伐不禁加快了些；然而，寧汐忘了，這次可不是只有她一人，她身邊還帶著一個沒心沒肺的舒青呢！

舒青見寧汐走得越來越快，以為寧汐沒聽見有人在喚她，不禁一把抓住了寧汐的衣袖。

「夫人，有人在叫我們呢！」

寧汐嘴角抽了抽。「妳一定是聽錯了，這裡哪來的人？我們快離開這兒吧！」

「姑娘，請等一下。」

寧汐的話剛落，身後又響起了聲音。

舒青一副「看吧，我就說有人在叫我們」的模樣盯著寧汐。

寧汐額頭上的青筋跳了跳，咬牙切齒地道：「真沒人，我們都聽錯了。」

舒青自然不知道寧汐心裡在怕什麼，硬拽著寧汐往回走。「夫人，我們不是迷路了嗎？去問問路也是好的。」

很快地，寧汐就被舒青拽到一處宮殿門口，舒青這才回過頭看寧汐，卻見寧汐緊閉著雙眼，舒青疑惑地皺了皺眉。「夫人，您怎麼閉著眼睛啊？」

寧汐仍然閉著眼睛，問道：「舒青，妳面前沒什麼奇怪的東西吧？」

舒青四處張望了一番後，回道：「沒有啊！」

寧汐這才放下心來，正想睜開眼時，就聽到一陣熟悉的笑聲，正是之前一直呼喚她的聲音，寧汐不由得抓緊了舒青的手。「妳不是說沒有奇怪的東西嗎？」

舒青點了點頭。「確實沒有什麼奇怪的東西啊！」面前站著的這個人不是奇怪的東西吧？

「那剛才的笑聲是怎麼回事？」寧汐話音一落，之前的笑聲更大了些。

寧汐只覺得背脊發涼。她該不會真碰到什麼污穢之物了吧？

第十五章

「姑娘別怕，我不是什麼冤魂，我是住在安然宮裡的人。」

剛剛那個聲音又響了起來。聽到這話，寧汐掙扎片刻，才慢慢睜開了眼睛，見眼前站著一個身著素衫、長相秀氣、身材略微矮小的女子，年紀看上去應該和舒母差不多。女子正站在一處宮殿的門口，因為門口放著一口大缸，擋住了她的身子，寧汐才會錯認是某些污穢之物在作祟，不過，寧汐仍然謹慎地開口問道：「妳真的是人？」

女子笑了起來。「姑娘妳看，我有影子，不是妳所想什麼冤魂之類的東西。」

被人當面拆穿，寧汐有些不好意思地揉了揉鼻子。

女子並不介意被錯認為不祥的東西，反而溫婉一笑，道：「姑娘可願來我宮中坐坐？我在這兒待了多年，很久沒碰到其他人了，姑娘可願陪我聊聊天？」

寧汐知道女子不是什麼污穢之物後，心裡就放心許多；現在受到女子的邀請，想到之前的不禮貌之處，便沒有拒絕，隨女子進了她的宮內。

女子住的地方叫安然宮，不僅地處偏僻，裡面的房屋看起來也頗為老舊，甚至連院中都只有幾棵稀稀疏疏的瘦小棗樹。

屋內倒是要比外面看起來整潔一些，雖然仍然透著衰敗的景象。

兩人進屋後，一名宮女給兩人上了茶。

寧汐看宮女不說話，心裡有些奇怪。

女子解釋道：「她是個啞女，負責照顧我的寢食起居。」然後又問道：「姑娘怎麼會走到這兒來？這裡，可是連普通宮人都不敢來的。」

「我不太會識路，一時走岔了路。」寧汐解釋道，耳朵有些發紅。想起自己未曾問過女子的身分，不過想到這位女子住在後宮，面容恬靜，應該是宮中妃嬪，便道：「不知娘娘的稱號是什麼？我之前未曾詢問，實屬不該。」

女子輕輕抿了一口茶水，嘴角露出一個淡淡的笑容。「我早不是什麼娘娘了，如今不過是個戴罪之人，姑娘叫我雲娘便好。不知姑娘又該如何稱呼？」

對於雲娘的回答，寧汐並不覺得驚訝。她之前進來時看到安然宮內衰敗的景象便猜到雲娘或許是個不受寵的妃子，雖然雲娘的回答比她所想得還要嚴重，但也在意料之內。寧汐斟酌一番，不打算透露自己的皇室身分，便回道：「我是忠毅侯夫人，妳叫我寧汐便好。」

女子聞言一愣，眉頭皺了皺，認真打量了寧汐片刻，隨後笑道：「見姑娘如此年輕，想來如今的忠毅侯已不是我記憶中的那個人了。」然後遲疑片刻，小心翼翼地問道：「現在的忠毅侯是姓舒嗎？」

寧汐點了點頭。

見狀，女子笑了起來，神色更加柔和。「看來是他的子嗣繼承了他的爵位。」

聽雲娘這樣說，寧汐自然明白了過來，原來雲娘竟認識舒恒的父親，不過看雲娘的年紀，認識舒恒的父親倒也正常。

「那他如今還好嗎？」雲娘突然問道。

寧汐好一會兒才回過神來，雲娘口中的「他」指的是舒父。「公公早就過世了，我也不曾見過。」寧汐想了想，還是決定實話實說。

聞言，雲娘臉色有些發白，手中的茶杯一晃，熱水濺出來，灑到了雲娘手上。

寧汐忙道：「妳沒事吧？」

雲娘勉強一笑，放下杯子，掏出手絹輕輕擦拭手背。「突然聽說故人已逝的消息，有些驚訝，是我失禮了，妳別見怪才是。」

寧汐搖了搖頭。只是心裡有些驚訝，雲娘竟然連舒父去世一事都不知道，她究竟在這安然宮裡待了多少年？

或許是看出了寧汐的詫異，雲娘苦笑著跟寧汐解釋道：「我在這兒待了將近十八年了，這十八年來，我未曾踏出安然宮半步，就連人都很少見到，更別提得知宮外的消息了。」

寧汐心中一怔。她豈不是在舅舅登基後就被關到了安然宮？她究竟是犯了多大的事？

「我看妳這兒也沒人看守，妳為何不出去呢？」寧汐望了望四周，疑惑地問道。

雲娘雲淡風輕地搖了搖頭。「出去又能做什麼？我如今不過是個孤家寡人，在哪裡不都一樣嗎？而且，我身邊的那個宮女不只是來照顧我的，她是受皇上之命來監督我的，我想走也走不掉。」

寧汐一愣，看了眼站在殿外的那個啞女，不知她會不會告訴皇上今日自己擅自來了這安然宮？

雲娘看寧汐面露愁容，安慰道：「別擔心，只要我不走出這裡，她是不會去見皇上的。」她和啞女也相處了十八載，兩人之間多少還是有些感情的。

又被看破了，寧汐尷尬地吐了吐舌。

雲娘看到寧汐這般小女兒作態，突然想起一人，躊躇片刻後還是問出了口。「寧汐，妳可知現在的大皇子過得怎樣？」

寧汐頭一偏。「大皇子？」

雲娘理了理鬢角的細髮，解釋道：「大皇子的母妃當年和我是老相識，可是大皇子出生沒多久她就去了，我也被關到了安然宮來，沒能替他母妃照看他，我心裡其實挺愧疚的。」

寧汐了然地點點頭，想來雲娘口中的大皇子便是當今周王。「妳不用擔心，大皇子現在已經被封為周王了，怎麼說也是個王爺，日子不會差到哪兒去的。」

雲娘嘴角含笑，點了點頭，然後看向門外，輕聲道：「時辰也不早了，妳且回吧，和我這個罪人待久了不妥。」

寧汐頷首，和雲娘道別，問明回去的路後便離開了。

看著寧汐離去的背影，雲娘走到啞女身邊，輕聲道：「啞娘，謝謝妳同意讓她進來，我已經好久沒和人聊過天了。」

啞女看了眼雲娘後，便移開了目光。

雲娘也不在意，回過頭，看著天空上的雲彩，繼續說道：「妳是不是早就知道他死了，卻不敢告訴我？」

啞女眼神一黯，垂下了眼眸，卻仍然沒有回答雲娘。

雲娘和啞女相處這麼多年，哪裡不知道她這個表情便是默認了自己的話。原來，那人真的早已不在。

雲娘踉蹌地走到門口的臺階上坐下，雙手抱臂，臉上不復之前見到寧汐時的淺笑安然，反而像一個癡情人，眼中帶著徬徨無措以及深深的悲涼。她低聲喃喃道：「原來到最後，和你活在同一片天空下都成了妄想……」說完，便將頭埋進了雙臂間。

啞女默默地站在她的身後，看著這個孤寂的背影，心中生出些許同情和悲哀。

寧汐在雲娘的指引以及途中宮人的帶路下，終於到達了宮門口，不想峨蕊早已經在那裡等候了。

見到寧汐，峨蕊忙走上前去，擔心地說道：「小姐，您嚇死奴婢了，您如果再不出來，奴婢都恨不得闖宮門了。」

寧汐有些歉意地說道：「抱歉，走岔路了，才晚了些。」

峨蕊一副「果然如此」的模樣看著寧汐，道：「日後您身邊一定要跟著一個識路的丫鬟，如果您走丟了，別說侯爺，就是奴婢也恨不得扒了自己的皮。」

寧汐刮了刮峨蕊的鼻梁。「好啦，我知道錯了，下次身邊一定帶個識路的丫鬟。」

此時舒青也湊了上來。「峨蕊姊，別擔心，我已經把路線記下來了，下次不會再走錯了。」

峨蕊這才笑出來。「奴婢哪敢責怪小姐？奴婢只是太擔心了。」

峨蕊話音剛落，一陣急促的馬蹄聲就傳了過來，寧汐抬頭一看，竟然是舒恒。

舒恒也看到寧汐，迅速從馬上跳了下來，走到寧汐面前。「妳沒事吧？」

寧汐聳了聳肩。「我能有什麼事？你該不會是特意來接我的吧？」

舒恒點了點頭，然後看寧汐用揶揄的眼光看著自己，忙轉移話題。「太后叫妳入宮是為了什麼事？」

寧汐沒有回答，而是拉著舒恒上了馬車。

舒恒也不抗拒，乖乖跟著寧汐，等只剩兩個人後，寧汐才把今日的事告訴了他。

說完後，寧汐還一臉得瑟地說道：「我聰明吧？也不知道是誰想害我，不過本郡主是那麼容易就能被害到的嗎？」

舒恒揉了揉寧汐的頭，滿臉寵溺地說道：「嗯，我家娘子很聰明。」眼中卻閃過一絲了然。怕是寧汐想岔了，那人借用太后的名義傳召她不過是為了掩人耳目，並不是要害她；不過有些事，她想岔了就想岔了吧，只要她高興就好。

「對了，妳說妳碰到一個被貶的妃嬪是怎麼一回事？」

說起這事，寧汐就來了精神。「對啊，在一個叫安然宮的地方碰到的，也不知她犯了什麼罪，竟然被關了十八載，真是夠可憐的。」

舒恒的眼眸閃了閃。安然宮，不就是父親以前說的那個人住的地方嗎？果然他們新婚第一天，寧汐碰到的所謂「污穢之物」就是那個人。

舒恒理了理寧汐的衣領，輕聲道：「日後還是別去那個安然宮了。」

「為什麼啊？你認識她嗎？對了，她認識你父親呢！」寧汐偏著頭看舒恒。

舒恒搖了搖頭。「我不認識她，只是聽父親提過有一個故人住在安然宮。我叫妳別去，不過是因為妳說她是戴罪之身，我覺得妳還是少接觸為好，否則如果被人發現妳和她有牽連，在這上面做文章怎麼辦？」

寧汐心想，現在自己是忠毅侯府的人，如果自己出了事，必然牽連忠毅侯府，於是點了點頭，認同了舒恒的說法。

延壽宮內，太后閉著眼睛，慢慢地轉動著手上的佛珠，聽到皇上請安的聲音，才緩緩睜開了眼。

「母后喚兒臣來，所為何事？」皇上笑盈盈地問道。

太后抬起頭淡淡地道：「適才，平樂身邊的丫鬟跑來告訴我，說平樂在來延壽宮的途中扭了腳，不能來向我請安了。我就納悶了，我什麼時候傳召過那個丫頭了？」頓了頓，太后看向皇上。「皇上，你說，這皇宮中誰有那麼大的膽子，敢冒充我的名義召人進宮呢？」

皇上在太后的灼灼注視下，有些心虛地移開了目光。「母后，您既然都叫兒臣過來，肯定知道這事是兒臣做的，又何必拿這話來堵兒臣。」

太后低低地嘆了口氣。「皇上，你做這件事的時候是不是應該與哀家商量一下？平樂她畢竟是你皇妹的孩子。」

皇上忙解釋道：「母后誤會了，兒臣召見平樂並沒有要傷害她的意思。」

皇上是太后的兒子，她怎麼會不瞭解自己兒子的想法？「沒錯，在我們看來，你那樣做是合情合理，身為皇家之人，本就應該以皇家利益為重，為了皇家利益，任何事皇室成員都可以做，哪怕是傷害自己的夫君。可是，皇上，現在不是還沒到那麼嚴重的時候嗎？你為什麼不給舒家多一點信任，也給平樂一條後路？你就不怕寒了忠臣的心嗎？」

太后的這番話說得皇上面紅耳赤。他不是不信任舒恒，他只是被乾元二年的事給弄怕了，所以想防範於未然，免得乾元二年的事再次上演。

太后也察覺自己的語氣重了些，放緩語氣道：「是，我是不喜歡平樂那個丫頭，可是她畢竟是你皇妹的女兒，我終究還是希望她能平順地過完這一生。此事你自己再思慮一番吧，日後究竟要怎麼做，為娘也管不了你。」

皇上點了點頭。其實經過太后的勸解，他已經暫時放下了之前的心思，轉念一想，寧汐入宮傷了腳，便問道：「平樂傷了腳，可需要兒臣賜些藥品下去？」

太后搖了搖頭。「不必了，你真以為平樂是真的傷了腳？那丫頭一向乖順，如果真以為是我傳召她，就算是腿斷了，也會來給我請安的，絕不會單單派個丫鬟特意來告知哀家她不能過來請安一事，她怕是早就看穿你那點伎倆了。」說著，太后露出頗為欣慰的笑容。「現在還知道借我的手來替她處理這件事，看來變聰明了不少嘛！」

皇上苦笑道：「您覺得平樂會猜出來背後指使之人是兒臣嗎？」

「不會，不只是平樂，怕是所有人都會認為，一國之君召見人哪用得著偷偷摸摸的，更別說假借他人名義了，那丫頭怕是現在還在因為自己的精明而沾沾自喜呢！」

太后口中沾沾自喜的寧汐，現在正在忠毅侯府裡張羅著要吃湯鍋。舒恒看著寧汐在一旁忙得不亦樂乎，嘴角不由得染上了笑意。晚上吃飯的時候，舒恒問寧汐今日為何心情那麼好，寧汐說她今日躲過了一場算計，心情自然好。舒恒知道寧汐想歪了，可是某種意義上來說，她說得也對，便任她去了。

幾天後，舒恒終於查到了些許線索。那日死的兩人，一個叫李狗蛋，一個叫王五。就在兩人被殺的前一天，王五去了京中最大的賭坊賭錢，據賭坊的人所說，王五常去那裡賭錢，平時王五帶的錢不多，最多玩兩把就輸完了，可是那天王五特別豪氣，還跟人吹牛，說他找了一個好差事，不過說了幾句話就拿了五十兩白銀。只是王五這人很愛吹牛，當時賭坊的人只當他又去偷了誰家的東西變賣，根本不信他的錢是自己掙來的。後來王五離開的時候，身上的錢全都輸光了，嘴上還罵罵咧咧的。

賭坊每天人來人往，那些銀兩自然是找不回了，不過當時王五走的時候順手將錢袋丟在了賭坊門口，賭坊的一個打手看到，覺得錢袋挺好的，就撿了回去用，也算是舒恒他們運氣好，至少沒白忙活。

舒恒仔細打量著手上的荷包。荷包是常見的灰白色，布料普通，乍一看就是普通百姓用的東西，根本沒什麼特殊。

舒恒皺起眉頭，拿著荷包看了許久也沒看出哪裡特別來，最後只能無奈地收了荷包，放在懷中，叫舒奇順著線索去查有沒有人看到過王五和李狗蛋遇害之前和誰接觸過。

舒奇剛出門，就碰到帶著舒青、峨蕊和茗眉的寧汐走了過來，他忙恭敬地行了個禮。見到舒奇，寧汐挑了挑眉，餘光掃了眼旁邊的舒青，果然這小妮子已笑眯了眼，再看舒奇，仍然垂著頭，連一眼都沒看過舒青。寧汐心想，這一對莫不是落花有意，流水無情吧？

舒青似乎習慣了舒奇的態度，高興地揮了揮手，喊道：「奇哥哥，好久不見。」

舒奇這才抬頭看向舒青，皺著眉頭斥道：「夫人在呢，怎麼這麼沒大沒小的。」

舒青聽到這話，嘟了嘟嘴，不悅地放下了手臂。

舒奇見狀，眉頭皺得更深了。

寧汐看見兩人的互動，不禁抿嘴一笑，道：「你倆也許久未見了，夫人我今日就讓你們多聚聚，茗眉和峨蕊隨我進去書房就好。」

舒奇下意識就要拒絕，可寧汐說完就走進了書房，根本沒給他說話的機會。

舒青則跳到他面前，嘻嘻哈哈地說道：「奇哥哥，夫人叫我們聚聚，你可不能違背夫人的吩咐，否則夫人不高興了，侯爺就會不高興，侯爺不高興就會折騰你的。」

聞言，舒奇的嘴角抽了抽。他怎麼覺得舒青跟了寧汐後，變得狡猾多了？

寧汐帶著茗眉兩人進了舒恒的書房，便看見舒恒正直直地看著桌上的荷包發呆，連寧汐三人進來了都不知。寧汐挑了挑眉，走上前，一把抓起桌上的荷包，用雙手舉起來，一邊打量一邊說道：「嘖嘖，我還以為是哪個姑娘的荷包呢，讓我們一向冷情的舒大公子都犯起相思來了，這看來也就是一個普通男子用的荷包嘛，莫不是你相思的那個人是個男子？」

舒恒的嘴角微微勾起，搖了搖頭，站起身來，捏了捏寧汐的臉。「如果我說真是男子的荷包呢？」

寧汐正色道：「你放心，我不會歧視你的。」話音一落，自己忍不住笑出聲。

舒恒無奈，只能用力揉了揉寧汐的頭。

寧汐突然想起此番過來的目的，便順手將荷包遞給茗眉，再接過峨蕊手上的食盒，笑著道：「剛剛茗眉送了些莊子上的新鮮梨子過來，我便叫人熬了些冰糖雪梨，你快嚐嚐。」說完，寧汐將食盒打開，取出一碗遞給舒恒。

舒恒知道寧汐是擔心他最近太忙誤了飯點，所以常常藉口送吃食過來，寧汐這番行為，讓舒恒頗為暖心。

寧汐盯著舒恒用完，才放心地收回了碗，像拍小溪的頭一樣拍了拍舒恒的頭。「你就辛苦地替舅舅辦事吧，我走了。」說完，讓茗眉把荷包還給舒恒。

茗眉遞出去的時候，隨口道：「這荷包上竟然還有淡淡的山茶花味，看來用這個荷包的人還是愛花之人。」

一聽到這話，舒恒的臉馬上嚴肅起來，接過荷包，放在鼻尖聞了又聞，最後忍不住皺起眉頭，道：「好像是有股淡淡的味道，但妳怎麼知道這是山茶花？」

茗眉見舒恒冷著臉的模樣，心裡有些犯嘀咕，但還是恭敬地回道：「奴婢自己在莊子上就栽有山茶花，自然對它的味道很熟悉。」

寧汐也點頭道：「茗眉的嗅覺比我們不知好了多少，她敢這樣說，肯定沒錯。」

舒恒聽到這話，眉頭舒展了些。既然寧汐都這般說了，那應該是真的，想到這兒，眼中不由得露出些許喜悅的光芒。真是踏破鐵鞋無覓處，得來全不費工夫，於是馬上對屋外的小廝吩咐道：「去叫舒奇過來。」

寧汐見狀，知道舒恒是有正事要辦，和舒恒打了聲招呼，就帶著兩個丫鬟離開了。

舒奇本來就在書房的不遠處和舒青說話，聽到舒恒的傳喚，馬上回了書房，只留舒青在原地跺腳。

舒奇回到書房後，舒恒馬上說道：「快去調查一下京中哪裡有種植大片的山茶花？」然後頓了頓，又道：「夫人身邊的丫鬟說，這荷包上染有山茶花的氣味。如果我沒猜錯的話，那些人肯定躲在一個有大量山茶花的地方，或者是在那附近。」

舒奇一聽這話，不敢耽擱，忙退了出去。

周王此時也收到了舒恒在調查那兩人的消息，是從賭坊那裡傳來的，周王有些坐不住，跑來找歐陽玲商量對策。

對此，歐陽玲嗤笑一聲。「王爺，你何必害怕？那兩人已經被我們的人解決得乾乾淨淨，饒是他舒恒有通天的本領也查不出任何東西來。」

周王還是有些不放心。「妳確定你們處理乾淨了？」

「確定。」歐陽玲輕笑起來。「我那邊人的本領，王爺你也見識過了，還有什麼好擔心的呢？如果你真的擔心，我可以派人去殺了舒恒，只是舒恒武功不弱，這樣做風險比較大而已。」

周王聞言，擺了擺手。「舒恒不是那麼容易被行刺的，還是收斂點，免得露了馬腳；只是不知此事是父皇授意，還是舒恒擅自調查的？且先看看再做打算吧！」

賢王府。寧妙正在和吳嬤嬤說著午膳菜色的事，有丫鬟進來稟報，說許華裳的母親在門口求見。如今許母失了誥命，不過是一普通婦人，而且許華裳也就一個側妃，門房的人自然不會放許母進來。

寧妙皺了皺眉，道：「想來她是來看望許側妃的，我這兒正忙著，就不見了，妳們直接將她領到許側妃的院子裡去，把人看緊了，可別讓她走錯了路。」

丫鬟應了一聲，馬上退了出去。

然後寧妙想了想，又對吳嬤嬤吩咐道：「一會兒叫廚房給許側妃那邊多送幾道好的菜去，畢竟名義上許母還是王爺的舅母，我們明面上還是要敬著，免得落人口實。」

吳嬤嬤點了點頭，吩咐丫鬟去廚房告知一聲。

寧妙坐下抿了口茶，茶葉的清香讓她的神色舒緩了些，放下茶杯後，寧妙才想起今兒一大早起來就沒看到李煜，便問道：「王爺在哪兒？」

「王爺今兒一大早就去了書房，臨走的時候說會在書房用飯，中午就不過來了。」

寧妙「嗯」了一聲，並沒有因為李煜中午不回來而心情不好，反而覺得中午吃飯沒有李煜在旁邊看著，她胃口還要好一些。

許華裳這邊，聽說母親帶著小弟過來看她，她的心情就一直處於激動狀態，當兩人出現在她視線裡的時候，她忍不住哭出了聲，這些日子的惶恐和委屈，終於有人可以傾訴了。

見到許華裳，許母也頗為感觸，眼眶立刻紅了一圈，但終歸不想讓下人看笑話，便攬著自己的兩個孩子進了屋。

回屋後，兩人又是一陣抱頭痛哭。

八歲的許華言見狀也抱著自己的姊姊大哭起來，抽抽噎噎地哭訴著這些天在外祖家被表兄妹欺負，說著外祖家的人都不喜歡他和母親，給他們的吃穿都是差的。

許華裳一聽就怒了，大聲喝斥道：「舅舅他們太過分了！也不想想，當初我們順安侯府風光的時候，他們得了多少好處，現在見我們衰敗了，竟然不顧念昔日之恩，苛待你們母子。」許華裳越說越憤怒，最後忍不住站了起來。「不行，這口氣我一定要為你們出。」

許母見狀忙將許華裳拉了回來，她這次來這兒的目的可不是讓許華裳去對付自己的娘家。許母也知道，自己娘家不過是四品小官，吃穿用度自然比不上順安侯府，雖然自己那個嫂子吝嗇，但給他們母子的吃食也不算太差；可許母在順安侯府過慣了好日子，自然受不了娘家那種比起順安侯府不知差了多少的日子，忍了一個多月已經是最大的極限了，所以她這次來主要是想投靠女兒，只是還不知如何開口而已。

「好了，妳也別聽言兒胡說，妳外祖家的情況妳還不瞭解嗎？他們日子都過得緊巴巴的，我們母子去了又給他們添負擔，他們這樣做也無可厚非。」

許華裳有些驚訝地看著自己的母親。她的母親何時這般好說話了？以前誰敢給她氣受，她能直接捲起袖子上去與人打架，而且外祖家怎麼說也是四品官員，比起普通百姓來，日子好過多了，別說只是多了個女人、孩子，就是再多個幾戶人，外祖家也是養得起的，但許華裳還是沒將這些話說出口，她只當自己的母親在維護外祖家。剛好丫鬟過來問是否上膳，許華裳就把這事給岔過去了。

按照分例，許華裳的菜是三葷三素一湯，因今天許母過來，寧妙特意叫廚房加了菜，所以就變成了六葷四素兩湯。許母在自己娘家吃了一個多月的兩葷一素一湯，此時看到自己女兒的日子竟然過得這麼好，突然後悔自己幹麼要帶言兒回娘家，一開始她就該來投靠女兒的，至少日子會過得舒服得多。

許華裳看到例菜多了，心裡有些驚訝，望向上膳的丫鬟，問道：「怎麼多了幾道菜？」

丫鬟抿嘴一笑，道：「是王妃特意囑咐的。」

等上膳的丫鬟們走後，許母拿起筷子一邊給許華言布菜，一邊說道：「看來那個寧妙還有幾分聰明，知道我是王爺的舅母，惹不起，特意多上了幾份菜來討好我。」

許華裳皺了皺眉。她覺得母親說得這話不太對，她認識的寧妙可不是這樣的人，但又不知該如何反駁。

吃飽喝足後，許母讓許華言去側間午休，等安頓好他後，才回到正廳，對許華裳說道：「妳父親和祖父還關在牢裡呢，妳怎麼沒去找賢王求情，早點把他們放出來？」

許華裳無奈地看了母親一眼。「妳怎麼知道我沒去找過王爺？可是王爺根本不露面，我能怎麼辦？」

許母皺了皺眉。在她的觀念裡，順安侯府和賢王府就是一條線上的螞蚱，順安侯府出了事，李煜怎麼可能不出面幫忙？「那妳父親怎麼辦？總不能眼睜睜地看著他們一直待在牢裡吧？還有順安侯府，如今都已經被查封了，那以後可是屬於妳弟弟的東西啊！不行，我要去見見王爺，求他出面幫忙，我就不信我這個舅母的面子他敢不給。」

許華裳心裡也頗為擔心自己的父親，聽到母親這樣說，猶豫了會兒，還是沒有阻止，跟著母親去了正房。

寧妙早就聽到丫鬟稟告，說許母一行人朝她這裡過來了，嘴角不由得劃過一絲諷刺的笑容。這人吶，不怕笨一點，就怕沒有自知之明，順安侯府已經敗了，這兩個女人還不知道收斂一點。不過寧妙根本沒打算搭理她們，直接對丫鬟吩咐道：「一會兒她們過來，如果是找我的，就說我在休息，不見客；如果是見王爺，就告訴她們王爺在書房，讓她們自己過去。」說完，寧妙轉了轉脖子，還真有點累了，便走進內室休息。

許母和許華裳到了後，說明來意，連寧妙的面都沒見到，就被丫鬟打發走了。

許母的臉色氣得發紫，一心認為寧妙故意在打她的臉。「真是虎落平陽被犬欺，以前她寧妙敢不敢這樣對我？一會兒見到王爺，我一定要把寧妙剛剛的行為告訴王爺，我就不信王爺會維護一個外人。」許母憤憤地說道。

許華裳有些擔心地看了眼母親。她以前還覺得母親挺聰明的，可現在才發現，母親的某些想法太過於天真。沒錯，李煜是不會維護外人，可是對於李煜來說，怕是母親這個沒有任何血緣關係的舅母才是外人。

許母最後也沒能告成狀，因為她們還沒走到書房，就被府裡的侍衛攔了下來，說任何人都不得靠近書房，任憑許母各種威逼利誘、耍潑耍橫，最後還是只能灰溜溜地回了許華裳的院子。

回到院子後的許母越想越氣，對許華裳說道：「妳派人去外祖府上，將我和言兒的東西都拿過來，見不到王爺的面我就不回去了。」許母本就打算賴在賢王府上，之前一直沒找到好時機開口，畢竟這事說出來挺沒面子的，剛好這事她可以拿來做藉口，既不傷面子，又能達到自己的目的，何樂而不為？沒想到自己在氣頭上還能想出這麼好的辦法，許母不由得為自己的聰明鼓掌。

許華裳卻被許母這句話驚了一跳，有些不贊同地說道：「這樣不好吧？妳如果要住進來，得先跟王妃說一聲。」

許母白了許華裳一眼，狠狠地戳了戳許華裳的頭。「妳說妳，怎麼也是個側妃，難道連自己母親要住進來一事都安排不了？再說，我再怎麼著也是王爺的舅母，我住進來怎麼了？難道還有誰敢反對嗎？」

許華裳抿了抿嘴。「那妳先住在我的院子裡吧，我一會兒叫人去給妳取東西。」轉身想了想，還是叫人去跟寧妙說了聲。她現在已經知道自己失去了順安侯府的依靠，比不得之前，想要在王府裡待下去，就得跟寧妙服軟。

寧妙醒來的時候才知道，許母和許華裳連書房的門都沒摸到，就被侍衛趕了回去，對此，她一笑置之，反正也在意料之內。同時，她也知道了許母要在府裡暫住一事，聽說是許華裳叫人過來告知的，她心裡倒是有些驚訝，看來許華裳學乖了不少嘛！

吳嬤嬤見寧妙淡然的模樣，不禁上前問道：「真的要收留那許家母子嗎？他們畢竟是罪人家屬，放在府中會不會對王爺的名聲不利？」

寧妙看了看自己的手指。「這王府是王爺的，許華裳是他的側妃，許家母子是他的親戚，此事自然是他說了算，我操哪門子心？」

而本該在書房裡的李煜，此時卻坐在秋景軒的包廂裡，安逸地品嚐著手中的清茶。

舒恒接到消息後馬上趕了過來，看到這個不按旨意留在府裡閉門思過，反而跑到他的秋景軒裡喝茶的王爺，嘴角抽了抽。這位王爺會不會忒閒了點，也忒大膽了點？

「你是真怕敵人抓不到你的把柄，特意跑出來給人送證據的是吧？」舒恒諷刺道。

李煜仍然笑得雲淡風輕，隨意地說道：「這不是在府裡待得都快發霉了，到你這兒來散散心嗎？」

舒恒不相信李煜跑這麼老遠真是為了來他這秋景軒喝茶的，在李煜面前坐下後，道：

「說吧，過來是想問什麼事？」
李煜挑了挑眉，仍然一副不經意的模樣，道：「這不是聽說你前段時間被人參了嗎？我來安慰安慰你。」
「我可不這樣認為。」舒恒淡淡地回了一句，然後直視著李煜。「你到底想知道什麼？再不說，我可走了。」
一聽這話，李煜也不和舒恒繞圈子了，斂了笑容，正色道：「我收到消息，說你最近在調查一些事，是父皇吩咐的？」
自己的動作被李煜得知，舒恒倒是不介意，他知道李煜也有他自己的消息途徑，於是點了點頭，看向李煜。「皇上他雖然身處深宮，可他那些暗衛可不是吃素的。」
李煜知道舒恒這也是在提醒他，別被皇上的暗衛抓住把柄。「你放心，我會小心的，倒是你，真的不需要我幫忙嗎？」
舒恒瞪了李煜一眼。「你乖乖地待在府裡就是對我最大的幫助了。」
李煜聳了聳肩，閉了嘴，不再勸舒恒。他們之間的相處一直是這樣，要對方幫忙的地方，他們會毫不猶豫地開口，不需要自己插手的地方，他們也相信對方的實力，不會擅自出手。「提醒你一句，既然我都能收到消息，那邊怕是也早就收到了，你注意一下自身的安全，我可不想下次見到你，你已經變成了一具屍體。」臨走前，李煜忍不住說了一句。
舒恒冷笑一聲。「最近那邊可是一點動靜都沒有，不是隱忍不發，就是太過自負，認為我查不出他們絲毫證據，不管是哪樣，我只要在他們動手之前出手就好了。」

李煜看舒恒這樣，知道他是勝券在握了，嘴角露出一個真心的笑容，右手握拳在舒恒胸前打了一拳，先行離開。

李煜回到王府後，直接去了寧妙院中。

寧妙看到李煜進來，迎了上去，看到李煜鞋底沾上的泥土，眼眸閃了閃，然後非常自然地移開了目光，笑道：「王爺今日在書房做了些什麼？」

李煜嘴角含笑。「不過是寫寫字、看看書而已。」然後頓了頓，道：「不過沒有王妃陪在本王身邊，本王總覺得少了點什麼，看來以後本王就算是去書房，也要帶上王妃才是。」

寧妙不知道李煜這話是不是為了試探她，於是輕聲道：「瞧您說得，臣妾每日還有大量的庶務要處理，哪有那麼多時間一直陪在您身邊。」

李煜笑著搖了搖頭。「王妃，妳竟然把王府的雜務看得比本王還重，本王真傷心啊！」

寧妙的嘴角抽了抽。你說這話的語氣能別太高興嗎？寧妙不想和李煜繼續這個話題，馬上轉了話題。「今日許側妃的母親過來了，您要去見一面嗎？」

李煜剛端起茶杯，聽到這事，眼中閃過些許不耐煩，抿了口茶才道：「今兒都這麼晚了，本王就不過去了，別耽誤舅母回去。」

寧妙抿嘴一笑。「王爺說什麼呢？剛剛許側妃派人來說過了，說是舅母要在賢王府多留些時日呢！」話音剛落，就看到李煜的臉色變了變，寧妙心裡生出一絲得意之情。讓你再裝啊！「可需要再騰出個院子給舅母他們住？」寧妙像是沒看見李煜臉色的變化一樣，繼續問道。

「他們？還有誰？」

「舅母和小表弟啊！」

李煜握著茶杯的手緊了緊。「既然華裳讓舅母住在她的院子裡，妳也別操心給他們騰屋子了，反正也只是暫住。」

寧妙頭一偏。這話的意思，是不會讓他們住很久嘍？既不會在這裡住很久，還能讓許母給李煜找點麻煩，寧妙越想越高興，嘴角不禁揚了起來。

李煜一轉頭就看到寧妙笑得那叫一個溫煦，原本煩躁的心驀地平靜下來，瞇了瞇眼。他怎麼覺得寧妙的笑裡帶著明顯看熱鬧的成分呢？難道許母這次過來有什麼目的？

還沒等李煜想明白，許母就過來了，正在正廳等他。

他看向寧妙。「王妃，舅母怎麼這麼快就知道本王從書房裡出來了呢？」

寧妙也很詫異地搖了搖頭。

李煜見狀，臉上的神色越發柔和，拍了拍寧妙的頭，起身去了正廳。

寧妙看著李煜不情不願的模樣，笑彎了眼角。許華裳你可以不見，但是許母至少得見一次吧？怎麼著人家也是你的長輩，不見，就不怕被人說不孝嗎？誰教你之前把許華裳扔給我應付，今日你也去嚐嚐這種苦吧！

正聽這邊，李煜無奈地看著許母。他對這種講不清道理、還喜歡胡攪蠻纏的人，真的應付不來，偏偏吧，這人他還罵不得、打不得。等應付完許母，李煜心裡只剩下滿滿的無力感，想起寧妙之前的那個笑容，突然明白為什麼她會幸災樂禍了，敢情是在這兒等著他。

李煜眼睛轉了轉，嘴角露出一個惡作劇般的笑容，對身邊的小廝吩咐道：「去吩咐一聲，從今日開始，許側妃那邊的用度裁減一半，如果有人問起，就說王妃說最近府裡開銷大又沒什麼進帳，要節省開銷。」

小廝一愣。「那王妃那兒呢？」

「王妃是府裡的女主人，她的用度怎麼能減呢？」

小廝看著李煜嘴角的笑容，背脊一陣發涼，心想：王爺，您和王妃是什麼仇、什麼怨啊，要這樣整王妃。雖然小廝如此腹誹，還是乖乖照辦去了，只當是王爺和王妃之間的小情趣。

果然當晚，許母看到丫鬟們上的膳食只有兩葷兩素一湯的時候，大聲斥責這是怎麼一回事，當聽說是王妃吩咐為了節省開支而減少許側妃用度後，許母直接跳了起來，直嚷嚷著要去找寧妙討個說法。

府裡的下人都是捧高踩低的，聽到這話，上膳的丫鬟連眼皮都沒抬一下，冷冷地說道：「您就別嫌棄了，本來按照許側妃的分例減半後，只有兩葷一素一湯的，這不是看您和表少爺在，才特意多加了道菜。」

這話一出，就連許華裳的臉色都有些發白。她以前怎麼說也是順安侯府的嫡小姐，嫁來王府後又是側妃，哪裡受得了這些話？可是心裡多少有些顧忌寧妙，所以沒敢發怒。

許母就不同了，仗著自己是王爺的舅母，女兒又嫁給了王爺，就認為自己是這王府裡的半個主子了，丫鬟的話音剛落，許母順手拿起一只茶杯就朝那個丫鬟砸了過去，卻不想那個丫鬟頭一歪，躲了過去。看到丫鬟竟然敢躲，許母瞪大了雙眼，狠狠地盯著丫鬟，半晌都說不出話來。

丫鬟冷著臉，敷衍地行了個禮就走了出去。

等丫鬟離開後，許母才回過神來，朝許華裳大喊著。「反了、反了，這些奴才都敢和妳母親頂嘴了，哪裡還會把妳這個側妃放在眼裡？這事我一定要告知王爺，讓他狠狠處罰這些不知好歹的奴才。」

許華裳揉了揉額頭，緩緩地吐了一口氣出來。「母親，現在時辰也晚了，就別去打擾王爺了；而且王妃既然說是為了節省府中開支，想來全府都是如此，反正這幾道菜也夠我們吃，就別鬧了。」

許母恨鐵不成鋼地戳了戳許華裳的頭。「妳啥時變成這種泥脾氣了？竟然任那個寧妙搓扁揉圓，再這樣下去，妳就不怕寧妙繼續折磨妳嗎？妳說妳以前的那些脾氣都去了哪兒？」

聽到這話，許華裳原本還算溫和的語氣立即冷了下來。「脾氣？那也得看我配不配有。以前，我是順安侯府的嫡女、皇后的親外甥女，如今，我不過是一介罪臣之女，甚至連自己的夫君都因為我的娘家而被牽連。妳說，我還敢有什麼脾氣？」許華裳的眼睛直視著許母，眼中帶著嘲諷、怨憤還有悲哀。

許母被自己女兒這個眼神嚇了一跳，最後軟軟地道：「我也沒說什麼……這些菜也夠吃，咱們三個就湊合湊合吧！」說完忙拿起碗筷用起了膳，不敢再面對許華裳的眼神。

許華裳見狀，這才移回目光，看到擺在案桌上的飯菜，心裡也是滿滿的苦澀。

第二日，許華裳早早就被許母催著去正院給寧妙請安，許華裳有些奇怪，母親今日怎麼這麼積極？

許母狠狠瞪了許華裳一眼。「妳個傻孩子，妳忘了賢王也在她那兒嗎？妳現在早早地去給寧妙請安，不僅能見到賢王，還能給賢王留下個好印象。現在王府後院就妳和寧妙兩人，賢王又正值年輕氣盛的時候，少不了那檔子事，難道妳不希望賢王多來妳這兒，妳好乘機一舉得男？」

許華裳被許母說得有些心動。她現在沒有娘家能依靠，最大的依仗就只有王爺了；想想昨晚的膳食，還有那個丫鬟說的話，如果能得了王爺的寵愛，生下一兒半女，至少沒人敢如此欺負她；就算是寧妙，看在孩子的面子上也不會讓她太難過，而且她下半輩子也算是有依靠了。這樣想著，許華裳的嘴角揚了起來，下意識摸了摸自己的肚子，打扮的時候也用心了幾分。

寧妙和李煜才起身，丫鬟就進來稟告，說許華裳帶著許母和許華言過來了。

寧妙皺了皺眉。今兒怎麼這麼早？但也沒生出疑心，叫人請到正廳等待後，方才梳洗打扮。

寧妙和李煜一同出了內室，到正廳的時候，寧妙一眼便看到了穿著打扮頗為亮麗的許華裳，不禁用揶揄的目光掃了一眼旁邊的李煜。

李煜只當沒察覺到寧妙的小心思，目不斜視地坐到了上首。

許母見狀，扯了扯許華裳的衣袖，使了使眼色。

許華裳抿了抿嘴，看了寧妙一眼，見其正笑著品茶，根本沒注意她這邊，這才放下心來，走到李煜身前，跪了下去。

李煜見狀，挑了挑眉。

許華裳輕聲說道：「之前因家中遭逢巨變，妾身內心慌亂，才頻頻來打擾王爺和王妃，擾了王爺和王妃的清淨，如今妾身知錯了，今日特意早來向王爺和王妃姊姊認錯。」

聽到這話，寧妙低垂的眼皮動了動，陰影下的嘴角緩緩劃出一絲略帶嘲諷的笑容。

李煜還是之前溫和帶笑的模樣，聽到許華裳的話，眼神也沒什麼波動，只是輕輕「嗯」了一聲，先讓人站了起來，才道：「順安侯府之事本王也頗為痛心，只是本王被父皇禁足，實在無能為力，妳別怪我沒幫順安侯府才是。」

許華裳低下了頭，不敢再輕易接話。李煜話中的意思她有些拿捏不準，不知他是真覺得愧疚，還是只是客套話，於是只好乖乖站在一旁保持沈默。

許華裳不說話不代表沒人跳出來。許母和李煜見面的時間並不多，自然不瞭解李煜的為人，看李煜笑得那般溫和，又聽到李煜這番話，便認為李煜真的是在為自己沒能幫上順安侯府而道歉，於是馬上笑著說道：「瞧王爺說得這話，咱們都是一家人，哪裡需要見外？我和裳兒也知道王爺的難處，怎麼會怪王爺呢？」

許母自認為自己說得這番話非常漂亮，可寧妙聽了差點沒將嘴裡的茶水噴出來。以前怎麼沒看出來許母竟是個如此蠢笨的人？難怪皇上不讓許華裳當賢王正妃，就許母這樣能教出什麼好女兒？

那廂寧妙憋笑憋得難受，這廂李煜也不好受。

李煜聽到許母這番話後，臉上的笑容差點崩裂，只能用手摀住嘴角，假意咳嗽兩聲，還好此時丫鬟們上完了膳，李煜趕緊轉移話題，道：「舅母過來得這般早，怕是還沒用膳，一起吃點吧？」

許母也不推辭，等賢王坐下後，馬上就帶許華言入了座，還順便將自己的女兒推到賢王左邊坐下。

許華裳有些猶豫地看了眼寧妙，見寧妙輕輕地用湯匙攪拌著手中的粥，連一個目光都沒給她，她憋了半天，最終還是站起來說道：「妾身還是站著服侍王爺和王妃用膳吧，妾身坐在這兒不符規矩。」

寧妙這才抬頭看了一眼許華裳，淡淡地道：「不必了，坐下一起用吧！」

許華裳又小心翼翼地看了眼李煜，見他挾了個銀絲卷放到寧妙碗裡，根本沒注意她這邊，眼神黯了黯，默默坐了下來。

「表哥，我以後可不可以一直來你們這兒吃飯啊？」許華言雖然見過李煜的次數屈指可數，但在許母的灌輸下，他一直認為李煜就只是他的表哥，跟其他親戚沒什麼兩樣，他們之間親近是應該的，因此說話也就隨便了些。

李煜也不計較，反而溫和地問道：「為什麼要來王妃院裡吃飯？許側妃那邊的飯菜不合胃口嗎？」

許華言聽到這話，以為李煜真的是在關心他，許華裳還沒來得及攔下，他就開了口。「姊姊那裡的菜太少了，母親說是王妃不待見姊姊，故意剋扣姊姊的用度，還說王妃自己用的肯定都是好的，所以言兒想要來王妃這裡吃飯。」

許華言的話音剛落，許華裳和許母的臉色都變得蒼白不已。

寧妙挑了挑眉，放下銀筷。「哦？我倒想知道本妃哪裡剋扣許側妃的用度了？」怎麼，一大家子都跑到王府來打秋風，現在還嫌吃穿用度不夠好，未免也太看得起自己了吧？

李煜也放下銀筷，頗感興趣地看了眼寧妙。「我也想知道王妃怎麼背著我苛待許側妃了。」

許母本來還怕兒子的話會惹怒李煜，不想李煜卻說出這話來，似乎是要為他們作主的意思，於是也不怕得罪寧妙了，馬上把昨日發生的事一五一十說了出來，說完後悄悄看了眼李煜的神色，就見李煜臉上的笑容已經消失殆盡。許母不禁有些沾沾自喜，果然，寧妙就是背著賢王幹的這事，再怎麼說他們也是賢王舅家的人，寧妙這樣做不是在打賢王的臉嗎？

寧妙聽完許母的話，再看李煜的神色變化，心裡不由得暗罵一聲。王府裡敢下這命令的除了她就是李煜了，她沒做過，自然只有李煜了，偏偏這廝還在這兒跟她裝，看來是要她揹黑鍋的意思了。寧妙咬了咬牙。混蛋，不就昨日算計了他一把嗎？他竟然這樣整她。

「王妃，王府的開支真的這般緊張嗎？難道本王的俸祿和莊子上的進帳還養不起妳和許側妃？」

寧妙露出一個溫柔的笑容。「王爺此言差矣，雖然現在王府還算富裕，可王爺如今被皇上禁足，還不知何時能解禁，萬一哪天不慎，王爺或是順安侯府的人又惹了皇上不豫，皇上扣了王爺的俸祿怎麼辦？臣妾那點嫁妝可養不活這一大家子人，臣妾也是在未雨綢繆啊！」

寧妙這話可是字字誅心，既傷了賢王的面子，還順便拖了順安侯府下水。

果然，許母和許華裳的臉色都有些不好，但許母心裡還是有些雀躍。寧妙敢說這話，賢王定饒不了她。

「既然要縮減用度，王妃這邊也該減才是，可是本王記得昨日王妃的晚膳分例不僅沒減，反而還多了兩道菜。」李煜的語氣中似乎帶了些薄怒。

聽到這話，許母和許華裳心裡也冒出了火氣。

許母更是恨恨地盯著寧妙，只覺得寧妙就是在故意為難他們三人。

寧妙仍然滿臉笑意地看著李煜，心裡卻狂吼：混蛋，這不都是你吩咐的嗎？你還在這兒跟我裝白蓮花。「王爺不知，臣妾是因為王爺要過來用膳，怕委屈了王爺，才叫廚房加的菜，那些菜都是臣妾用自己的私用買的，沒有花公中的一分一毫。」白蓮花誰不會裝啊？反正話都是人說的，誰知道說的是真是假，說到最後，寧妙的眼圈都紅了，可是桌下，寧妙卻狠狠地擰了一把李煜的大腿。

李煜有些詫異，這寧妙也越來越大膽了，竟然敢對他動手了？還真不是寧妙長膽了，只是不擰他一把，寧妙覺得自己真的太憋屈了。

「既然如此，不如許側妃也出些嫁妝補貼公中，王妃便將你們的用度恢復到平時那樣可好？」李煜也不敢逗寧妙了，對許華裳這樣說道。

許華裳和許母都傻眼了，這劇情發展不對啊！難道李煜不是該質問寧妙濫用權力、剋扣府中用度，然後再處罰寧妙一番嗎？為什麼最後卻變成了她們補貼嫁妝出去？

「王爺……」許華裳現在失了娘家的依仗，不願意把最後攥在手裡的銀兩補貼出去。

李煜瞇著眼睛看著許華裳。「怎麼，這點小事許側妃都不願意為王府做嗎？」

許華裳看著李煜那張笑臉，心裡打了個突，根本不敢說不願意，只能勉強點了點頭。

等許家一行人走後，寧妙笑得一臉溫柔地問道：「王爺，臣妾怎麼不知道臣妾下過這種命令呢？」

李煜用敏銳的直覺察覺到了危險，訕笑道：「反正最後的結局皆大歡喜，王妃就無須計較這些了。」

寧妙笑了笑。「王爺可否與臣妾出來一趟？」

李煜不知道寧妙的用意，乖乖地跟著她走到了院門口。

寧妙面向李煜而站，輕聲道：「適才的事，臣妾可不覺得皆大歡喜，平白被人冤枉，臣妾心裡難受得緊，這幾天，想來臣妾也不能伺候王爺了，王爺還是回您的書房歇著吧！」說完，不給李煜反應的時間，直接將院門關上，然後便是落鎖的聲音，接著院內甚至還隱隱傳來寧妙的聲音。「誰敢給王爺開門，就別怪本妃將其打殺出去。」

李煜揉了揉鼻子。得，這次是真的把炮仗給點著了，於是也不再說什麼，慢悠悠地晃回了書房。

現場目睹這一切的下人們，則默默將王爺和王妃的地位在心裡對調了位置。

第十六章

夜已深，忙碌了一天的百姓皆已入眠，京外一座廢棄的莊子卻火光通明，不算寬敞的院落裡整整齊齊地擺放著十餘具屍體，一旁雪白的山茶花因沾上了鮮豔的血跡，在這深夜裡顯得格外妖冶。

舒恒一身玄衣從室內走了出來，臉如寒霜般冷峻，身旁跟著舒奇。他三兩步走到了屍體前，皺了皺眉。這十三人並非全葬身於禁衛軍的手下，大部分都是在知道無法反抗之後，選擇咬破舌下的毒藥自盡。他沒想到那邊派到京城的人竟然都是死士，甚至早已在身體裡埋了毒，他不得不承認，這一仗，是他輸了。

舒恒忍不住握緊了雙拳，閉上了眼睛。究竟是哪裡出了錯？上世，對方明明只培養軍隊，幾乎沒有死士，就算有，他們也從沒有派過死士進京，這一世，究竟是哪裡出了問題？

等舒恒忙完這些事回到忠毅侯府的時候，天已漸亮。寧汐沒有舒恒在身邊本就睡不好，聽到門被推開的聲音，雖然舒恒已經很小心放輕了動作，但寧汐還是醒了過來。

寧汐揉了揉眼睛，用手輕輕撐起身子。「你回來啦？」

舒恒沒有靠近寧汐，只是「嗯」了一身，然後道：「妳繼續睡，我去洗個澡。」

寧汐點了點頭，等舒恒離開後，卻再也睡不著了，在床上輾轉反側。她知道舒恒在替皇帝舅舅辦事，她也知道舒恒在偷偷地調查一些東西，她能隱隱察覺到舒恒的任務具有一定的危險性，卻從未直接感受過，所以她不曾太過擔心；可是適才哪怕舒恒特意站得離她那般遠，她仍然聞到了淡淡的血腥味，看舒恒那樣子，應該不是他受了傷，可萬一，下一次他身上的血就是他自己的呢？

舒恒洗漱完後回到內室就看到寧汐在床上滾來滾去，不由得上前按住她，居高臨下地看著她，無奈地笑道：「妳這是在做什麼？」

寧汐見狀又朝床鋪裡面挪了挪，然後掀開被子一角，拍了拍床單。「快上來歇歇。」

舒恒搖搖頭。「時辰不早了，過一會兒就得去上朝，妳睡吧！」

寧汐更用力地拍了拍床。「這不還有點時間嗎？先上來休息一會兒，你如果不上來，那我也不睡了。」寧汐執拗地盯著舒恒。

舒恒低嘆了口氣，知道自己說不過寧汐，於是乖乖上了床。

寧汐見舒恒沒脫外衣，知道他是想把她哄睡後就離開，也不戳穿他，而是靠近他嗅了嗅。

舒恒笑著推開她。「什麼時候和小溪一樣了？」

寧汐眉一挑。「怎麼，怕我聞出你身上的血腥味？」

聞言，舒恒皺了皺眉，又細心聞了聞自己的衣袖。他怎麼沒聞出來？難道是因為他在那裡待久了，已經察覺不到這股味道了嗎？

寧汐拉下舒恒的手臂。「別聞了，你現在身上香著呢！」說著，然後找了個適合的位置在舒恒身上躺下。

「舒恒，你答應我件事唄！」

舒恒溫柔地撫摸著寧汐的臉頰，聽到這話，直接道：「嗯，妳說。」

「我呢，不想問你究竟在做些什麼，也不過問你的任務有多危險，我只想你答應……」說到這兒，寧汐頓了頓，直視舒恒的雙眸。「你一定要好好的。」

舒恒聽到這話，愣了愣，然後將頭抵在寧汐的頭上。「傻瓜，我這麼辛苦才娶到妳，怎麼捨得留妳一人下來。」

沒有誰比他更瞭解被留下的那個人的痛苦，這樣的經歷他又怎麼捨得讓寧汐體會？他們好不容易重來一次，他自然要還她，也還自己一個圓滿。

寧汐聽到這話，嘴角才翹了起來。她相信舒恒，只要他答應了就絕不會反悔。

舒恒還是沒能待多久就離開了，等早朝結束後，舒恒毫無例外地被皇上留了下來。

「朕覺得愛卿欠朕一個解釋。」皇上一邊轉著手上的扳指，一邊說道：「你之前可是信誓旦旦地在朕的面前承諾會帶回活口，朕才允了你這次的行動，可最後，你給朕看的卻是那十幾具冷冰冰的屍體。朕要的證據呢？」

舒恒的眼眸閃了閃，這次的事的確是他的錯。今日凌晨他所查的那所廢棄宅子是以前一個富商的宅子，後來富商一家搬去江南，那裡便廢棄下來。因那處離京城頗遠，且雜草叢生，之前調查與歐陽玲接觸的那夥人的時候，那個地方一直都被他排除在外，如果不是因為那個荷包，而那處廢棄的莊子上又種滿了山茶花，他根本不會懷疑到那兒去。所以在接到舒奇的消息，說待在那裡的也許就是他們一直苦苦尋找的那夥人時，他才會如此激動，甚至沒有做太多的調查就進宮信誓旦旦地請了旨，卻不想自己過於心急，硬生生將一副好牌給打爛了。如今手中的線索幾乎全斷，難道這些年來的辛苦就白費了嗎？他不甘心。

舒恒不甘心，有個人比他更不甘心，那就是皇上。任何一位皇帝知道有人一直在暗中覬覦自己的皇位，都不會坐得舒服，眼看著就能順藤摸瓜將背後之人挖出來了，卻因為舒恒的失誤導致線索全斷，這讓皇上如何能保持平靜？

「舒恒，以你的能力，這事不該辦得這麼差啊！」皇上毫不掩飾自己對舒恒的懷疑，直接問了出來，這也是他對舒恒能力的一種肯定。

舒恒驀地跪了下去。「此事的確是臣的失誤，是臣能力不足，未能考慮到全面，臣願意受任何懲罰，不過臣已經想到了補救方法，臣願意將功補過。」

皇上瞇著眼睛打量著這個他從小看到大的孩子。舒恒真的會背叛他嗎？太后說讓他對舒家多一些信任，可他真的能完全相信舒恒嗎？當年如果不是他過於信任四弟，又怎會讓四弟的勢力壯大起來，最後險些奪了他的皇位？「好了，你起身吧，朕同意你將功補過，將今日之事繼續追查下去，但是，如果還是沒有結果，那就別怪朕無情了。」皇上斟酌幾番，最終做了這個決定。

周王府裡，歐陽玲在聽到了周王帶回來的消息後，氣得砸碎了屋內所有的擺件。丫鬟們都站在一旁一聲不響，就怕自己會被遷怒。

周王也一臉鐵青地坐在一旁，看著歐陽玲氣急敗壞的樣子，心裡更是惱火，不禁大聲質問道：「妳不是說那邊的人厲害得很嗎？還說舒恒絕對查不到他們的所在，現在好了，被人一窩端了。」

歐陽玲砸累了，也氣呼呼地坐了下來，聽見周王這番話，直接甩了個白眼過去。「誰知道是不是你那邊露了底？」頓了頓，歐陽玲又道：「不過你也不用擔心，現在我們都知道，那些人都自殺死了，怎麼說他們都是死士，舒恒別想從他們口中得到任何消息。」

周王不確定地望著歐陽玲。「真的？妳怎麼知道這不是舒恒放出來的假消息呢？」他可不相信人在面對生死選擇的時候能毫不猶豫地選擇死亡。

歐陽玲聞言怔了怔。說實話，她和這群人往來的時間並不長，她心裡其實也忍不住在打鼓，萬一在背後的他們被舒恒挖出來了可怎麼辦？現在她和周王在京中孤立無援，一旦出了差錯，他們就別想翻身了。「那你說，該怎麼辦？」歐陽玲糾結了片刻後，問道。

周王皺了皺眉，道：「不如，讓他們早日起事，分散父皇和舒恒的注意力。」

「可是按照之前的計劃，時機還不夠成熟，那些軍隊現在進京過於冒險。」歐陽玲不像周王那般衝動，反而有些猶豫。

「那妳就等著被人發現妳的身分、發現我們做的那些好事後，一腳將我們踩進塵埃裡吧！」頓了頓，他走到歐陽玲面前，握住她的肩膀道：「難道妳就不想看到舒恒悔恨的模樣？不想看到平樂跪在妳面前的模樣？想想，我們一旦成功了，妳就可以肆意蹂躪那些傷害過、背叛過妳的人，難道妳不想嗎？」

「想，我當然想。」她現在一想到寧汐跪在她面前求饒的模樣就忍不住想笑。沒錯，她急切地盼望著這一天，反正這天下最後都是她的，她為何一定要等什麼時機？她現在就迫不及待想看見兵臨城下的局面。「好，我這就去飛鴿傳書，通知他們。」歐陽玲馬上說道。

聞言，周王的嘴角揚了起來，攔住歐陽玲道：「把情況說得再緊急些，務必讓那邊的人明白，再不行動就會被誅殺殆盡。」

歐陽玲點了點頭，然後便去拿紙筆。

在她身後的周王，嘴角慢慢揚了起來。那個位置他可是垂涎已久了，等他登上皇位，看誰還敢在背地裡說他是罪人之後。

延壽宮內。太后靜靜地打量著站在她面前、略顯緊張的女子。長相像極了她最愛的女兒，偏偏那雙眼睛卻像極了她討厭的那個男子，這便是她的外孫女，自己最愛的女兒留在這世上的唯一念想。曾經，這個外孫女她也是抱在懷裡真心疼愛過的，她也曾想給這個外孫女最好的一切，可是女兒的死，卻將她和這個外孫女永遠地隔開了，她越發難以面對這一張臉。女兒的死是她和寧家之間的一根刺，也是她和平樂之間的刺，她永遠也拔不去，哪怕她心裡清楚得很，平樂是自己唯一的親外孫女。

太后忍不住揉了揉眉，收回了目光，想起就在寧汐來之前，皇上對她說的那番話，正是那番話，她才徹底明白她的兒子早已不是需要她細心看顧的孩子了，當年那個她費盡心機扶上皇位的孩子早已能獨當一面，心中也有了自己的想法，母親的話，那孩子也不會再聽了。

但太后不得不承認，皇上和他的父皇很像，他們都是那般冷酷、那般無情，但她又不得不承認，無論是先皇還是她的兒子，他們都是合格的帝王。

寧汐見太后久久不說話，便抬頭悄悄看了眼太后，見她似乎在想些什麼，眼神有些放空，心裡就有些鬱悶了。她知道自己這位外祖母一向不太喜歡自己，但也不至於自己這麼個大活人擺在面前還能走神兒吧？難道自己在太后眼中太微不足道了嗎？

太后慢慢收回思緒，對寧汐淡淡地道：「坐吧！」

寧汐臉上露出一個大方的笑容，極為端莊地點了點頭後，才慢慢坐在了太后下首。在太后面前裝乖巧大方對寧汐來說，已經是信手拈來的本事了。

太后喝了口茶，才緩緩道：「妳成親也有半年了吧？」

寧汐一愣，不知太后為何突然關心起她來了，但面上不顯，反而故作嬌羞地點了點頭。

太后見狀，神色一黯，伸手摸了摸擺在桌上的佛珠，斟酌片刻才道：「妳覺得舒家怎麼樣？」

寧汐又是一怔。對於今日太后的反常，她有些消化不過來，但即使失神也只是片刻，回過神後，寧汐仍然笑得溫婉大方。「婆婆和夫君都待平樂極好，舒家自然也是好的。」

聞言，太后又將手上的佛珠轉了轉，貌似不經意地開口。「在妳心裡，舒家和皇室孰輕孰重？」

寧汐原本還算輕鬆的心情驀地緊張了起來，看著太后臉上那辨不出喜怒的神色，寧汐忍不住咬了咬唇。太后這話是什麼意思？只是隨便問問嗎？怎麼可能，皇宮裡哪個不是人精，哪個說話不先在肚子裡打上三遍草稿？寧汐沒有回答，太后似乎也不急，坐在上首，靜靜地等著她。寧汐皺了皺眉，知道這是逃不過去了，斟酌片刻才小心翼翼地答道：「皇室和舒家於平樂而言，就如同平樂的手心、手背，皆為平樂之血肉，割捨不得。」

太后一聽這話，嘴角不由得彎了起來。「妳這孩子倒是變狡猾了不少。」還沒等寧汐謙虛兩句，太后臉上的笑容就褪了下去。「可在我眼裡，皇室和舒家於妳而言就如同魚和熊掌，不能兼得。」最後四個字，太后特意加重了語氣。

寧汐的臉倏地變得蒼白，她站了起來，抿了抿嘴道：「外祖母，還恕孫女愚昧，不知道您話中的意思。」

太后放下手中的佛珠，直視寧汐的雙眼。「適才我才說妳變聰明了，怎麼現在就開始在我面前裝糊塗了？」

寧汐低下了頭，卻仍然執拗地說道：「孫女不明白。」

太后看寧汐那執拗的模樣，竟像極了自己的女兒，心裡不由得暗暗嘆了口氣，放軟了語氣。「妳先坐下，聽我說。」

寧汐抿了抿嘴，卻不願再坐下。

太后也不強求，輕輕吸了口氣，緩緩說了起來。「妳的舅舅是先皇的嫡長子，可因為我的原因，雖貴為太子，卻不是最得寵的皇子，當時先皇寵愛先貴妃所生的二皇子，對現在的皇上頗為不滿，處處挑他的刺，只是礙於朝中大臣的阻攔才沒廢棄他。皇室中人皆認為皇上最後肯定會被先皇廢棄，對他也說不上友善，唯有當時的四皇子對皇上頗為友好。四皇子是一個貴人所生，因其母妃早逝，舅族勢微，是宮中最沒有威脅的存在，皇上也願意和他交好，兩人常常在一塊兒聊天說事；可誰曾想到，就是當年這個最不起眼、最不讓人警戒的人，卻差點將皇上逼下皇位。」

或許是回憶起往事，太后的眼神有些恍惚。「乾元二年，皇上才登基兩年，根基還不穩，正需要人的時候，就是這位皇上最信任的四皇子和京中某些世家一起帶領軍隊，圍了皇城和京中其他未歸順他們的世家。誰能想到這個看起來最無害的四皇子，早在多年前就和舒家旁支勾結，透過舒氏拉攏了不少對當今政策不滿的世家，而這位四皇子甚至利用皇上的信任，將自己的舅族勢力培養了起來，甚至還取得部分軍權。當年如果不是禁衛軍和暗衛的浴血奮戰，還有舒恒父親的犧牲，今日這天下早就易了主。」說到這兒，太后驀地睜開眼睛看向寧汐。「寧汐，妳可知道當年如果四皇子沒有舒家旁支的支持，他根本成不了事。舒家，曾經背叛過皇室。」

「可那是舒氏旁支的所作所為，與如今的忠毅侯府沒有一絲關聯；甚至您也說了，如果沒有公公的犧牲，也不會有今日的我們，至少這一點可以證明公公和夫君他們對皇上是一心一意的。」寧汐忍不住反駁了幾句。她知道她有些衝動了，可她實在受不了太后話中的暗示。

太后的語氣也忍不住強硬起來。「當年的四皇子也說對皇上一心一意，可最後還不是背叛了我們，更何況如今的舒恒？哀家不怕實話實說，哀家信不了他。」

寧汐撇過頭去，沒有說話。她氣太后不信任舒恒，同時也因此心傷，因為太后是她的親人，是最疼愛她母親的人。

「平樂，哀家現在只要妳做一件事，便是替哀家監視舒恒，調查舒恒是否有背叛皇室的行為。」說完見寧汐仍低著頭，不願說話，太后不由得加重了語氣。「身為皇室子女，一朝郡主，這事容不得妳拒絕。」

聞言，寧汐慢慢抬起了頭，眼中滿是淚水，靜靜地看著太后。眼前這個人是她的外祖母，是她認為雖然沒有那麼喜歡自己，但絕對不會傷害自己的親人，是她以為可以全心全意依賴的親人，現在，卻叫她去監視她的夫君。太后知不知道，一旦她答應，她和舒恒就再也做不到坦誠相待，一旦被舒恒發現，他們的夫妻情分也許就走到了盡頭？不，太后知道，所以太后才不准她拒絕，太后是在逼她選擇皇室。原來在太后的心裡，她只是一個郡主，一個可以被利用的棋子，從來都不是外孫女。

寧汐深深地看了眼太后。「您會後悔的。」您一定會後悔今日懷疑舒恒的行為，舒恒他一定會用行動向您證明，他忠心的只有皇上。說完，寧汐便退了出去。

等寧汐走後，太后慢慢閉上了眼睛，再睜開時，眼裡帶著些許悲哀和些許釋然。

一旁的嬤嬤見狀，心疼地說道：「這事本就該皇上來說，您又何必替皇上說了這些話，白白惹了平樂郡主怨恨呢？」

太后的嘴角輕輕揚了起來。「怨恨哀家的多了去，哀家難道還會怕她一個小孩子恨？」隔了許久，太后才又輕輕呢喃道：「恨哀家就恨吧，反正哀家也活不了多久了，礙不著她的眼，總比她恨皇上來得好。日後，若是舒恒知道了此事，至少她還有皇上這條退路；若她知道今日之事是皇上之意，當她失去所有後也不會向皇上求助的，這性子倒是有幾分像哀家……」

太后的這話只有身邊親近的嬤嬤聽見了，嬤嬤有些詫異地看向太后，卻看太后已經閉上了眼，便沒再張嘴，而是悄悄退了出去。

等宮人都離開後，太后才又慢慢睜開了眼睛，靜靜地望著床頂。這一生，她愛過、恨過、被人陷害過，也陷害過別人；上半輩子，她可以說是過得極為精彩，從一國之母到太后之尊，她從未輸過，可是她最後還是輸給了自己的女兒。眼看著自己的女兒為了那個男人而死，她才感覺到自己的無力，可是她不願承認自己的無能，便將對自己的怨恨放在寧家人身上、放在了平樂的身上。如今到了這天命之年，她才漸漸明白，她真的做錯了，可是錯誤一旦犯下便無法挽回，她現在只想盡自己最大的努力去彌補寧汐。

寧汐離開延壽宮的時候，眼圈還是紅的，舒青和曬青兩人等在殿外，見狀，心裡有些擔心，也不知太后和寧汐說了些什麼？

舒青大著膽子問寧汐發生了什麼事，寧汐也不回答，只是搖了搖頭。

回到忠毅侯府後，舒恒還沒回來，寧汐直接進了屋子、關上門，不准任何人打擾，丫鬟們都很擔心，卻也不敢進去，只好在屋外守著。

舒恒回來的時候，看見屋外坐了一排的丫鬟，皺了皺眉，推開門，走進內室就看到寧汐靜靜地坐在窗邊出神，手上拿著一條紅珊瑚項鍊。舒恒進來前已經從峨蕊口中得知寧汐進過宮一事，心裡暗暗嘆了口氣，也不知太后說了些什麼，讓這丫頭變成現在這樣。

寧汐聽見聲音，慢慢將頭轉了過來，無神的眼睛漸漸有了焦距。

舒恒見狀，心裡也不好受，快速走到她身邊，輕輕摟住了她。

熟悉的溫暖包圍住寧汐，讓寧汐原本冰冷的心漸漸回暖起來，她將頭輕輕靠了過去，兩人都沒說話，這一刻不需要其他的語言，只有兩顆孤寂的心越靠越近。

不知過了多久，舒恒才放開寧汐，取出她手中的項鍊，戴到她的脖子上，道：「我帶妳出去走走。」

寧汐看看自己頸上的項鍊，終究沒將它取下，聽到舒恒要帶她出去，點了點頭。

舒恒這次竟然沒叫人備車，也沒帶其他丫鬟，甚至峨蕊等人都被他留在府中，只是牽著寧汐的手就走了出去，寧汐有些驚訝地看向舒恒。

舒恒輕笑道：「我一直想陪妳去京中逛逛，可是一直都沒時間，趁著今日回來得早，帶妳出去走走。」

寧汐知道舒恒是想逗她開心，嘴角輕輕揚起，「嗯」了一聲，低頭一看，舒恒握著她的手，她有些遲疑地道：「這……被人看見不太好吧？」

舒恒聞言，不但沒有放開，反而還握緊了些，道：「妳是我娘子，我們這樣做也是應該的。」話雖這樣說，但還是怕寧汐害羞，便靠近了寧汐一些，用寬大的衣袖遮住了兩人交握的手。

兩人就在街上隨意逛了逛，寧汐對這些小商販的東西沒甚大興趣，偶爾看看，倒也沒瞧見喜歡到非要買的東西。

舒恒就在一旁看著，不強求寧汐定要買些什麼，過了一會兒，見寧汐看夠了，便帶她去了一處小巷子裡的一家小店前。

這鋪面看起來很小，從外頭的裝潢看不出裡面是賣什麼的，進去後一看，發現裡面竟掛滿了各種燈籠，造型多變，有龍有鳳、有鳥有蟲，寧汐看了心裡甚是歡喜。

很快地，從店內側的一個簾子後走出來一個老者，蒼老的臉上，一雙眼眸甚是清明，見到兩人，臉上也沒有像其他小販面對兩人時的熱情，而是用客氣卻不諂媚的聲音問道：「兩位需要什麼？」

寧汐聞言，心裡有些懵，這裡的燈籠太多了，她還真不知道要哪個好，便求助地看向舒恒。

舒恒笑了笑，對老人禮貌地道：「可否拿出你們這兒最好的走馬燈給我們夫妻看看？」

店主看了舒恒一眼後，緩緩走了進去，不一會兒，拿了一盞走馬燈出來，點燃裡面的蠟燭放在兩人面前。

燈籠慢慢轉了起來，寧汐這才看清上面的圖案，畫的都是同一個女子，從出生到嫁人再到生子，直至最後的老死，不過幾幅畫，竟畫活了一個女子的一生。寧汐的嘴角越揚越高，這個燈籠她真的是喜歡極了。

舒恒站在一旁一直注意著寧汐的神情，見寧汐笑了起來，他的心情也放鬆許多，於是對老者道：「這個燈籠我們買了。」

老者慢慢道出了一個價格，舒恒也不回價，直接付了錢。

離開那裡後，寧汐好奇地問道：「你怎麼知道那家店的？」

舒恒不是能閒得在京城裡亂逛的人，他到底是怎麼知道這種小店的啊？

面對寧汐的疑問，舒恒淡淡地道：「是許逸凡告訴我的。」

寧汐搗嘴一笑，果然如此。看了眼四周沒人，便輕輕摟住舒恒的手道：「我很喜歡。」

舒恒的眼角浮現出些許笑意，嘴上卻只是輕輕「嗯」了一聲。

兩人一起回府的時候，天已經慢慢暗了下來，街上漸漸沒了人，連之前的小商販都不見了，兩人便也少了顧忌，手牽著手向忠毅侯府的方向走去。

突然，一對小夫妻從一處轉角走了出來，男子推著一個小車，車上放著書畫等東西，女子走在一旁，不時替男子擦拭額頭，隱隱約約的，兩人的對話傳進了寧汐和舒恒的耳朵——

「都說叫你早點回去了，現在天冷，把你凍病了該怎麼辦？」

「我這不是想著多擺會兒攤、多賺幾個錢，好早點給妳買個鐲子嗎？」

「我又不需要那些東西，你把錢留著給婆婆做身衣服好了。」

「那怎麼行？我既然娶了妳，就要對妳好，別人婆娘有的，妳也得有……」

兩人的身影漸漸遠去，聲音也斷了，聽見這些話的寧汐和舒恒相視一笑。

寧汐突然覺得，做一對尋常百姓家的夫妻也許遠比做什麼老爺、夫人來得幸福。

「欸，你不想問問今天太后跟我說了些什麼嗎？」寧汐突然說道。

舒恒沒想到寧汐會突然說起這事，有片刻的愣神，回過神來後，道：「妳說我就聽著，妳不說我也不問。」

聽到這話，寧汐心裡多少有些觸動。「舒恒，你就這麼信任我嗎？」頓了頓，寧汐接著說道：「如果有一天，你發現我傷害了你、欺騙了你，你會恨我嗎？」

聽到這話，舒恒驀地想起了上世的自己，握住寧汐的手不由得緊了些。「不會，不論妳做什麼，我都不會恨妳。」

「為什麼？」寧汐停下腳步，望向舒恒。

舒恒也隨之停了下來，看向寧汐。因為我沒資格恨妳。我曾經騙過妳、傷害過妳，如果這一世妳這樣對我，那也只是對我的報應而已，這樣的我又有什麼資格恨妳？自然，這些話舒恒都不能說出口。舒恒伸手摸了摸寧汐的頭，道：「因為只要妳願意待在我身邊，不管妳愛我也好、恨我也好、對我有所圖謀也好，對我而言這都是一種幸福。」

寧汐驀地睜大了眼睛，然後有些不自信地移開目光。「別騙我，我會當真的。」

舒恒用手將寧汐的頭轉回來，強迫她看著自己的眼睛。「我沒騙妳，我心悅妳，比任何人都在乎妳，只要妳待在我身邊，對我來說便是老天對我最大的恩賜。」

舒恒的話音剛落，寧汐就撲進了舒恒的懷裡，說道：「什麼時候你也會說這些甜言蜜語了？肯定是和大姊夫在一起待久了，都學壞了。」

舒恒知道寧汐是在掩飾自己的害羞，也不戳破她，而是順著她的話說道：「那我以後都不說了。」

寧汐喉嚨一堵。那她以後豈不是太吃虧了？良久，才又悶悶地說了一句。「其實偶爾說說也可以的……」

舒恒聽到這話忍不住笑了出來，半晌，見寧汐都在他的懷裡跺腳了，才輕聲道：「好。」舒恒問道：「如果是我這樣做，妳會恨我嗎？」

寧汐抬起頭來，認真地看著舒恒，肯定地說道：「會。」

舒恒無奈地刮了刮寧汐的鼻子。「我剛剛說了那番話後，妳現在還這樣回答，我聽了該多傷心。」

寧汐拍開舒恒的手，笑了起來。「因為我相信你不會傷害我，所以如果你傷害了我，就是辜負我的信任，我自然會恨你。」

舒恒一愣，隨後使勁揉了揉寧汐的頭，拉著她的手繼續往前走。

「欸，舒恒，你真的不會背叛我、背叛我的親人吧？」寧汐一邊走，一邊隨口說道。

「自然不會。」舒恒毫不猶豫地回答，然後看了眼寧汐脖子上的項鍊，繼續道：「這是太后給妳的嫁妝中的其中一件吧？」

寧汐順著舒恒的目光往下看，眼神一黯，點了點頭。

舒恒淡淡道：「聽說先皇曾送給太后一條價值不菲的紅珊瑚項鍊，太后頗為喜愛，也不知是不是這一條？」

寧汐張了張嘴巴。這條項鏈，她知道價值不菲，但來頭不會這麼大吧？而且太后為什麼要把這麼珍貴的東西送給她？難道就是為了讓她老老實實做顆棋子，幫她監視舒恒？

「也許不是這條吧，太后怎麼可能把那麼珍貴的東西給我，我對她而言只是一個郡主而已。」

舒恒捏了捏寧汐的手。「不要妄自菲薄，對我而言，妳是獨一無二的。」頓了頓，又道：「我不知道太后今天和妳說了些什麼，讓妳的心情這般糟糕，但是汐兒，太后她身處高位，很多事都是迫不得已的，妳不能因為她做過的某些不利於妳的事，就否定她對妳的愛。」舒恒是不知道太后對寧汐說了些什麼，但是他相信太后是疼愛寧汐的，他還記得上世寧汐離世後，太后曾衝到乾清宮將皇上痛罵一頓，而他也成了太后最不待見的人。

此時的寧汐卻聽不進去這番話，只覺得舒恒是因為不知道太后要自己做的事，才能說出這番話來。

周王府。

周王在歐陽玲的屋裡不停地走來走去，歐陽玲則坐在一旁安靜地看著信。

走了幾圈，最後周王不耐煩地坐在歐陽玲身旁，頗為著急地問道：「信上怎麼說？」

歐陽玲這才放下手中的信件遞給周王，然後道：「他們讓咱們先不要急，說是等到秋天再動手。」

聽到這話，周王再也耐不住性子了，皺了皺眉，頗為不悅地說道：「還等？再等下去我們就會被舒恒查出來了。之前我已經收到消息，舒恒那裡似乎還留有活口。果然，什麼死士全滅，不過是舒恒用來麻痺我們的伎倆。」

歐陽玲抿了抿嘴，心裡也有些發慌。「那你說該怎麼辦？他們現在讓我們等，我們除了等還能做什麼？我現在手上也沒人可用，你的人能動嗎？而且，你的消息真的準確嗎？如果是舒恒故意放出來擾亂我們心緒的假消息怎麼辦？」

周王怔了怔。之前因為太過害怕，還真沒懷疑過這個消息的真實性，此刻聽歐陽玲這樣一說，他才想到這上面，不禁皺了皺眉，而後眼眸突然一亮，對歐陽玲道：「妳不是說忠毅侯府的老夫人對妳很好嗎？妳嫁來周王府也有一段時間了，該回去看看她了。」

歐陽玲的眼眸閃了閃。這是要她回去打探消息的真假嗎？這倒是個好方法，再怎麼說自己也是忠毅侯府的表小姐，在府中走動也不會引起別人的懷疑。

周王離開之前又對歐陽玲說道：「再給他們寫一封信過去，告訴他們我們最多等到入夏。父皇已經在懷疑我了，如果我被抓到證據，你們的人也別想跑掉，反正遲早都會暴露，不如我們主動出擊。」

歐陽玲想了想，還是應了。

歐陽玲既然要回忠毅侯府，自然提前一天就給忠毅侯府打了招呼。

寧汐從舒母口中得知此事後，揚了揚眉，她不認為歐陽玲真的是掛念舒母，所以特意回來看望舒母的，怕是醉翁之意不在酒，不然為何早不回來、晚不回來，偏偏選在舒恒休沐的當天回來？寧汐已經在心裡盤算，要不要先將舒恒打發出去？

舒恒今天難得能睡一個懶覺，卻被寧汐硬生生地從床上拽了起來。他坐在桌前，一邊等著早膳，一邊睡眼惺忪地問道：「怎麼這麼早就把我叫起來了？」

寧汐坐在舒恒對面，雙手撐著臉頰，臉上露出一個自認為最溫柔、最端莊的笑容，雙眼直勾勾地望著舒恒，輕聲道：「你今天有事嗎？」

望著寧汐那一張笑靨如花的臉，舒恒頭皮有些發麻，直覺寧汐話語裡帶著危險的氣息，硬著頭皮答道：「沒什麼事啊！」

寧汐扳了扳手指，笑得更加溫柔。「你再想想，真的沒事嗎？」

舒恒皺了皺眉，不知寧汐今兒又是鬧哪齣，只能問道：「妳今天怎麼了這是？難道是我忘了什麼事嗎？」

寧汐鼓了鼓腮幫子。難道她要直說因為今日歐陽玲要過來，她不希望他留在府裡嗎？那樣會不會顯得她特別小氣？「沒啥。」寧汐轉過頭去。

舒恒見狀不由得笑了起來。「不就是歐陽玲今日要回來嗎？妳這個小醋罈子打翻啦？」

寧汐一愣，這才反應過來，原來舒恒早就知道了，不禁瞪了他一眼，知道還跟她在這兒裝傻，看她出醜很有趣嗎？

舒恒看寧汐情緒不對，馬上坐到寧汐身邊順毛。「我難得休息一天，自然想在家多陪陪妳，妳何必因為一個無關緊要的人浪費我們之間相處的時光？」

寧汐嘟了嘟嘴，這樣一想，自己似乎是有些小題大做了，於是點了點頭，不過還是警告道：「今天你不准和歐陽玲獨處。」

舒恒笑著應了，反正就算寧汐不說，他也沒那個心情和歐陽玲待在一起；而且，他知道的可比寧汐知道得多，歐陽玲這次過來可不是來探親這麼簡單。

歐陽玲回來的時候，身邊帶的人並不多，竟然沒有顯擺她側妃的排場，寧汐倒是覺得奇怪，這怎麼都不像歐陽玲的作風。不過寧汐也不關心歐陽玲，她回來的時候，寧汐根本就沒出去見她，一直待在屋子裡和舒恒膩歪，這些事還是身邊的丫鬟告訴她的。

等到中午的時候，舒母派人過來請寧汐過去一起用膳。寧汐知道舒母只是讓她過去露露面，畢竟歐陽玲現在是周王的側妃，自己不過去，落人口實終究不好。

不過舒母並沒有叫舒恒過去，這對寧汐來說極為滿意，於是在舒恒怨念的眼神中蹦蹦跳跳去了舒母的院子，留舒恒獨自一人待在長青堂裡用膳。

寧汐這次去舒母的院裡陪她和歐陽玲兩人用飯，本來都做好了和歐陽玲脣槍舌戰的準備，誰知歐陽玲今兒只是淡淡地掃了寧汐一眼，然後便移開了目光，根本沒理寧汐，寧汐不由得好奇地多看了歐陽玲兩眼，歐陽玲今兒果然很奇怪啊！

歐陽玲沒吃兩口，就找了個藉口離席，寧汐瞇了瞇眼。鑑於歐陽玲前科太多，寧汐怕她去找舒恒，於是歐陽玲前腳一走，寧汐後腳就找了個理由跟了出去，不想剛出舒母院子，就看到歐陽玲站在前方，大有等她的意思。

寧汐揚了揚眉，朝她走去。「這是特意在等我？」

歐陽玲聞言，嘴角彎了起來，笑得明豔又放肆，寧汐不由得重新打量了一番歐陽玲。現在的歐陽玲不復之前白蓮花的模樣，反而更像一朵帶刺的玫瑰，驕傲又放縱，寧汐看得嘖嘖稱奇，果然是嫁雞隨雞、嫁狗隨狗，這歐陽玲現在還真是一副寵妃的模樣。

「我的確在等妳，我就是想讓妳看看，如今的我活得多快活。」

寧汐嗤笑一聲。「那還真是恭喜妳，看來側室這個位置很適合妳。」

歐陽玲的眼睛瞇了瞇，卻沒像以前那樣被寧汐氣得跳起來，而是平靜地反駁道：「寧汐，妳現在儘管嘲諷我，總有一天我會讓妳跪在我面前求饒。」

寧汐無語地看了眼歐陽玲。得，這女人病得越來越嚴重了呢！「那我等著，我倒想看看妳歐陽玲有什麼本事讓我下跪。」說完寧汐看都不看歐陽玲一眼，直接越過她回了長青堂。

歐陽玲看著寧汐離去的背影，眼角慢慢染上了寒意。她今天過來本不想與寧汐發生衝突，畢竟她是來打探消息的，不想節外生枝，雖然這樣想著，可當她再看到寧汐的時候，心裡又忍不住冒出濃濃的恨意。她本不用像現在這樣步步為營，也不用像現在這般提心弔膽地過日子，她只是想和自己最愛的表哥幸福地生活在一起，可是，寧汐卻奪走了她的一切。如果不是寧汐出現，她也不會變成這樣。她現在變得這般面目醜惡，憑什麼寧汐還能幸福快樂的生活？她真的不甘心。歐陽玲閉了閉眼睛，掩去眼中的冷意，慢慢轉了方向，不是回她的院子，而是去了舒恒的書房。

歐陽玲還沒走近舒恒的書房，就看到有兩個侍衛守在書房門口，她皺了皺眉。知道以她的身分根本靠近不了書房，思考片刻，嘴角一勾，大叫了一聲。

聽到聲響，門口的兩個侍衛果然跑到她這邊察看，見到是歐陽玲，不由得問道：「表小姐，可是發生什麼事了？」

歐陽玲一副很害怕的模樣說：「剛剛我看到一個身著夜行衣的人影從我面前跑了過去。」指了指長青堂的方向。「也不知是不是跑到那兒去，要是驚到表嫂可怎麼辦？」

兩個侍衛面面相覷。

歐陽玲見狀立刻斥道：「還不快去長青堂看看，表嫂出了事，表哥會放過你們嗎？」

「容卑職先去書房向侯爺稟告一聲。」其中一個侍衛如是說道。

歐陽玲眉一挑，舒恒現在竟然就在書房。眼珠轉了轉，她又道：「你們快去看看我表嫂啦，表哥那邊我會去說的。」

兩個侍衛聽到歐陽玲這樣說，也不再猶豫，直接朝長青堂的方向奔去。

歐陽玲的嘴角緩緩彎起，輕輕向舒恒的書房靠近，剛走近書房門口，她就聽到裡面傳來舒恒的聲音——

「我們好不容易留下了活口，絕對不能輕忽，趁外界不知道他們還活著之前，必須盡快從那些死士口中撬出證據來。」

聽到這話，歐陽玲不由得摀住了自己的嘴。周王得到的消息竟然是真的，那些死士真的還有活口，而且聽這話中的意思，還不止一個。

「卑職知道了，卑職現在就去拷問他們。」

「去吧！」

聽到有人要出來了，歐陽玲忙小跑著離開。

舒奇透過門縫看到歐陽玲離開，嘴角彎了彎，對舒恒道：「她離開了。」

舒恒點了點頭，眼中帶著些許的得意。

舒奇誇道：「果然如侯爺所料，歐陽玲此次回來就是為了從我們這兒打探消息。」

舒恒端起茶抿了一口，道：「如果不是有所圖謀，她怎麼可能捨得回來？」他畢竟是活了兩輩子的人，對歐陽玲那點小心思還是拿得准的。

寧汐回到長青堂的時候，聽說舒恒去了書房，便也直接來了書房，不想卻看到歐陽玲匆匆離開的背影。好妳個歐陽玲，還真跑到舒恒這兒來了。寧汐心裡冒火，直接衝進了舒恒的書房。

舒奇已離開，舒恒正在畫著什麼，見到寧汐進來，忙扯了張白紙將其遮住。

寧汐皺了皺眉，只當沒看見，徑直問道：「歐陽玲剛剛怎麼過來了？」

舒恒本來還怕寧汐問他畫的事，不想她問的是歐陽玲，心裡頓時鬆了口氣，道：「她想來打探些消息，跑到我這兒偷聽來了。」

聽到這話，寧汐反應過來。「所以你漏了些假消息給她？」

舒恒點了點頭。

寧汐撇了撇嘴。「我不信，歐陽玲一個孤女能從你這兒打探什麼有用的消息？難不成她還想上朝為官不成？」

舒恒搖了搖頭，揉了揉寧汐的頭。「她的野心可比妳想得大多了。」

寧汐皺了皺眉，舒恒又在這兒跟她打什麼啞謎？

「想知道？」舒恒愉悅地說道。

寧汐使勁點了點頭。

舒恒見狀，朝她招了招手。「過來，我告訴妳。」舒恒將寧汐拉到自己懷裡，又揉了揉她的頭說道：「如果我說歐陽玲不是我的表妹，妳信嗎？」

聽到這話，寧汐驚訝地睜大了雙眼，難以置信地看著舒恒。雖然她之前猜過舒母並沒有如表面上這麼喜歡歐陽玲，但也沒懷疑過歐陽玲的身分啊！「那她是誰？」說完這話，寧汐突然想起之前楊玲瓏和她說過歐陽玲和先皇的四皇子長得十分相似的事，不禁脫口而出。「難道歐陽玲真的是前朝四皇子的女兒？」那她和周王成親豈不是亂倫？

看出寧汐心裡的想法，舒恒失笑，敲了敲她的額頭。「妳想哪兒去了？歐陽玲怎麼可能是四皇子的女兒，不過，她和四皇子的確有點關係。」

就在寧汐豎起耳朵想認真聽舒恒繼續講下去的時候，舒恒卻轉了話題。

「乾元二年的事，妳知道嗎？」

聽到舒恒問這件事，寧汐不由得想起了太后之前說的話，有些心虛地低下頭，吞吞吐吐地道：「大概……知道得差不多了。」

寧汐的回答也在舒恒的意料之中，舒恒斟酌一番後，繼續說道：「妳可知四皇子還有個親妹妹，是當年早逝的四公主？歐陽玲便是這個四公主的女兒。」

寧汐聽到這話，心裡一堵，歐陽玲竟是她的表妹。天哪，寧汐覺得這個世界都開始旋轉了。「那歐陽玲為什麼會流落到你們忠毅侯府裡？」寧汐艱難地消化了這個消息後，問道。

「這就要從那位聰明的四公主說起了……」說著，舒恒的眼神慢慢變得迷茫起來，他當時年齡還小，好多事都是後來舒母告訴他的。

說起先皇這個最小的女兒，那也是個了不起的人物，自小就聰明過人，能言善道，各宮娘娘都被她哄得服服貼貼的，就是現在的太后，曾經也很喜歡這位四公主。

而且，說起這位四公主，最讓人津津樂道的，不是她在後宮中和各個女人周旋的手段，而是其在政事上的遠見。傳言這位四公主在與四皇子議論政事時，偶然被先皇聽了去，先皇不僅不責罰她，還大肆賞賜了她一番，甚至後來偶爾還會召她去御書房討論政務。

先皇曾稱讚四公主若身為男兒身，定是繼承他皇位的最好人選。這本是一句戲言，卻被四公主聽進了心裡，四公主的野心從此也越來越大，她知道自己成不了女皇，但她還有個哥哥，只要扶持自己的哥哥登上了那個位置，她自可做她哥哥背後的女皇。

可以說，當年四皇子背叛當今聖上，想要謀取皇位，這裡面不可謂沒有四公主的推波助瀾。可惜的是，饒是這位四公主謀略滔天，卻逃不過命運，她最終還是沒能看到四皇子起事的那天，因為她在生歐陽玲的時候便難產去了；後來如果不是因為少了四公主的佈置，四皇子也許不一定會輸給現在的皇上。

不過當時皇上還是低估了四公主的聰慧，她竟然早在去世之前就給自己的孩子和駙馬留了退路。起事前夕，還不足一歲的歐陽玲被四皇子身邊的幾名侍衛送出了京，在得知四皇子失敗後，將舒母庶妹一家屠殺殆盡，然後再假扮府中活口，將歐陽玲送進了忠毅侯府；而四駙馬也根據四公主的計劃，在四公主府中留了一具與自己身形相似的屍體，然後付之一炬，自己則藉由公主府的暗道逃了，等到必要時刻，四駙馬就能和京裡的歐陽玲裡應外合，捲土重來。

四公主的計劃確實很完美，可惜的是，她萬萬都沒想到，自己的女兒越長大卻越像四皇子。歐陽玲七歲那年被細心的舒母看出了不妥之處，之後將此事告知舒恒，舒恒又告訴皇上，皇上派人去舒母庶妹夫家一查，果然查出了不對勁的地方，歐陽玲的身分才隨之揭開。

寧汐聽完舒恒的講述後，嘴巴已經大到可以塞下一個雞蛋了。沒想到歐陽玲的身世，其中竟然還有這樣一番曲折。

舒恒見寧汐一副震驚的模樣，笑著彈了彈她的鼻子。

寧汐這才回過神來，摸了摸自己的鼻頭，瞪了舒恒一眼。「你們什麼時候知道四駙馬還沒死的？」

「當年徹查歐陽玲的身分時，皇上又派人查了四公主府，在後花園的一處假山裡發現了暗道，於是皇上就猜到四駙馬可能沒死，奈何一直找不到他的下落，於是就讓我派人盯著歐陽玲，因為如果四駙馬還活著，他定會找時機派人與歐陽玲接觸。」

寧汐一聽這話，忙問道：「歐陽玲知道她的身分了嗎？」

「知道了。」舒恒頷首，眼中閃過一絲厲色。「我們大婚當日就有人和她接觸過了。」

「你們找到四駙馬的下落了嗎？」

舒恒搖了搖頭，不過這不重要了，他相信很快地那個人自己就會主動站出來。

寧汐知道這些涉及到朝政，適可而止地閉了嘴，不再詢問，不過想到自己竟然是這府中最後一個知道歐陽玲身分的人，寧汐心裡頗為不爽，眼睛瞇了瞇，伸出手指戳了戳舒恒的胸膛。「你以前一直瞞著我，怎麼現在捨得告訴我了？」

舒恒無奈地用手包裹住寧汐的手，輕聲道：「以前是一直沒找到時機和妳說這些事，而且我覺得她就是一個無關緊要的人，沒必要特意告知妳。」

寧汐明顯被舒恒那句「無關緊要的人」給取悅了，嘴角不由得揚了起來，眼眸轉了轉，看到舒恒書桌上的白紙，突然想起之前自己進來時舒恒的動作，便伸手想去揭開上面的那張白紙，不想手還沒碰到那張白紙，就被舒恒握住，生生被攔了下來。寧汐回過頭，不解地看向舒恒。

舒恒的眼眸閃了閃，道：「那是寫壞了的字，妳就別看了。」

寧汐抽回自己的手。「哼，我還以為是什麼看不得的東西呢！不過是張寫壞的字，我看看不行嗎？」說著寧汐就要繼續去揭那張白紙。

這次舒恒卻手疾眼快，先寧汐一步，連同上面的白紙，將字畫一起抽走了。

寧汐皺了皺眉。

舒恒強裝鎮定地道：「不過一張字，下次我寫副好的再給妳看，這副就別看了。」說完就將手上的白紙揉成一團，扔到了角落，然後拉起寧汐的手，笑道：「我們回長青堂休息會兒吧？今兒早上起得太早了。」

寧汐點了點頭，「嗯」了一聲，跟著舒恒的腳步走出書房，出去前眼角掃了一眼落在地上的紙團，眼眸閃了閃。

歐陽玲在舒恒書房偷聽到死士還活著的消息後，本來是想匆匆回周王府的，可是心思一轉，又轉身回了舒恒的書房，結果恰好看到舒恒拉著寧汐的手，從書房走了出來。

歐陽玲腳步一頓，停了下來，忍不住咬緊了自己的嘴唇。

剛從書房裡走出來的舒恒和寧汐，自然也看到了歐陽玲。

寧汐見狀，不由得拉緊了舒恒的手。

感覺到自己的手心緊了緊，舒恒也回握得更緊了些，甚至轉過頭對寧汐安撫一笑。

見狀，寧汐眼角的笑意更甚。

歐陽玲站在原地，靜靜地看著兩人慢慢走過來，越來越近，越來越近，可兩人卻從不曾看她一眼，似乎她就是空氣……不，也許她連空氣都比不上。歐陽玲捏緊了雙手，終於在舒恒從她身邊走過的時候，忍不住轉過身，衝著舒恒的身影說道：「舒恒，在你心中我究竟算什麼？我那麼愛你，你卻連一個眼神都不願意施捨給我。舒恒，我知道你現在在調查些什麼，你想調查的那些我都知道，只要你現在轉過頭來，我就把我知道的一切告訴你，只要你看我一眼，我願意為你付出一切。」歐陽玲的話語已經有些語無倫次，因為她發現她還是忘不了舒恒，她就是想要得到他，為了得到他，哪怕是背叛自己的親人她也願意。

寧汐才從舒恒那兒得知歐陽玲的身分，自然明白歐陽玲話中的意思，心裡咯噔一響，她沒想到歐陽玲對舒恒的愛如此之深，竟然連自己的生父都願意出賣。寧汐有些擔心地看了眼舒恒，她知道這事對舒恒來說多重要，只是一個轉身，就能拿到至關重要的證據，這個誘惑不可謂不大。她很害怕舒恒會轉身，哪怕她心裡明白，這才是正確的選擇。

舒恒的腳頓了頓，抓著寧汐的手更緊了些，然後面無表情地說道：「無聊。」話語未落，他就拉著寧汐離開了。

冰冷的話語像刺骨的寒風，颳得歐陽玲面目全非，她心中所有的希望和期盼，在這一刻全部破碎，眼角的淚水緩緩落下，嘴角卻慢慢地勾了起來。「舒恒，你好得很。」

第十七章

寧汐陪舒恒回了長青堂，兩人窩在一起睡午覺。兩人躺下後不久，寧汐就漸漸進入了夢鄉，舒恒睜開眼，見寧汐的呼吸平穩下來，不由得鬆了口氣，慢慢下床，走回書房。他沒發現，在他起身後不久，寧汐慢慢睜開了眼睛，穿好鞋襪，悄悄跟在了他的身後。

寧汐遠遠地看著舒恒進了書房，眉毛一揚，舒恒果然藏著什麼秘密。她站在書房門外不遠處的假山裡躲了一會兒，等舒恒離開後，才悄悄進去，進去後，她第一眼就去找之前舒恒丟掉的那個紙團，果然紙團已經不見了。寧汐的嘴角微微彎起，慢悠悠地在舒恒的書房裡轉了起來，東翻翻、西找找，但除了一些字畫和書籍，寧汐竟然什麼都沒找出來。

最後，寧汐不甘心地看著牆上的一幅山水圖。難道舒恒真的沒什麼秘密，是她多想了？怎麼可能，舒恒今日看起來那麼失常，可是書房就這麼大，她都翻完了，哪裡還有藏東西的地方，難不成藏在這幅畫後面不成？寧汐自嘲地想著，順手撩開了畫，漫不經心地看過去，下一刻就張大了嘴巴。真是踏破鐵鞋無覓處，得來全不費工夫，沒想到山水畫後面真的還藏著一個暗格。寧汐興奮地打開暗格的門，裡面竟然放滿了畫卷，寧汐眉一挑。放在這麼隱蔽的地方，莫非這些畫卷裡面畫的是舒恒的情人？

雖然這樣想著，寧汐還是小心翼翼地將這些畫卷抱出來，環視一圈也沒找到一個合適的位置放置，便直接在原地坐了下來，將畫卷堆放在自己腿上。

寧汐輕輕打開其中一幅畫卷，最先看見的是一雙玉足，寧汐一愣，還真是佳人啊！難道自己猜對了？這樣想著，她更加迫不及待地打開了畫卷。映入眼簾的是一個身著粉色小襖的十一、二歲的小女孩，一雙大眼睛認真地看著手中的書本。寧汐愣在了原地，這個小女孩不就是她嗎？緊接著，她又打開了其他畫卷，無一例外都是她的畫像，只是不同的年齡、不同的形態而已，寧汐看了心裡頗為驚訝，就連她都不知道自己原來可以有這麼多表情。翻看著這些畫卷，寧汐的嘴角越揚越高，甚至得意地想著，舒恒原來這麼愛自己；直到她翻開最後一幅畫卷，看到上面的女子模樣時，臉色刷地變得蒼白，畫卷從手上輕輕滑落。

上面的女子是她，可又不是她。寧汐摸摸自己的臉，驀地笑了起來，帶著濃濃的悲哀和淒涼……

舒恒回到長青堂後發現寧汐不在，馬上發覺不對勁，當即就返回書房，可他仍然晚了一步。他一進去就看見寧汐坐在書房的角落，臉色蒼白地笑著，身邊散落著一地的畫卷。

舒恒的臉色沈了下來，眼睛如漆黑不可測的深淵，他慢慢靠近寧汐，伸手想要拉她起身，卻被躲了過去。

寧汐抬起頭，臉上的笑容不復存在，取而代之的是一臉的冰冷。「告訴我，你到底是誰？」半晌，冷冷的聲音響了起來。

舒恒心頭一沈，知道寧汐發現他的秘密了，喉嚨一哽，啞著聲音道：「我是舒恒。」

聞言，寧汐冷笑一聲，抬頭看向舒恒。「你是舒恒？對啊，我早就知道你是舒恒了。」頓了頓，又道：「那你告訴我，你是哪個舒恒？是上世負了我一輩子的舒恒，還是這一世口口聲聲說愛我的舒恒？」

舒恒垂下了頭。「……都是。」

「都是？」寧汐閉了閉眼，嘴角揚起一絲自嘲的笑，說著就抓起手中的一幅畫卷丟到了舒恒身上。「舒恒，你是不是覺得騙我很好玩啊？看我一次又一次地淪陷在你編織的情網中，你是不是覺得我很傻？你一定在背後笑了我很多次吧？」她慢慢站了起來，晃悠悠地朝門口走去，嘴裡還喃喃地唸道：「是啊，我多傻，前世被傷了一次，還不知道記取教訓，這世竟還犯同樣的錯誤，而且栽在同一個人手上。我就是一個大笨蛋、大傻瓜，所以才會被你一次又一次地欺騙……」說完，她已經走出了舒恒的書房。

舒恒愣愣地站在書房裡，看著自己手上的那幅畫卷。畫上的寧汐正坐在窗邊繡著手帕，神色恬靜，美極了，可此寧汐卻非彼寧汐。畫上的寧汐是前世二十歲的寧汐，那個時候她和舒恒已經鬧翻，閒得沒事的時候她便坐在窗邊做繡活，這一幕，寧汐自然記得很清楚，而舒恒也曾偷偷看到過這個場景。重生後的舒恒喜歡將寧汐的模樣畫下來，今日偶然想起這一幕便順手畫了下來，畫好後，寧汐卻突然闖進來，雖然及時阻止了寧汐的窺探之心，可是因為捨不得將畫扔了，就連同其他畫卷一起放進了暗格裡，沒承想，因為自己的僥倖心裡，竟被寧汐發現了。

寧汐一回到長青堂，舒青就發現寧汐的神色不豫，心裡暗暗思酌怎地出去一趟就氣沖沖地跑回來？而且一看侯爺沒有跟著夫人回來，她便猜著，莫不是兩人吵架了？舒青抱著試探的心情想開口，寧汐卻先一步用凌厲的眼神掃了過來，感受到寧汐眼中的怒氣，舒青乖乖地閉上了嘴。

寧汐獨自一人進了內室，將一眾丫鬟扔在屋外。她靜靜地坐在榻上，想著前世和這一世發生的種種。剛剛在書房裡看到自己前世的畫卷時，她真的很憤怒，她明明極力想要遺忘前世的種種，努力說服自己將這一世的舒恒和前世的舒恒當成兩個人來看待，可是就在她接受了他、想要和他認真過日子的時候，舒恒的那幅畫卷卻狠狠打了她一個耳光。她想要去忘記的事，有另一個人牢牢記著，她說服自己舒恒不是前世的那個人，可是實際上他們就是同一人，連記憶都分毫不差。

寧汐忍不住閉上了眼睛，回憶著前世、今生。如果她早一點知道真相，她一定會毫不猶豫地離開舒恒，可是如今，她還離得開嗎？即使今天在最憤怒的時候，她也沒想到收拾行李回英國公府，似乎離開舒恒這件事一開始對她來說就是不可能發生的。

寧汐揉了揉雙額。舒恒，我究竟該如何面對你？前世的種種，我們真的能夠當作沒發生過嗎？

當晚，寧汐在沐浴的時候因為想這事想得太入神，連水變冷了都沒發覺，還是後來峨蕊看時間太久，覺得有些不對勁，進去看她，才發現浴桶裡的水已經冷了，連忙將寧汐扶了出來，自然少不了對寧汐一頓埋怨。

寧汐從浴桶裡出來後，得知舒恒沒有回長青堂，而是宿在了書房裡，心裡越發鬱結，默默想著：舒恒，你真是好啊，我還沒發話呢，你就敢夜不歸宿了，不知道我正在生氣嗎？竟然都不知道回來哄哄我。

睡覺前，寧汐狠狠地關上了門，還對峨蕊說道：「日後沒有我的吩咐，不准放舒恒進屋。」

不過峨蕊只當寧汐說的是氣話，嘴上應了，卻沒有放在心上。

第二日，寧汐起身看到銅鏡裡的自己時，忍不住暗罵了一聲「沒出息」，不過是沒有舒恒在身邊，竟然還失眠了。

一整個上午，寧汐的精神都不太好，草草用過午膳後仍覺得自己精神不濟，乾脆破罐子破摔，也不管府中的事務，回到房間好好睡了一覺。

只是，這一覺竟然睡了一下午，等寧汐醒來的時候才發現床前多了一個人，正滿臉擔憂地看著自己，正是舒恒。寧汐想要起身才發現自己渾身無力，舒恒見狀忙來扶她，寧汐想起昨日之事，掙扎著要推開舒恒。

舒恒一臉無奈且縱容地說道：「知道妳還在和我置氣，只是再怎麼氣我，也別拿自己的身子賭氣。妳看妳，我不過一日不在，妳就把自己給弄成了這樣，連自己得了熱病都不知道，如果不是我過來看妳，還不知道妳這病要拖多久。」

寧汐聽到這話，愣了愣。她竟然生病了，難怪今天一整天都沒精神；不過寧汐沒忘記自己還在和舒恒置氣，此時也不理他，將頭轉向了一邊。

舒恒見狀，無奈地嘆了一口氣，恰好此時峨蕊端藥進來，舒恒接過碗，放在嘴邊輕輕吹了一會兒，才遞到寧汐面前，輕聲道：「先把藥喝了，一會兒我再叫廚房給妳做點粥。」

寧汐仍然沒打算理會舒恒，將頭轉向一邊，就是不喝他手中的藥。

舒恒也執著，一直將碗端在寧汐面前，大有寧汐不喝就不拿開的架勢。

兩人就這樣僵持著，誰也不讓誰。

峨蕊在一旁看著，有些無語。她怎麼覺得這兩個人鬥氣起來就跟小孩一樣呢？最後還是她忍不住勸了句。「小姐，您先喝藥吧，這藥熬的時間滿長的，您別浪費了。」

寧汐聽到這話，忍不住瞪了兩眼峨蕊。她之前可是吩咐過不准放舒恒進來的，看來峨蕊這個小妮子根本沒將自己的話放在心上。

不過最後寧汐還是將藥喝了，不是因為她跟舒恒妥協，只是她覺得拿自己的身體置氣挺傻的。

寧汐喝了藥後，峨蕊忙遞上帕子給她擦嘴，舒恒也乘機遞了個蜜餞給寧汐，寧汐這次沒糾結，直接放進了嘴裡，因為這藥真的太苦了。

見寧汐擦完嘴，峨蕊便收拾好藥碗悄悄退了出去，將房間留給夫妻兩人。

峨蕊走後，房內只剩舒恒和寧汐兩人，一時間安靜下來，兩人都沒說話。

寧汐將頭轉向一邊，不知該如何開口。

舒恒見狀，心裡暗嘆一口氣，站在床前，望著寧汐。他本來是想，事情過去了一天，寧汐應該已經冷靜下來，下朝後便直奔長青堂，卻不想先發現寧汐渾身發燙。之前急著照顧寧汐，倒沒覺得有什麼，現在事情忙完了，寧汐也沒趕他走，明明是解釋的好時機，他心裡卻慌亂起來，不知該從何處開始解釋。

寧汐雖然將頭偏向一邊，但實際上一直用眼角掃著舒恒，就想看舒恒到底要如何解釋，誰知，左等右等也沒等到舒恒開口，反而把自己心裡的火氣等了出來。

「沒什麼事的話，你就走吧，我不想看到你。」寧汐的話裡帶著濃濃的火藥味。

舒恒聞言，沒有回話，仍然定定地站在原地。

就在寧汐以為他們會一直這樣僵持下去的時候，舒恒突然開了口。

「我不是存心騙妳，我只是害怕讓妳知道真相。」

寧汐嗤笑一聲。「害怕？堂堂的忠毅侯竟然也會說這種話？」頓了頓，寧汐繼續道：「你是不是早就知道……知道我也是……」寧汐抿了抿嘴，後面幾個字仍然沒有說出口。

舒恒知道寧汐這話是在問他，是不是早就知道她也是重生的？當下，舒恒也不再隱瞞，實話道：「我們第一次見面的時候，看到妳看向我的眼神時便猜出來了。」

寧汐咬了咬唇，竟然那麼早就被看出來了，真不甘心。

「舒恒，上世的我們本就不是什麼恩愛夫妻，既然這世有了重新選擇的機會，你為什麼還是不肯放過我？你不是喜歡歐陽玲嗎？你大可娶了她，過你們的逍遙日子。」

聽到這話，舒恒驀地上前握住寧汐的雙肩。「我這些年的所作所為妳難道還不明白嗎？如果我真喜歡歐陽玲，又怎會這般待她？」舒恒的語氣染上些許的怒氣。他不是怪寧汐看不到他這些年對她的好，而是氣寧汐將他和歐陽玲說成一對，明明這樣說她心裡也不好受。

寧汐咬著下唇，執意不去看舒恒。她剛剛那句話是因為氣急了，才會脫口而出，這段時間，她看見舒恒是如何對待歐陽玲的，再加上她又知道了歐陽玲的真實身分，自然也明白舒恒根本不喜歡歐陽玲；可是傷害已經造成了，不是一句誤會就能解決的，而且橫在他們之間的問題，不是只有一個歐陽玲。

寧汐閉了閉眼，終於決定正視他們之間的問題，回過頭看向了舒恒。

「以前，不知道你也是重生的時候，我可以安慰自己，你並不是上世的那個你，這一世的你沒傷害過我，我不能將上世的錯全怪在這世的你身上，所以我可以試著和你重新在一起；可是如今，我知道了真相，你覺得我還能騙自己繼續和你沒心沒肺地生活下去嗎？」說著，寧汐眼中浮現出難以言喻的傷痛，直勾勾地盯著舒恒。

舒恒被她看得有些發慌，這樣的寧汐他太過熟悉，上世她失去孩子後的很長一段時間，一直都帶著這種眼神，每每看了，他都心痛不已。

寧汐不知道舒恒現在心中的想法，輕輕開口道：「那個孩子，已經快六個月大了，甚至我已經能感覺到他在我的肚子裡動，你知道我有多期待他嗎？不僅僅是因為他是我的孩子，更重要的是，他是我和你的孩子。」說到這兒，寧汐又陷入了曾經的傷痛中，閉了閉眼睛。「我有多愛他，我就有多恨歐陽玲，而我最恨的，便是你對她的維護。」說完，寧汐的眼角滑落一滴眼淚。

提起前世，舒恒心中亦不好受。那個孩子何嘗不是他心底的痛？那是他心愛的女人懷的孩子，是他的第一個孩子，他對那個孩子的期待不比寧汐少，想到這兒，舒恒忍不住握緊了雙手。他還記得查出真相時，他氣得提著劍想去歐陽玲的院子砍了她，可是卻被母親攔了下來，是母親的話讓他冷靜下來。他記起了歐陽玲的身分，知道在皇上未發話的情況下他不能動歐陽玲，於是，他去見了皇上。這些年過去了，他不得不承認當時的那個決定是理智的，可是他卻因為那個決定，餘生都在後悔裡度過了，他寧願他當時衝動一次。

寧汐靜靜地看著舒恒，她能看出舒恒眼底的沈痛，她想，他也是愛那個孩子的，可是，無論是她還是舒恒，都沒能保護住他們的孩子。

「你知道嗎？剛失去孩子的時候，我整夜整夜的睡不著，我一閉上眼睛，就看到一個嬰兒坐在我的面前，他質問我，為什麼不救他？為什麼不為他討回公道？」說著，寧汐眼中的傷痛更甚，眼角的淚水也越來越多。「可是我回答不了他，我無法告訴他我自己的無能，也無法告訴他，他的父親放棄了他——」

聽到這兒，舒恒驀地開口打斷寧汐的話，情緒頗為激動。「我沒有放棄他，我那麼愛他，怎麼可能放棄他？我想為他討回公道的，我真的想為他報仇。」

「報仇？」本來情緒還算平靜的寧汐聽到這話，聲音也忍不住拔高了。「將歐陽玲遠嫁就是你所謂的報仇？我竟不知，一向鐵腕的忠毅侯對待害死自己兒子的女人竟是如此寬厚，難不成自己兒子的命就如此輕賤嗎？」

寧汐的句句質問如同一把把刀插在舒恒的心口，他反駁不了，最後只能無力地說道：「我也是迫不得已。」這句話，連他自己都覺得毫無說服力。

寧汐卻接著他的這句話繼續道：「我自然知道你是有苦衷的，事到如今，我也不會相信你是因為喜歡她才保她，我知道，你保她是因為她是重要的線索，只有她活著，你們才能順著她找到她背後的四駙馬，你的這個決定甚至連我都不得不說是正確的。」說到這兒，寧汐輕輕闔上了眼睛。「這個決定是誰做的，我都能原諒，唯獨你，我原諒不了。」是的，她無法原諒舒恒，因為他是她的夫君，是她肚中孩子的父親，他怎麼能在面對他們兩個出事的時候還能這麼從容冷靜？

聽到這話，舒恒心裡晦澀得很，因為真的不是他做了那個決定，可是如今說出來只會讓寧汐覺得自己在狡辯推託而已。

那日，他選擇先進宮面聖，他以為寧汐怎麼說也是皇上的親外甥女，歐陽玲就算再重要，她犯下這等錯事，皇上也定不會輕饒，然而他錯了，大錯特錯。

皇上聽了舒恒的闡述後，思考片刻，道：「我知道這事對你和平樂兩人傷害都很大，但是歐陽玲不能動，歐陽玲是關乎朝綱的重要線索，這條線絕對不能斷；至於平樂，她是皇室之人，為了國事受點委屈，也是使得的。」

聽到這話，舒恒自是不依。自己的長子胎死腹中，寧汐也因此極有可能不能再受孕，皇上竟然輕飄飄的一句話就要他放過歐陽玲，這也未免太難以讓人信服了。

因為舒恒的不依不饒，皇上最後終於鬆口，同意將歐陽玲遠嫁出去，不過舒恒必須派人一直看著，必要時刻將其接回京。舒恒知道這是皇上的最後底線，他想，雖然只是送走歐陽玲，但只要歐陽玲不在府中，寧汐就安全得多，也能快活得多，甚至如果幸運的話，他們還能有下一個孩子，於是，舒恒應了，可是皇上還是留了一手。

臨走的時候，皇上吩咐道：「歐陽玲的事茲事體大，平樂又是個軟弱性子，朕不希望她得知這件事，愛卿知道怎麼做吧？」

舒恒的眼眸閃了閃，知道皇上這是不准他告訴寧汐的意思，點了點頭，方退了出去。

回到忠毅侯府的時候，他本想直接去長青堂看望寧汐，卻在中途被母親攔了下來，見母親沒有派遣丫鬟過來喚他，而是親自守在路上，舒恒猜到母親定是有重要的事要與他說，便先去了母親的院中。

兩人落坐後，舒母就問舒恒，宮中那位對寧汐落胎這件事的態度，在聽了舒恒的講述後，似乎不意外，也沒多揣摩皇上的意思，直接問舒恒。「你要如何面對你的媳婦兒，如何向她解釋輕罰歐陽玲一事？」

舒母的話似乎將舒恒問住了，舒恒坐在舒母下首，久久沒有開口，顯然是不知道該如何處理。

舒母嘆了一聲，輕聲道：「你可曾想過，皇上他並不希望看到你和兒媳兩個琴瑟和鳴、相濡以沫，你們的關係越好，皇上越不安。」

舒恒愣了愣，半晌，才扯了扯嘴皮，道：「為何？」

舒母搖了搖頭。自己這個兒子是真的看不清，還是不願看清？如果他是不願看清，那麼今日就由她來點醒他吧！

「皇上為何將寧汐嫁到我們府上來？真的只是一個恩典嗎？說到底，皇上還是顧忌我們舒家，哪怕你的父親為他而死，他還是害怕有一天你會背叛他，所以，他放了一個信得過的人在你身邊，如果你真有異心，這個人就會成為你脖子上最可怕的一把刀，隨時能殺了你，而這個人，他最終選擇了寧汐。」舒母站了起來，走到舒恒面前，低聲道：「當初，我只希望你娶個低門女子，減少皇上的疑心，後來你應了皇上將寧汐下嫁一事，我雖然不喜皇室女子，但也沒反對過，就是因為你娶了她，相當於放了皇上的一個眼線在自己身邊，皇上心裡也會放心些，對我們舒家的猜忌就會少一些。」頓了頓，舒母不顧自己兒子臉色越來越差，繼續道：「可是，皇上沒想到的是，兒媳太在乎你了，事事都以你為先，皇上害怕有一天寧汐會為了你背叛皇家，這是他絕對不願意看到的情況。你說，在這個情況下，皇上還願意看到你們倆夫唱婦隨嗎？」

「可我，對皇上並無異心。」舒恒聽完舒母的話後，想了片刻才道。

舒母的嘴角露出一個淡淡的笑容，帶著深深的無奈和悲涼。「可惜，我們的皇上一朝被蛇咬，十年怕井繩，他不是不信你，而是不敢全信，如今，就算你在他面前剖開你的心呈給他，他也未必會全然相信你。」

聽完舒母的話，舒恒眼神晦澀。他何嘗不知道皇上對他仍是不放心，可是他娶寧汐從不是為了讓皇上放心，他是真心想和寧汐過一輩子，寧汐於他而言，是他的妻、是他的愛人，從來不是什麼懸在自己脖子上的刀。

見兒子難受，舒母心裡也不好過，低低嘆了口氣，道：「我和你說這些，不是為了離間你和兒媳之間的感情，只是希望你心裡有個數；至於該如何對待寧汐，你自己好好掂量掂量。」

舒恒垂下眼眸。皇上不讓他將歐陽玲的身分告訴寧汐，自然是不希望他告訴寧汐，是皇上在維護歐陽玲，這個道理他明白。其實就算是皇上不提，他也不想將此事告知寧汐，寧汐的性子太弱，又重視親人，如果知道皇上將她嫁給他竟存了利用她的心思，以她現在的身子如何受得了？他希望寧汐永遠活在單純快樂的世界裡，沒有紛爭、沒有利用。

「我不打算讓寧汐知道真相，所以母親，還請您也別在她面前提起。」
聽到這話，舒母眼中閃過一絲失望。她知道舒恒這樣的選擇，是皇上最希望看到的，皇上對舒家的疑慮也會減少，可是她寧願兒子能為自己考慮一次，比起舒家，她更在乎兒子的感受。可是，饒是她這次也猜錯了舒恒的心思。
舒恒這樣做不單單是因為皇上，更多的是不希望寧汐受到傷害。
舒母低嘆一口氣。「如此，我也不干擾你的決定。那麼，歐陽玲要如何處理？」
聽到這個名字，舒恒眼中淬滿了冷意。「皇上的意思是將她遠嫁，派人看著便好，過幾日我就選個人家將她嫁出去。」
聞言，舒母點了點頭，見舒恒急著去看寧汐，便道：「你去吧，為娘累了。」
舒恒後來去看寧汐，未向她提及如何處罰歐陽玲一事，只是說會還寧汐一個公道，寧汐自是信了。
沒多久，舒恒就給歐陽玲找了戶人家，直接與人訂了親。
歐陽玲出嫁前，舒恒帶著侍從去看她。
此時的歐陽玲整個人憔悴下來，見到舒恒如同見到了救星一樣，直接撲了上去。
舒恒一個閃身，躲了過去。
歐陽玲沒注意到舒恒的不對勁，認定舒恒是捨不得她，特意來看她的，於是馬上向舒恒哭訴道：「表哥，你一定要幫幫玲兒，玲兒不想遠嫁，玲兒捨不得你和姨母。表哥，玲兒知道錯了，玲兒也是一時鬼迷心竅才會做出這種錯事，玲兒願意去向表嫂道歉。表哥，你不要把玲兒嫁出去，好不好？表哥，你今天會過來看玲兒，也是因為捨不得玲兒對不對？」

歐陽玲哭著說了一大堆，舒恒卻一直沒開口，只是靜靜地看著歐陽玲做戲，就像在看一個小丑一樣。等歐陽玲哭完了，舒恒才緩緩開口。「歐陽玲，一個人要為他的所作所為負責，這個道理，妳不會不懂吧？」

聽到舒恒冷冷的語氣，歐陽玲心裡一哆嗦，竟嚇得忘了哭泣，只是直勾勾地望著舒恒，呆呆道：「表哥，你這話是什麼意思？」舒恒的嘴角輕輕彎了起來，臉上的線條柔和許多，歐陽玲竟一時看呆了，而後便聽到舒恒輕聲開口。

「妳害得汐兒那麼苦，妳覺得只是遠嫁就能贖罪了嗎？」

明明是那麼溫柔的聲音，卻讓歐陽玲忍不住覺得冰冷，下意識地問：「你想做什麼？」

舒恒的嘴角越揚越高，眼神卻越來越冷，喊了一聲。「進來。」

門外進來了三個丫鬟，帶頭的丫鬟長相清秀，手裡還端著一碗不明的藥水。

歐陽玲見狀，下意識往後退，直覺告訴她這絕對不是什麼好東西。

舒恒冷笑一聲，對舒青道：「伺候表小姐喝下去。」

歐陽玲滿臉的難以置信，還未反應過來，舒青已經頷首，應了一聲，朝身邊的兩個丫鬟使了個眼色，兩個丫鬟馬上上前抓住了歐陽玲的手。歐陽玲拚命叫喊、拚命掙扎，奈何雙手不敵四拳，況且跟在舒青身邊的這兩個丫鬟也不是普通的丫鬟，都是有功夫底子的。

歐陽玲掙扎不過，只能在嘴上大喊道：「表哥，不要！不要這樣對我，我求求你。你這樣對我，姨母不會原諒你的。」一見舒恒根本不理她，她又衝舒青罵道：「妳個賤婢，我是忠毅侯府的表小姐，是老夫人最疼愛的外甥女，妳敢對我下毒手，老夫人不會饒過妳的！」

奈何，舒青不是其他丫鬟，根本不吃歐陽玲這一套，聽到歐陽玲這些話，不僅不害怕，嘴角還慢慢勾了起來，毫不掩飾自己眼中的鄙夷。走近歐陽玲後，舒青毫不憐惜地伸手緊握住她的下巴，將她的嘴撬開，把碗中的藥水悉數灌進她口中才放開她。

歐陽玲一得到自由馬上就用手摳嘴，想把藥水吐出來。

舒恒見了，眼角的譏誚更甚，道：「別摳了，不是什麼毒藥，妳暫時還死不了。」

歐陽玲剛放下心來，就聽到舒恒說道——

「不過是絕育藥，吃了它，妳這一輩子都別想生兒育女了。」

聽到這話，歐陽玲的眼圈迅速紅了起來，然後淚眼婆娑地看著舒恒，好似舒恒是那狠心的負心人，為了別的女人傷害她這個糟糠妻。「表哥，為什麼你要這樣待我？你難道真的不知道我的心意嗎？我之所以犯下錯事都是因為我太愛你了啊！表嫂不僅是我的嫂子，還是我的閨中密友，我這樣做，你以為我不難過嗎？可是我太愛你了，也太嫉妒她了，才會一時忍不住向她下藥，我後來真的後悔了，我有想去阻止她喝掉那藥的，只是還是去晚了。你以為我最近好受嗎？我天天都在作噩夢，天天都活在對表嫂的愧疚裡。表哥，你讓玲兒永遠都不能生兒育女，玲兒日後該如何在夫家立足？」

歐陽玲這番話說得好不委屈，若是其他人，心裡或許會動容，畢竟這番說辭不僅表達了自己的悔意，還極大地滿足了男子的自尊心——一個女人愛自己愛到不惜傷害好友，雖然男子會覺得這個女子太過心狠手辣，但心底卻還是會忍不住得意，畢竟有個女子那麼愛自己也是件風流韻事。可惜，歐陽玲面對的人是舒恒，舒恒早就瞭解歐陽玲是個什麼樣的人，心中本就對她厭惡得很，現在聽到這話，心裡更是噁心，於是看也不看她一眼，冷冷地道：「別裝了，妳心裡在想什麼我不是不知道。妳說妳愧疚，不是故意為之？我一個字都不會信的，妳既然有膽量害汐兒，就該有膽量承受這樣做的後果。」說著，舒恒又忍不住瞪了歐陽玲一眼。如果不是她的身分對皇上而言過於重要，他今日灌的就不是絕育藥了，可惜了，竟然讓歐陽玲逃過一劫。越想，舒恒心裡越窩火，他怕自己再待下去會忍不住殺了歐陽玲，於是提步離開，只留歐陽玲獨自一人癱坐在屋中。

寧汐直到歐陽玲出嫁那日才知道，忠毅侯府對歐陽玲的懲罰竟然只是將其遠嫁，軟弱了大半生的寧汐終於強硬了一回。她拖著病體，跑到歐陽玲的院中，想要和歐陽玲對峙，想要知道歐陽玲憑什麼這樣對她？她哪點對不住歐陽玲了？到的時候，歐陽玲正在梳妝。

見到寧汐，歐陽玲眼中露出赤裸裸的恨意。如果不是寧汐，她歐陽玲早就是這忠毅侯府的女主人了，又怎會落到如今遠嫁低門的地步？

「為什麼？歐陽玲，我對妳那麼好，妳為什麼要這樣傷害我？妳為什麼要害我的孩子？」寧汐一邊托著峨蕊的手，一邊怒吼。

歐陽玲放下手中的木梳，嗤笑一聲。「為什麼？妳到現在還不知道我的目的嗎？因為我愛舒恒啊！我和他從小一起長大，他那麼優秀，我怎會不愛他？」

聽到這話，寧汐忍不住往後退了幾步，臉上的血色全部褪了下去。「什麼？怎麼會？」

歐陽玲看到寧汐臉上的神色，心裡突然好受多了，想起之前舒恒那般待她，她心裡冷笑一聲。對啊，憑什麼只有她一個人傷心？憑什麼只有她一個人不幸福？既然舒恒和寧汐毀了她的幸福，那麼她也絕不會讓他們好過，反正她要嫁人了，也沒什麼好顧忌的。

這樣想著，歐陽玲便開口胡亂說道：「寧汐，妳自恃身分是表哥的正妻，但妳可知，那位置本該是我的，表哥要娶的人本該是我。妳以為表哥是喜歡妳才娶妳的嗎？不過是皇命不可違而已，表哥他喜歡的人是我，從來都不是妳也不會是妳。」

聽到昔日好友這樣說，寧汐不禁睜大了眼睛。這樣的歐陽玲自己從來沒看過，原來這才是她的真面目。

「妳既然如此恨我，又為何接近我、討好我？」

聞言，歐陽玲不屑地掃了寧汐一眼。「妳以為我想嗎？寧汐，我接近妳不過是想要求一個側室的身分，妳真以為我會把妳當成摯友嗎？在我心裡，可是恨毒了妳。妳以為表哥是愛妳的嗎？他如果真的愛妳，又怎會在我對妳做出了這種事之後，只是將我遠嫁而已呢？」

啪！聽到這話，寧汐再也忍不住了，一巴掌打到歐陽玲臉上。

歐陽玲沒想到一向懦弱的寧汐竟然敢打她，想都沒想就要還手。

還好峨蕊眼疾手快，攔住了歐陽玲。

就在歐陽玲想要發作峨蕊的時候，舒恒過來了，見到舒恒，歐陽玲的氣勢馬上弱了下去，甚至不敢看他。

然而，正處於崩潰邊緣的寧汐，根本沒發現歐陽玲態度的差異。

舒恒看都沒看歐陽玲一眼，直接拉著寧汐走了。

走到一半，寧汐突然想起之前歐陽玲說的話，一把甩開了舒恒的手。

「舒恒，為什麼歐陽玲殺了我們的孩子，你卻只是讓她遠嫁？難道我們孩子的命就這麼不值錢嗎？還是真如歐陽玲所說，你愛她？」寧汐冷冷地開口。其實當她說出這番話的時候，她的心裡已經相信了歐陽玲的說辭。

聽到這話，舒恒心裡惱火得很，但仍耐著性子說：「沒這回事，妳別聽歐陽玲胡說。」

「那你解釋，為何輕罰歐陽玲？」頓了頓，又道：「不對，這甚至都不算懲罰，如果不是你對她有私心，你又怎麼會這樣做？」

面對寧汐的指責，舒恒不知該如何解釋，只能道：「她畢竟是我的表妹，當年她府中老人千辛萬苦來我府上託孤，母親答應了要照顧好她，現在，雖然她做了錯事，但我們畢竟是親人，只能睜一隻眼、閉一隻眼。」天知道舒恒在說這番話的時候，心裡有多掙扎和憋屈。

寧汐冷笑一聲，根本不信舒恒的這番說辭，直接轉頭道：「我不用你們來替我討回公道了，我去找舅舅，他自會幫我。」

聽到這話，舒恒連忙攔下寧汐。

寧汐瞪著他。「怎麼，就這麼怕我去告狀，傷害你的心上人？」

聽到這話，舒恒心裡難受得緊，卻又不知該如何解釋，難道他要說「妳別去，妳去了皇上也不會幫妳的，因為維護歐陽玲的人就是妳的親舅舅」？這番話若是說出來，讓寧汐情何以堪？

最後，舒恒心裡一慌，口不擇言地道：「她已經受到懲罰了，妳何必再揪著此事不放？」說完，舒恒就後悔了，他怎麼能這樣說？寧汐聽了這話該多傷心？

果然，寧汐聽到這句話後，整個人都冷了下來，也不掙扎了，只是深深地看了舒恒一眼，眼中的傷痛漸漸被冷漠取代，然後便回了院子，從此再未和舒恒和平相處過。

而舒恒，因為愧疚和一心想將寧汐隔絕在陰謀之外，從沒解釋過，任寧汐誤會，只是常常在半夜偷偷進屋子偷看寧汐的睡顏……

舒恒從回憶中回過神來，看著眼前滿臉傷痛的女子，心中一顫，忍不住伸手去觸碰寧汐的臉，想為她拭去眼淚，寧汐見狀卻撇過臉去，舒恒心中刺痛，緩緩收回了手。

兩人皆沒有說話，一個坐在床上，一個站在床邊，就這樣僵持著。

「你走吧！」良久，寧汐臉上的淚痕乾了，心情稍微平靜一些後才開口。

舒恒「嗯」了一聲，卻沒有離開，而是輕聲說道：「等一會兒峨蕊會送粥過來，我看妳吃過後再離開。」

寧汐聽出舒恒口中的堅決，知道自己動搖不了他的決定，也不與他爭執，沒有說話，算是默許了。

舒恒的話音落下後不久，峨蕊就端著托盤走了進來。

看出兩人之間的氣氛不對勁，峨蕊的眼眸閃了閃，沒自作主張地開口，將粥放到桌上後，走到寧汐面前，問道：「小姐什麼時候用粥？」

「端過來吧！」回答她的卻是舒恒。

寧汐想到自己用過粥後舒恒就會離開，於是也沒反對，對峨蕊道：「給我吧！」

峨蕊點了點頭，回頭要去拿的時候，舒恒卻搶先她一步，將碗拿在了自己手上。

舒恒掃了一眼峨蕊，道：「妳下去吧，我來服侍夫人用膳。」

峨蕊愣了愣，瞥了寧汐一眼。

果然，寧汐聽到這話馬上反對道：「不必了，我自己有手，不需要誰伺候。」

舒恒卻不鬆口。「妳現在身體不好，還是別亂動了。」說著就著床邊坐下，輕輕攪動著碗裡的清粥。

寧汐見舒恒不願妥協，又道：「讓峨蕊來就好了。」說著，對峨蕊使了個眼神。

峨蕊見狀，抿了抿嘴，走到舒恒旁邊，輕聲道：「還是奴婢來吧！」

舒恒眼中閃過一絲黯淡，這次終是沒有再拒絕，將碗遞給峨蕊後就站起身來，看著寧汐用粥。

寧汐此刻真的是一點食慾都沒有，可是舒恒就在旁邊看著，她不吃，舒恒就不走，因此她只好強迫自己用了些。

見寧汐用過粥，舒恒才放心了些，對寧汐說了句「好好休息」就走了出去，走到門口，還特意對留在門外的矖青說道：「夫人現在身子正弱，夜裡多留意一點，別讓她的病情加重。」

矖青點頭應了。

雖然舒恒這樣吩咐了，但心裡還是有些擔心，畢竟，寧汐一向身子弱，特別是前世寧汐的病逝在舒恒心裡留下太大的陰影，他生怕這世寧汐也會像前世那般離他而去。

晚上，舒恒一個人待在書房裡，翻來覆去睡不著，最後乾脆起身，去了長青堂。他心想著，這時間寧汐估計已經睡熟了，他像前世一樣躲過丫鬟們的眼睛，偷偷去看她一眼好了。不想，舒恒還沒走近長青堂院門口，就看到長青堂裡燈火通明，他心裡一驚，莫不是汐兒出事了？他馬上加快了步伐，剛到門口，差點和跑出來的舒青撞個正著。舒青愣了愣，然後突然反應了過來，焦急地喊道：「侯爺，半夜時夫人的身體又開始發燙了，奴婢們冰敷了，卻一點用都沒有。」

「還不快去請大夫！」說完這句話，舒恒就匆匆忙忙地進了屋子。

舒青看見舒恒心急的模樣，不敢耽擱，慌慌忙忙地出了府。

舒恒進到內室，一眼就看到寧汐的幾個丫鬟守在床邊。

丫鬟們看到舒恒進來了，趕緊讓出床前的位置。

舒恒三步併作兩步走到床前，看到寧汐臉上因為高燒而不自然的紅暈，心裡一抽，眼中滿是驚懼，立即解開自己腰上的玉牌遞給曬青，道：「馬上把我的玉牌交給舒奇，讓他去把張老太醫請來。」

聽到這話，曬青有些震驚。張老太醫是太醫院的院判，平時除了皇上和太后，其他人很難請到，更何況是在這半夜？不過驚訝歸驚訝，曬青還是連忙應下，走了出去。

曬青走後，舒恒接過峨蕊手上的冰毛巾，放在寧汐頭上，然後便在床邊坐了下去，握住寧汐的手放在自己的唇邊，喃喃道：「妳一定不能有事，別嚇我。」

也不知是聽到了舒恒的話，還是身子燒得難受，寧汐皺起了眉頭，嘴裡還難受地低吟著，舒恒看見忙用帕子給寧汐擦拭臉頰和脖頸，一邊擦一邊低聲安撫，手上的動作也是從未有過的溫柔。

峨蕊在一旁見了，心想，看來侯爺對小姐是真真上了心的。

不一會兒，張老太醫和舒青在城裡找來的大夫都到了，因為舒奇動作快，雖然晚去片刻，但兩人卻是一起到的。

既然張老太醫來了，另一個大夫自也不急著上前，而是默默走在張老太醫身邊。

張老太醫沈著張臉走進長青堂。也不怪張老太醫不高興，換誰大半夜被人從被窩裡叫起來，心裡也不會高興。張老太醫進屋後，沒因為自己面對的是個侯爺就強顏歡笑，仍然板著個臉道：「病人在哪兒？」

曬青忙上前給張老太醫領路，進到內室的時候，峨蕊已經把簾帳放了下來，舒恒就站在一邊，冷著臉，明眼人都能看出他現在的心情很不好。

可是張老太醫不吃他這一套，氣沖沖地對他說道：「還不把你媳婦的手拿出來好讓老夫診脈。」

一旁的曬青和峨蕊聽見張老太醫吼舒恒，心想，果然如傳聞中講的那般，是個厲害的，居然連當今皇上身邊的紅人都敢吼。

舒恒聽了不僅沒生氣，反而連忙掀開簾子，把寧汐的手拿出來放在脈枕上。

張老太醫也不磨蹭，上前給寧汐把起脈。雖然仍然沈著臉，把了一會兒後，張老太醫不由得皺起眉頭，然後越皺越深。

就連兩個丫鬟在旁邊看了都忍不住心急，更別提舒恒了，然而他再心急也不敢出口打擾張老太醫，等張老太醫把完脈後，舒恒忙問道：「怎麼樣？」

張老太醫氣呼呼地瞪了舒恒一眼，因為顧及著屋中還有病人，便道：「跟我出來。」

舒恒一愣，回過神來忙跟著張老太醫走出去。

一走出去，張老太醫就狠狠地敲了一下舒恒的頭。「你這個臭小子，怎麼照顧你媳婦的？大半夜的發了熱病，她還懷著孩子呢！」

屋外的舒奇看到張老太醫精神奕奕地敲了一下舒恒的頭，整個人都呆了，他剛剛沒眼花吧？不過聽到張老太醫的話，他又忍不住露出了喜色，下意識去看舒恒，便見自家那個英明睿智的主子竟然傻傻地愣在了原地，一看就知道還沒從張老太醫的話裡回過神來。舒奇實在不想看到自家主子那麼傻的樣子……嗯，其實他是怕主子回過神來後會公報私仇，因此右手握拳放在嘴邊輕咳了一聲。

舒恒這才回過神來，然後眼中滿是喜色。平時那麼冷情的一個人，此刻嘴角也忍不住翹起來，但很快又皺起了眉頭。「那內子現在的身體該怎麼辦？」

張老太醫沒好氣地回道：「你現在知道惦記你媳婦兒的身子了？之前怎麼不知道多照顧一下？」頓了頓，放緩了語氣，繼續道：「她現在最好不要用藥，快讓人取冰塊來，用手帕包裹，置於她的額頭與腋下，同時用冷帕子擦拭身體。」

等張老太醫交代完，身邊的下人們連忙去忙活了。

舒恒雙手抱拳，彎下身子，滿眼誠懇地說道：「張伯伯，還煩請您今晚留在敝舍，照看內子一二，等內子退熱後，我會親自上府賠罪。」說完，不等張老太醫回答就對身邊的舒奇道：「快去找一間離這裡最近的房間給張老太醫休息。」

張老太醫見狀，被舒恒的獨斷專行給氣笑了。「你個臭小子，如果不是看在你爹的面子上，你這樣做老夫早就甩臉走人了。罷了罷了，終歸是故人之子，老夫今日就不與你計較了，你進去照顧她吧！」

舒恒知道張老太醫這是答應了，神色略微放鬆了些，再次雙手抱拳對張老太醫表示了感謝之情，然後便快步走進了屋子。

張老太醫在他身後微笑著點了點頭，這疼媳婦的性子大概是遺傳他爹的。

舒恒進屋後，便接過峨蕊手上的帕子，輕輕為寧汐擦拭身體，等冰塊拿來後，又拿帕子包裹好放在寧汐的額頭和腋下；見寧汐似乎好受了些，停止了低吟後，舒恒才又用被子將寧汐捂得更嚴實一些。

快天亮的時候，寧汐出了一場大汗，這熱終於是退下去了。

不過舒恒還是不敢走，坐在寧汐床前緊緊地盯著她，怕自己一個不注意，寧汐就停止了呼吸。他明明知道寧汐的病已經好了大半，或許是上世的記憶太過深刻，在他的心中留下了難以磨滅的陰影。

峨蕊和曬青見狀自動退了出去，夫人的病情得到了控制，而且有侯爺在這裡看著，她們也安心了。如今她們站在這兒也沒什麼大用處，便去廚房準備吃食。侯爺大概是沒心情吃了，但小姐醒來時還是要用膳的。

第十八章

寧汐醒來的時候，已經快晌午了，她睜開眼，腦子還有點懵，動了動，忍不住皺起了眉頭。身子就像被馬車輾過一樣，連起身的力氣都沒有；這時有一雙手伸過來幫她坐起來，還拿了一個靠背放在她身後，寧汐才後知後覺地轉過頭去看幫自己的人，這一看，她愣了，怎麼一夜不見，舒恒變成現在這副邋遢模樣？

舒恒見寧汐醒來，心中狂喜，連忙問道：「妳現在想吃什麼？我叫廚房去做；不過妳身子剛好一些，又懷著孩子，還是吃清淡一些好。」

寧汐聞言一愣，呆呆地看向舒恒。「你剛剛說什麼？」

舒恒聽到這話，有些奇怪地看了寧汐一眼，道：「還是吃清淡一些好。」

寧汐伸手推了推舒恒，有些著急地道：「前一句。」

舒恒輕輕道：「我說妳又懷著孩子。」

寧汐瞪大了眼睛，忍不住摸了摸自己的肚子。「你是說，這裡頭有孩子了？」

舒恒終於忍不住了，嘴角含笑地點了點頭。「嗯。」

寧汐眼中掩不住欣喜，甚至都忘了自己之前還在與舒恒置氣，忙問道：「你怎麼知道的？」

舒恒忍不住摸了摸寧汐的頭。「妳忘了嗎？昨晚妳病得嚴重，舒奇連夜請了張老太醫過來，是他告訴我的。」

寧汐這才想起自己昨晚睡覺前確實因為低燒喝了藥，卻不想半夜病情加重，沒想到因此診出了喜脈。想到自己昨晚用的藥，寧汐臉上露出憂色。「昨晚喝的藥會不會對胎兒有影響？還有，張老太醫是怎麼給我醫治的？難道還是用藥嗎？」

舒恒忙安撫道：「別急，我一件一件告訴妳。首先，張伯伯昨晚沒有給妳用藥，只是幫妳冰敷，至於妳昨晚睡前喝的藥，我問過張伯伯了，他說沒什麼大礙。」

寧汐這才放下心來，然後輕輕撫摸著自己的小腹。這裡面竟然再次孕育著一個孩子，真好。「舒恒，你說，這會是那個孩子嗎？」

舒恒心頭一顫，忍不住看了寧汐一眼。「自然是，當初我這麼對不起他，他自要回來討債的。」

聽到這話，寧汐嘴角浮起淡淡的笑意，她的那個孩子回來了。

峨蕊進來的時候便看到兩人安靜地待在一塊兒，氣氛明顯比之前好多了，看小姐的表情，應該是知道自己懷孕一事了，這個孩子來得還真是時候。「小姐，我剛剛從廚房拿了些清淡小菜來，您用點吧！」

寧汐點點頭。自己現在不是一個人了，可不能任性。

峨蕊又對舒恒道：「侯爺，昨晚您一直在照顧小姐，至今滴水未進，您也陪小姐用點吧？」

舒恒有些遲疑地看了看寧汐。之前寧汐不想看到自己，現在自己陪寧汐用膳會不會影響她的心情？

寧汐聽峨蕊這麼一說，才知道舒恒竟然從昨晚開始就沒有用飯，而且聽峨蕊的意思，舒恒照顧了自己一宿，說不感動是假的，於是她便對舒恒說道：「一起吧！」

舒恒聽到這話忍不住狂喜。寧汐是不是稍微原諒自己一些了？

陪寧汐用完膳後，舒恒猶豫著開口。「妳現在懷著孩子，不太方便，我想過來照顧妳，如果妳不想和我睡在一起，我可以睡在外室的榻上就好。」

寧汐聽到這話，抿了抿嘴，摸摸自己的肚子，輕聲應了。

舒恒的眼角不由得浮出喜色，他的汐兒，果然還是對他那麼心軟。

寧汐懷孕還只有一個多月，不宜對外說，但舒恒等寧汐的病徹底好了之後，還是派人告知了英國公府此事。

知道此事後，老英國公自是高興得很，想著他一個祖父現在不方便過去忠毅侯府，便讓許氏過去探望。

許氏雖然只是寧汐的伯娘，但對寧汐是真心疼愛的，叫人收拾好各種補品和布疋，匆匆忙忙去了忠毅侯府，同去的還有恰好回英國公府時得知了這個消息的寧妙。

許氏到的時候，舒恒正拿著碗勸寧汐多用點東西。最近幾天寧汐吃什麼吐什麼，最後甚至到了看見食物就厭煩的地步，舒恒看寧汐受罪，自己也不好受，恨不得替她遭這回罪。這不，今早寧汐把喝的粥給全吐了之後，說什麼都不吃了，最後在舒恒的柔聲勸說下才又吃了些雞蛋羹，可之後不論舒恒再說什麼，她都不肯吃了。舒恒見寧汐吃得那般少，心裡著急，可看她難受的模樣，又不忍心勸她再吃一些；見許氏和寧妙來了，舒恒心裡鬆了一口氣，心想，也許許氏和寧妙能勸著寧汐多吃點。舒恒站起身來，去屋外迎接兩人。

許氏見到舒恒親自出來接她們，心裡有些驚訝，但很快就明白過來，舒恒這是因為寧汐才給她們這個面子。

寧妙倒是神色如常。她一個王妃的身分，舒恒親自出來迎接她也是受得住的。

舒恒上前，雙手抱拳給許氏行了個禮，然後做了個「請」的手勢。

許氏笑著朝舒恒點了點頭，三人一起朝屋內走。

舒恒邊走邊說：「汐兒她最近吐得厲害，吃什麼都沒胃口，可是她現在還懷著孩子呢，不吃東西身子怎麼受得了？還請大伯母和二姊一會兒多勸勸她。」

許氏點點頭。「我們都是一家人，你不必和我客氣。汐兒那邊我和妙兒一定會勸她，汐兒懷的是頭胎，當然會辛苦些，孕吐也是正常，你別太過擔心，不過你最近還是要辛苦點，多盯著她用飯。」

舒恒聽許氏這樣說，心裡才安心了些，低聲應了。

等三人進屋後，寧汐馬上從榻上站了起來，也或許是因為懷著孩子難免情緒有些敏感，見到寧妙和許氏竟然紅了眼圈。

許氏見狀，忙上前攙扶住她，拍了拍她的手道：「我的小姑奶奶，妳現在還懷著孩子呢，怎麼說哭就哭呢？難道妳希望自己以後生個愛哭鬼啊？」

聽到這話，寧汐破涕為笑，忙拉著兩人坐下。

舒恒見寧汐心情好了許多，眉頭鬆了些，和三人打過招呼後，就去了書房，把空間留給她們三人。

見舒恒離開，許氏才對寧汐說道：「沒想到忠毅侯平時看起來冷冷的，私下待妳還挺體貼的。」

聽到許氏這樣說，寧汐想起自從自己嫁給舒恒後，舒恒的確為她做了不少事，嘴角不禁露出一個淺淺的笑容。

許氏看到寧汐嘴角的笑意，心裡頗為欣慰，看來這個姪女對舒恒也是滿意的，然後便換了話題，問道：「聽忠毅侯說，妳最近吐得厲害，不怎麼吃東西，這哪兒行，就算妳不為自己著想，也要為肚子中的孩子著想，怎麼著也得多吃一點。」

提起這件事，寧汐臉上的神色就低落下來。「我知道，可是一吃東西就吐，我就算強迫自己吃下去，很快也會吐出來。」寧汐也不知道這一世是怎麼回事，她上世也沒吐得這麼厲害過啊！難道真是因為上世自己沒保住這個孩子，所以這個孩子這世故意來折騰她了？想到這般荒謬的事，寧汐自己都忍不住輕聲笑了起來。

許氏和寧妙見寧汐突然笑了起來，覺得有些莫名其妙。

寧妙直接抬手敲了敲寧汐的頭。「在想什麼呢？母親和妳說的話妳聽進去沒有？」

「啊？」寧汐這才回過神來，揉了揉自己的頭，有些歉意地說道：「大伯母對不起，我剛剛走神了，您再說一次。」

許氏無奈地搖了搖頭，倒是沒生氣，一副拿寧汐沒辦法的樣子道：「我剛剛問妳，妳有沒有什麼想吃的？如果忠毅侯府的飯菜不對妳胃口，我就送幾個英國公府的廚子過來。」

寧汐想了想，舔了舔舌頭，道：「我想吃李子。」

許氏一愣。「這個季節哪有什麼李子？我那兒還有一些醃製的梅肉，之前妳大姊懷孕的時候挺喜歡吃的，剛好我帶了些來，我叫人送來，看妳吃不吃得下？」見寧汐點了點頭，許氏忙叫丫鬟拿了些過來。

寧汐試著吃了兩個，發現之前那股噁心的感覺確實減輕了不少，雖然心裡還是想吃李子，不過現在有這些梅肉應該夠了。

見寧汐吃得下這些梅肉，許氏和寧妙也鬆了口氣。

許氏細心叮囑道：「以後餐前飯後妳先吃點梅子，也許妳就有食慾了，梅子不夠了就和我說，我再給妳送些來。」

寧汐輕輕「嗯」了一聲。

許氏又給寧汐交代了幾句孕婦的注意事項和禁忌，才放心去了老夫人屋裡，留寧妙和寧汐獨處。

寧妙蹭到寧汐身邊，上看看、下瞧瞧，最後皺了皺鼻子，道：「自己還是個孩子呢，竟然也要生孩子了。」

寧汐只覺得一陣好笑。算上前世，她都活三十來年了，怎麼想也不是個孩子啊！當然，這話寧汐不能與寧妙說，便笑嘻嘻地道：「我長得年輕，還真是不好意思了。」

寧妙聞言輕笑了兩聲，忍不住捏了捏寧汐的臉，道：「真是個促狹鬼，瞧這嘴貧得，我都不知該怎麼接這茬了。」

寧汐聳了聳肩。她說的是事實啊！

寧妙也不和寧汐貧嘴了，轉頭瞧了瞧周圍的丫鬟，見她們離得挺遠，便壓低聲音，問道：「妳現在懷孕，忠毅侯收房了嗎？」

沒想到寧妙竟然會問這事，寧汐愣了愣，不過她不介意和寧汐說這些事，便道：「他現在忙著討好我，怎麼還敢收房？」

寧妙聞言，嘴角一勾，倒是沒問舒恒為何要討好寧汐，仍然壓低聲音，對寧汐說道：「收房的事，舒恒不提，妳就裝不知道，就算妳的婆婆跟妳提起，妳也別接這話，只須裝糊塗就好，把妳婆婆扔給舒恒去應付。」

寧汐沒想到寧妙會與她說這事，下意識反駁道：「婆婆不是這種人，她待我很好的。」

寧妙刮了刮寧汐的鼻子。「天下的婆婆都是一樣的，就算再好的兒媳也比不上自己的兒子重要，她們最在意的還是子嗣，妳看我那個婆婆不就知道了嗎？」

寧汐忍不住多看了自家二姊兩眼。以前只知道寧妙是腹黑的，沒想到越和寧妙走得近，越能看到寧妙不為人知的一面，這種話，她以為只有楊玲瓏才說得出來，沒想到自己二姊也說得出口。

「妳口中的那個婆婆可是皇后，編排皇后的事如果傳了出去，可有妳受得。」

寧妙聽寧汐這樣說，溫柔地笑起來。「這話我就在妳這兒說，姊姊相信妳，這話絕對不會傳出去，如果傳出去了，那也是妳的錯。」

寧汐見寧妙笑得那般溫和，只覺得頭頂發麻，嚥了嚥口水。「二姊姊說得是，妹妹我絕對會守口如瓶，不會告訴別人的。」

寧妙這才滿意地摸了摸寧汐的頭。

寧汐心裡那個憋屈啊！為啥她一個三十來歲的人會被一個不到二十歲的小丫頭片子威脅？而且最重要的是，她還真怕。突然，寧汐轉念一想，不對啊，既然寧妙這樣說，那她當初為什麼還同意李煜納妃？許華裳就不提了，畢竟是皇上賜婚，還在寧妙前頭進府；但那個張氏，可是在寧妙和李煜成親半年多的時候接進府的。寧汐將自己的疑問提了出來。

寧妙淡淡地答道：「皇后是君，我是臣，納妃的事哪有我置喙的餘地？」

寧汐滿臉不信地盯著寧妙。依寧妙的性子，如果真的不想李煜納妃，就算是皇后親自下的旨，她也有能力讓皇后收回旨意。

知道寧汐不信，寧妙又淡淡地添了句。「再說，我和李煜跟妳和忠毅侯是不一樣的。」

寧汐怔了怔，撇了撇嘴。能有什麼不一樣？二姊姊越來越喜歡糊弄她了。待她再想問時，寧妙一個似笑非笑的眼神輕輕甩過來，寧汐見狀，馬上將欲出口的話強行壓了下去。

寧妙這才滿意地端起桌上的茶喝了一口，然後輕輕道：「我府中有個擅長調理孕婦膳食的嬤嬤，等一會兒我回去後，就差人把她送來。」

寧汐連連擺手。「不用麻煩了，我們府裡也有。」

寧妙瞋了寧汐一眼，道：「你們府裡的哪有我府中那個好，那個嬤嬤可是皇后娘娘當初為了給許華裳調理身子，特意從宮裡撥下來的，現在我府中沒孕婦，那個嬤嬤自然也用不上了，剛好送來給妳用。」

「皇后賞下來的人，妳不好亂動吧？」寧汐道。

「這有什麼？妳怎麼說也是皇上的親外甥女，我送個皇后賜下來的嬤嬤過來怎麼了？再說，婆婆她也沒那麼小氣，連一個下人都捨不得。」說著，寧妙又拍了拍寧汐的臉，道：「何況，我家三妹妹這麼懂事，二姊姊送妳個嬤嬤難道還怕皇后責問嗎？」

寧汐愣了愣。所以說這其實是因為她剛剛乖乖閉了嘴，自家二姊給她的獎勵？

寧妙回到賢王府後，就把那個嬤嬤送到了舒恒府上。聽回來的人說，舒恒知道是寧妙特意送去給寧汐調養膳食的人後，便將人安置在長青堂裡。寧妙嘴角一抿，露出一絲滿意的笑容。看來這個忠毅侯挺懂得心疼人的，反觀她府裡卻有個不省心的，天天鬧得她頭疼，這不，吳嬤嬤這時又走到寧妙面前，一臉無奈了。

「北邊院子那位又不高興了，這會兒怕是又鬧騰了起來。」

北邊院子住的就是許側妃和許母、許華言三人。

寧妙連眼皮都懶得抬一下，毫不上心地問道：「這次又是在鬧什麼？」已經不是第一次發生這種事了。

吳嬤嬤低聲道：「許夫人嫌今日中午的飯菜不合胃口，叫丫鬟換掉，可是丫鬟幫她換了幾次後，她還是不滿意，最後大廚房裡的人就不依了，許夫人就鬧著說下人們欺主。」

寧妙聞言冷笑一聲。「她算哪門子的主子。」

吳嬤嬤對於許母的這種行徑也很是無語。妳一個來別人府中打秋風的人竟然還敢擺架子，擺給誰看啊？這府中隨便一個主子的地位都比妳高。不過以前許母習慣了高高在上，給下人擺譜，現在順安侯府才敗落沒多久，她一時不習慣倒也正常；只是正常歸正常，那也得看別人給不給她這個面子。

寧妙揉了揉額頭。為什麼別人能過安分日子，天天閒得沒事地寫字、畫畫，她就得每天管這、管那？這府中就沒一天是安生的，許華裳剛剛消停一些，就來個許母給她鬧事，一家人就沒有安安靜靜過日子的時候嗎？本來她對許母留在賢王府這事沒多大意見，可既然許母不讓她好過，就別怪她狠心，畢竟比起自己不好過，她還是更喜歡看別人不好過。

於是，寧妙輕聲道：「去把廚房的管事請過來，還有許側妃那一家子人也給我請過來，我倒要看看是不是我們賢王府的下人欺負了他們？」

很快地，廚房的管事就過來了，管事姓劉，在賢王府待了多年，長相樸實。

這劉嬤嬤是寧妙親自選的，寧妙自然瞭解劉嬤嬤的為人，劉嬤嬤人如其貌，性子頗為溫厚老實，不常與人起爭執，心裡也沒那麼多彎彎繞繞，這也是寧妙選劉嬤嬤當廚房管事的原因，如果不是許母太過分了，劉嬤嬤又怎麼會生氣？

劉嬤嬤見到寧妙，忙規規矩矩地跪了下去。

寧妙讓吳嬤嬤攙扶她站起來，看劉嬤嬤臉色略微不安，寧妙朝她安撫一笑。

劉嬤嬤本來以為寧妙叫她過來是為了問罪，可看到寧妙臉上的這個笑容，她頓時安心下來。自家這個王妃不是糊塗的，定不會冤枉她。

過了很長一會兒，許華裳和許母兩人才過來。許華裳有些抱歉地看了一眼寧妙，許母臉上倒是毫無愧色，一副理所當然的樣子。

寧妙笑著讓兩人坐下，招了招手，一個丫鬟就上了茶。

許母端起茶杯喝了一口，還沒吞下就吐了出來，用手絹擦過嘴角後，似笑非笑地看著寧妙。「王妃如果不歡迎我這個舅母，別請我過來便是，何必上這冷茶整治人呢？」

寧妙臉上露出一個驚異的表情。「咦，茶冷了嗎？我是估算著舅母和許側妃過來的路程，提前叫人準備好的，免得兩位過來後，茶水太燙，難以入口。本來是想著等妳們過來後，茶水剛好能用，不想卻冷了，難道是我算錯了路程嗎？」

聽到這話，廳內的丫鬟、婆子們噗哧一笑。

許華裳和許母臉上則是青一陣、白一陣。寧妙的話不就是在諷刺她們姍姍來遲嗎？

許母心裡有些窩火，在她心裡，就算自己的女兒只是一個側妃，但論身分，自己是賢王的舅母，賢王都該敬著自己三分，何況是寧妙呢？現在寧妙當眾讓她下不了臺，她自然不能就這樣忍了，便道：「都說百善孝為先，再怎麼說我也是妳夫家的長輩，晚輩等長輩難道不該嗎？莫非王妃是要違背孝道不成？」

寧妙暗暗撇了撇嘴。許母算哪門子的長輩？不過面上卻裝作聽不懂許母的話，笑著接道：「舅母您可別給妙兒亂扣帽子，本妃去宮中給母后、父皇還有皇祖母請安的時候，是不管等多久都會等的，只要他們沒發話，本妃也絕對不會亂走，本妃不知自己哪裡違背孝道了，還請舅母指教一二。」寧妙這話可是說得清清楚楚：夫家長輩我只認宮中那三位。至於其他人想當她的長輩，也得看看自己有沒有資格和她剛剛說的那三人並肩。

許母心中更氣，想反駁卻被許華裳搶先開口。

「王妃，母親沒有其他意思，她就是覺得大家都是親戚，便隨意了一些，這次來遲的確是我們的錯，還請王妃寬恕則個。」

許華裳說完這話就朝許母使了個眼色，讓她閉嘴不許再說話。上次李煜從她那裡掏走了一小半嫁妝，她心痛了許久，這次說什麼也不能給他們理由再拿走自己的嫁妝了，那是她最後的依靠，她絕對要守好。

寧妙瞇眼看了許華裳一眼。許華裳倒是比以前聰明多了，這番話說得漂亮。人家都說了，會遲到是因為把她當親戚，親近、隨意了些所以才來晚了，並不是故意遲到打寧妙的臉，這樣她還能怪人家嗎？而且聽許華裳話裡的意思，應該是沒有與她為敵的意願；可惜許華裳現在看得清了，許母卻越發地拎不清，今天，她寧妙是勢必要將許母趕出王府的。

寧妙輕笑道：「許側妃說得是，我們本就是親戚，親切點是應該的，只是往後還是別這般隨意了，否則知道內情的人會說我們親戚間情重，不知道的怕是會說許家夫人不懂規矩。本妃也不是怪妳們，只是給妳們提個醒而已，畢竟順安侯府不同往日了，還是收斂點好，免得給宮中的皇后娘娘招來話柄。」

一說到順安侯府，許華裳和許母都有些心虛地閉了嘴，而且人家都把皇后抬出來了，饒是許母也不敢多說，只能不情不願地應了，而許華裳更是沒意見。

寧妙點了點頭，這事算是揭過去了，然後又不輕不淡地丟了嚮雷給許華裳。「聽說今日廚房的人欺負了舅母，我找妳們過來就是想對質一番，如果真是廚房的下人做錯，我定當重罰。」

聽到這話，許華裳就知道寧妙這是要拿中午那件事說事了。寧妙說什麼對質，怕是早就知道今日中午那事是自己的母親過於苛刻了，這事若發生在自己府中沒關係，發生在別人府中就是不知好歹了，她不覺得寧妙會維護她們，於是馬上說道：「王妃怕是聽錯了，今日不過是母親身子有些不適，沒食慾而已，廚房裡都是您的人，又怎麼會欺負母親呢？」許華裳說這句話不只是在為自己的母親開脫，還在提醒母親，廚房的人都是王妃的，她不會幫母親的，希望自己的母親不要犯傻。

可是這話聽在許母的耳裡卻成了另一個意思，她覺得既然廚房的人都是寧妙的人，那麼自然也是寧妙指使她們欺辱自己的，當下便冷哼了一聲。

「原是王妃手下的人，我說哪來那麼大的膽子欺主，原來是背後有人啊。」

聽到許母陰陽怪氣的話，寧妙也不生氣，仍然老神在在地坐在上首，玩著自己的指甲。就在許母的話音落下良久、屋裡的氣氛越發奇怪的時候，寧妙才幽幽開了口。「這王府僅我一個女子掌管著，自是有管不到的地方，難免疏忽，讓下人鑽了空子，您因此責問我，我也不敢推託，但要說我教唆下人欺辱客人，那我是萬萬不敢認的。」

明明是輕飄飄的幾句話，卻聽得許母和許華裳頭皮一麻。是她們的錯覺嗎？怎麼覺得今日的寧妙格外不同，甚至有點可怕？

吳嬤嬤站在寧妙旁邊眼觀鼻、鼻觀心，似乎什麼都進不了她的耳裡，但她知道，王妃今日是真生氣了，這個前順安侯世子夫人，怕是別想好過了。

果然，又聽到寧妙輕聲說道：「再說，她們就算真做了這種事，欺的也不是主啊，是客嘛。自然，就算是下人欺客，在我們賢王府也是容不得的，今日之事本妃定會嚴查。」

許母聽到這話，臉上神色變幻不定，顯然是被氣急了。

寧妙是什麼意思再明顯不過了，不過是在諷刺許母沒有自知之明，在賢王府還敢稱自己是主子，充其量也就是個客人而已。

許華裳見母親要惱羞成怒的模樣，忙截了話頭，道：「母親不過是一時口誤，王妃何必與母親計較？怎麼說，母親也是當今皇后的嫂子，表哥的親舅母。」

寧妙挑眉。許華裳這是在警告自己不要做得太過了嗎？畢竟許母和皇后、賢王的牽連斷不了。難得許華裳聰明了一次，她的確不會太為難許母，畢竟自己婆婆的面子還是要顧的。

寧妙朝許華裳溫婉一笑。都說為母則強，到了許華裳這兒卻成了為了母親而強，也許，許母在這兒多留一段時間，許華裳真的會成長為一個精明的對手呢！可惜，她從不給敵人這種機會，許母，她是趕定了。

許華裳看到寧妙臉上和煦的笑容，心中一突，一種不祥的預感湧上心頭，隱隱約約察覺到寧妙的意圖，她心中一慌，驀地站了起來。

聽到許華裳的動靜，寧妙剛收回的眼神又投了過去，見許華裳臉上來不及掩飾的慌亂表情，她眼中閃過一絲趣味。這是猜到了她的目的？然而寧妙臉上的笑容卻未曾減少，反而還更燦爛了些，柔聲問道：「許側妃這是怎麼了？」

許華裳連忙掩去臉上的慌亂，嘴角勉強勾起一個弧度，道：「妾身只是突然想起言兒還留在自己屋中，那孩子皮得很，妾身怕他惹出什麼亂子，想和母親回去看看。」

「別急呀！」寧妙收回目光，淡淡地開口。「表弟我看著挺乖的，哪會給妳惹亂子？妳可莫亂說；再說，有丫鬟們看著，能出什麼亂子？舅母這事我還沒審呢，可不能讓舅母受委屈了。」

許母聽到許華裳說自己的弟弟頑皮，心裡不太高興，可是又聽到寧妙說要審今日中午的事，她心裡就有些打鼓；倒不是她覺得中午的事是自己的錯，只是她認為那些下人都是寧妙的人，而且下人們敢欺辱她，定也是寧妙教唆的，她自然不相信寧妙這是要為她討回公道。她可不想今日落到寧妙手上，被寧妙誣陷一把，因此便順著許華裳的話說了下去。

「我也挺擔心那孩子的，有丫鬟看著我也不放心，我還是和裳兒回去看看較好；至於今日這事，我看就算了吧！」

聽到母親這樣說，許華裳才放下心來。還好這次母親沒再給她扯後腿，至少還知道人在屋簷下，不得不低頭的道理。

寧妙的眼眸閃了閃，想逃？那也得看看她今天放不放過她們。

「舅母不計較是舅母大度，可我作為一家主母，不能委屈了舅母，這等欺客的下人留著作什麼？」說完，寧妙瞥了一眼劉嬤嬤，眼中頗有深意。

劉嬤嬤心領神會，忙從旁邊走到大廳中央，撲通一聲跪了下去，大喊道：「奴婢冤枉啊！奴婢一向與人為善，從不敢與人起爭執，就奴婢這樣的性子，哪裡敢欺負許夫人啊！」

「喔？妳是說，這事是舅母冤枉妳了？」說著輕輕看了一眼許家母女，然後不鹹不淡地責罵了一句。「這種話妳都敢說出口，看來欺客的事妳也不是不可能做的。」

「奴婢哪裡敢冤枉許夫人啊，奴婢說的都是實話啊！」劉嬤嬤又哭喊了起來。

看著主僕倆一唱一和，許側妃和許母的臉色都非常難看，人家都這樣說了，她們還能走嗎？

許母更是要咬碎了銀牙般，恨不得上前活吞了寧妙。她見既然走不了，那就破罐子破摔，神色不豫地開口道：「既然甥媳都這樣說，那我就不走了，不過這劉嬤嬤怎麼說也是妳的人，妳來審怕是不恰當啊！」

寧妙輕笑兩聲，道：「瞧您這話說的，您是王爺的舅母，劉嬤嬤不過是個下人，就算維護，我也是維護您啊！再說了，王爺命我打理後院，這些丫鬟、婆子哪個不是我的人呢？」

聽到寧妙這話，許華裳臉色一變。她知道寧妙這是在敲打她們，讓她們看清楚，這賢王府後院真正的主人究竟是誰。許華裳忍不住掃了一眼自己身邊的幾個丫鬟，可這些丫鬟個個都低著頭，她看不清她們的神色。許華裳咬了咬唇，不知寧妙放了多少眼線在她屋裡。

許母也聽出了寧妙話裡的意思，火氣更甚，冷哼一聲。「人心隔肚皮，誰知道妳心裡在想什麼呢？反正今日這事妳來審，我是不服的。」

寧妙端起茶杯輕輕吹了吹漂浮在水面上的茶葉，然後抿了一口，餘香盈口。寧妙心情好了些，對身邊的吳嬤嬤道：「去請王爺過來旁聽。」

吳嬤嬤應了，迅速退了出去。

見吳嬤嬤走了，寧妙才對許母道：「我請王爺過來旁聽，舅母這下不用擔心了吧？」

「既然王爺都過來了，何不讓王爺來審呢？」

聞言，寧妙心中冷笑一聲。正好，她自己出手將許母趕出去還怕落人口實呢，這會兒既然是許母的要求，她就借一借李煜的手好了。

李煜被吳嬤嬤請過來的時候，吳嬤嬤在路上已經將事情的經過告訴了李煜。當然，說話也是有技巧的，雖然吳嬤嬤說的都是實話，但換了種方式來說，聽來就是許家母女不知好歹，不僅不領寧妙的情，還出口誣衊寧妙，寧妙無奈之下才請了王爺去。

李煜雖然知道吳嬤嬤說話肯定會偏向寧妙一些，但聽到這些事，心裡還是不舒服。寧妙怎麼說也是他的王妃，他都還沒欺負夠呢，其他人就敢插手了？看來還是有人不明白，他的王妃不是誰都能欺負的。

因為帶著這樣的心情，李煜過來的時候心已經偏得不行，許母還妄想李煜站在她這一邊，真是可笑。

李煜過來後，看都沒看許家母女一眼，直接走到寧妙身前，笑著問道：「發生什麼事了？還特意把我叫過來，這府中的事難道還有妳不能管的嗎？」

本來許母對於李煜過來看都沒看自己一眼頗為不滿，現在又聽到李煜說這話，臉色更是不悅，但她畢竟還記得自己的身分。雖然對外說自己是皇后的大嫂、賢王的舅母，其實也沒那個膽子責問賢王。

一旁的許華裳聽到這話，臉色一白，眼裡還有難以名狀的悲涼。她竟不知，一向喜歡與人保持距離的表哥對寧妙竟是這般信任。

寧妙見狀，自然明白李煜已經知道發生了什麼事，他說這話不過是在給自己撐腰，給她一個借題發揮的藉口，這個人情不要白不要，寧妙馬上面露委屈地說道：「今日聽說舅母被廚房的下人欺負了，臣妾就想著為舅母主持公道，便邀了她們過來；然後臣妾心想著，也不能冤枉了下人，便也請了劉嬤嬤過來，可是舅母覺得是臣妾教唆廚房的人欺負她，不信任臣妾，臣妾實在沒法，只好請王爺過來。」說完，還委屈地紅了眼眶。

饒是李煜知道寧妙是假裝的，看了心裡還是不免一揪，看向許母的眼中便帶了不悅，但他隱藏得極好，許母和許華裳都沒看出來。李煜臉上仍帶著淡淡的笑意，看起來與平常一般。「既然舅母說是廚房的下人欺了您，本王就先聽聽下人的說法，再與舅母對質可好？」

聞言，許華裳暗叫一聲糟糕。都知道先下手為強，這事說來母親本就占不了理，這會兒還讓下人先開口的話，那局勢豈不是更差？於是便說道：「不如讓我先替母親說吧？」

李煜饒有深意地看了許華裳一眼，點了點頭。

許華裳被李煜的那一眼看得心頭發麻，但還是強忍下心頭的慌亂，故作鎮定地開了口。「今日中午，母親見膳食中有她最不喜歡的胡蘿蔔，讓下人們去換菜，或許是今日母親身子不適，總是找不到有食慾的菜色，便叫丫鬟去廚房多換了幾次，誰想最後丫鬟回來告訴母親，說廚房那邊不給換了，母親心急，就在嘴上說了幾句。其實這事說來母親也有錯，只是母親怎麼說也是王爺的舅母、妾身的母親，廚房的人這樣做著實不該。」

李煜眉一挑，看向寧妙。

寧妙從他眼中讀出的意思是：什麼時候許華裳變得這麼聰明了？寧妙聳聳肩，她怎麼知道。

「這樣聽來，廚房的人的確有錯。」說著，李煜看向一直跪在地上的劉嬤嬤，問道：「妳是廚房的管事？」

劉嬤嬤點了點頭，應了聲「是」。

「那妳是王妃的人嗎？」

聽到李煜這話，劉嬤嬤愣了愣，然後才道：「自然是。」

許母一聽，忍不住笑了出來。這劉嬤嬤也真傻，竟然直接承認了，既然這樣，下人欺辱她這件事，不管是不是寧妙指使的，她都定要將其戴到寧妙頭上。只是許母還沒高興完，就聽劉嬤嬤又說道——

「王府是王爺和王妃的，這府中的人自然都是王妃和王爺的。」

聽到這話，許母臉上一僵。她本來想以「劉嬤嬤是寧妙的人」的理由來暗示劉嬤嬤的行為都是寧妙指使的，可是人家現在說了，府中所有的下人都是王爺和王妃的人，她怎麼可能再拿這個理由來拖寧妙下水？

李煜聽到這話，心裡頗為滿意，又道：「那妳說說今日為何不再給舅母換菜了？」

劉嬤嬤咬了咬唇，輕聲道：「不是奴婢不給許夫人換，是實在沒得換了。每日的食材只有那麼多，做出來的菜也就那些，許夫人前前後後換了五、六次，廚房裡實在沒有能給她換的了，難不成拿下人的飯菜給許夫人用嗎？」

「妳胡說。」聽到這話，許母不依了，指著劉嬤嬤說道：「我身邊的丫鬟去向妳們討一盅燕窩，妳們卻說沒有，可是明明當時妳們的爐子上還燉著一盅燕窩，妳們硬是不給，這不就是輕視我嗎？」然後許母看向李煜，滿臉委屈地說道：「我也不是看上了一盅燕窩，那東西我吃得不少，只是我今日沒有食慾，突然想吃燕窩，便讓丫鬟去討，不想廚房的人竟看我孤兒寡母，如此輕待我，真是太欺負人了，我還留在這兒幹麼？不如回我娘家好了。」

許母說這話自然不是真的要回娘家，她已經習慣了賢王府的好日子，怎麼捨得離開，不過是威脅一下賢王罷了。許母知道皇室之人最重面子工夫，自己這樣說，李煜絕對不會真的把她趕出府的，畢竟如果自己離開一事被有心人拿來抹黑李煜的聲譽，可就成了李煜一輩子的污點了。

然而，許母卻忘了，皇室之人是喜歡做面子功夫，可是更討厭被人威脅，更何況她威脅的人還是李煜，李煜因為順安侯府的事，早就不是什麼聲譽完美的皇子了。

「既然舅母執意要走，我這就叫人去給舅母收拾東西。備車。」

許母愣了愣，還沒從李煜的話裡回過神來，反而身邊的許華裳先開了口。

「母親不過是一時衝動，說了氣話，王爺切莫當真啊！」

寧妙似笑非笑地接了句。「氣話？不知舅母什麼時候說的不是氣話呢？畢竟我們不知道該如何分辨舅母哪些說的是氣話，哪些又不是。」然後眼帶嘲諷地看了許華裳一眼。

許華裳被看得臉上一陣尷尬。

許母聽到李煜的話是真呆了，她沒聽錯吧？李煜竟然真的趕她走？她可是他的舅母啊！他怎麼敢？還有寧妙那話，哪有半點把她當成長輩的樣子。

許母氣得滿臉通紅，伸手指著賢王，難以置信地道：「賢王，你雖貴為王爺，但別忘了我還是你的舅母，難道你真要不分青紅皂白地將我這個舅母趕走？」

許華裳雖然覺得母親今日做得過分了些，但怎麼說也是自己的母親，而且那燕窩雖然珍貴，她一個側妃的母親卻也是用得的，廚房的人不給，著實過分了些，便接著許母的話繼續道：「母親今日雖然有錯，但她只是要一份燕窩而已，難道依我母親的身分，連一份燕窩都不能要嗎？這件事真正有錯的是廚房的那些下人，王爺您怎能不懲處她們，反而將自己的舅母趕出府呢？」

李煜仍然笑得春風滿面，心情似乎絲毫沒有因為許母和許華裳的話而受到影響，只聽他柔聲道：「怎麼能說是本王要趕舅母走呢？本王可是非常歡迎舅母留在王府的，明明是您自己說要回去，本王只是依了您的意願而已。」

許母被李煜的話堵得啞口無言。她那話明顯就是氣話，明眼人都聽得出來，偏偏李煜不買帳。

許華裳一聽這話就知道是母親適才的話惹了李煜不快，忍不住咬了咬牙。母親也真是的，對面這個人可是中宮之子，是尊貴的王爺，她怎麼能把對付父親的那一套用到了李煜身上？李煜難道還怕她一個婦人的威脅嗎？

「母親適才是口不擇言了些，王爺莫計較才是。之前妾身也說了，母親說的是氣話，當不得真的。」許華裳也知道這個解釋太過蒼白，但說了總比不說要好，只希望李煜看在親戚的分上，寬恕母親這次。

李煜聽到許華裳這話，揚了揚眉。總算是聽明了些，但開竅得太晚了。

許母聽到許華裳服軟，知道自己這次真的惹到李煜了，她現在雖然心裡不舒服，但實在捨不得賢王府的好日子，便順著說道：「我說話有點衝，但這不是被這群不知好歹的下人給氣急了嗎？我相信王爺你自會為我這個舅母作主的。」

「如果舅母受了委屈，我自然會為您作主，離府的事暫不提，我們來說說之前的事。」李煜依然是嘴角含笑，頓了頓，才看向劉嬷嬷。「那盅燕窩是給誰的，為何不能先給舅母呢？難道妳們真的是覺得舅母好欺負？」

寧妙淡定地喝著茶，看都沒看劉嬷嬷一眼。

劉嬷嬷聽到李煜這樣問，老實地說道：「那是給王妃的。今日王妃沒什麼胃口，吳嬷嬷吩咐廚房燉上燕窩，因為不知道王妃什麼時候要，奴婢們自不敢把它隨意給人。」劉嬷嬷看了眼寧妙，又道：「我和許夫人身邊的丫鬟說過這是給王妃留的，丫鬟也回去稟告過許夫人了，後來許夫人仍然執意要這盅燕窩，這可是讓奴婢如何給得？」

寧妙這才放下茶杯，緩緩道：「舅母想要，過來和我說一聲就是，我不是那種小氣的人，一盅燕窩我還是給得起的，也就不會鬧出今天這事了。」

語氣淡淡的，許華裳卻聽出了其中的鄙夷。可是許華裳不敢開口，因為她之前以為母親只是不滿廚房不給換菜一事，卻不知道母親執意要的竟是寧妙的東西，想到這兒，許華裳不由得暗中瞪了許母一眼。自己的母親，她還不瞭解嗎？一定是故意想從寧妙手上搶東西，難怪母親會為了一盅燕窩鬧起來，明明都告訴過母親不要針對寧妙了，母親怎麼就是不聽呢？許華裳揉了揉眼角，她現在只希望這事能重拿輕放，寧妙不要和母親計較，雖然依現在的情況來看，可能性不大。

許母本來聽到劉嬤嬤的話還有點心虛，可是一聽到寧妙的話，整個人都氣炸了，不悅地說道：「我還不需要妳的施捨。」

寧妙冷笑一聲。不需要妳還搶，難道搶過去的要好吃一些嗎？許母的確不是為了一盅燕窩，她只是不悅這個府裡所有人都對寧妙唯命是從。自己的女兒怎麼說也是側妃，自己更是賢王的舅母，那些丫鬟們看到她們雖然還算恭敬，但言行始終隨便了些，所以她今日會搶寧妙的燕窩，不過就是想證明，就算是王妃又如何，還不是要讓著她這個長輩三分嗎？卻不想，廚房那群人竟然敢不給她，她這才氣得要命。

「王妃說這話也是好心，舅母無須多想。」李煜言行還算恭敬，但臉已經冷了下來，語氣也淡淡的。「只是我不明白，既然舅母已經知道那是王妃的膳食了，為何還執意要搶呢？舅母是故意和王妃爭搶，還是覺得本王的王妃不是什麼重要的人，不需要在意？」

許母第一次見到李煜冷下臉來，心裡有些發毛，吞了吞口水，沒敢搭腔。

許華裳握緊了雙手。果然，在李煜眼中，自己的母親根本比不上寧妙；母親也是傻，還以為李煜會幫她。沒法，許華裳只好抬眼去求助寧妙，卻看到寧妙輕輕撥弄著頭上的梨花髮簪。許華裳愣了愣，梨花？梨……離去。

許華裳明白了寧妙的意思，沒辦法，她現在在賢王府仰仗寧妙的鼻息過活，如果今天不如了寧妙的意，不知道日後會怎麼對付她呢！母親可以躲回外祖家，可她呢？現在失了娘家，難道還妄想能和寧妙對抗嗎？反正母親回去外祖父家也不會太難過。

許華裳想通了這一點後也不再猶豫，上前道：「這次的事，妾身並不知母親爭的是王妃的膳食，還以為是廚房的人欺了她才會失了分寸，如今真相大白，還好沒冤枉了劉嬤嬤等人，妾身在這兒替母親向各位賠禮道歉了，還希望王妃寬恕則個。」

許母聽到許華裳這樣說，知道女兒是在幫自己道歉，心裡有些愧疚和感動，但是沒想到的是，許華裳下一刻就說道——

「等妾身今日送母親回外祖家後，妾身會親自來向王妃道歉。」

「妳說什麼？」許母望著許華裳。

許華裳滿眼溫柔地看向母親。「您不是說在賢王府待的時間也夠長了，也該回去了，不是嗎？」

聽到這話，許母怔住了，她什麼時候說要走了？

李煜順著許華裳的話說：「既然如此，裳兒，妳就去送送舅母吧！今日之事，聽來就是一場誤會，委屈舅母的地方，還請舅母見諒。來人，取些補藥來，算是我給舅母的歉禮。」

許母還沒反應過來，就被許華裳拉了出去。

李煜輕笑著看寧妙，直到把寧妙看得頭皮發麻，才道：「妳又把我當槍使。」

寧妙露出一個溫婉的笑容。「臣妾怎麼敢？」

李煜知道寧妙這人一向愛裝，也不跟她爭論，而是說起了另一件事。「聽說妳給少桓送了嬤嬤過去，我記得那個嬤嬤是專門負責給孕婦調理身子的，怎麼，寧表妹懷孕了？」

寧妙眉一挑，露出一個調皮的笑容。「你猜。」

李煜笑著搖搖頭，掐了一把寧妙的臉，才道：「那王妃打算什麼時候也給我生個大胖小子啊？」

寧妙笑容一僵，怎地就扯到這事上了，寧妙故作羞澀地低下了頭，道：「這事也不是臣妾一個人能做得了主的。」

李煜笑咪咪地看著寧妙的頭頂，半晌，才淡淡道：「是嗎？」

寧妙嘴角抽了抽，雖然沒抬頭，但她覺得李煜現在是一臉笑容地看著她，那笑裡還帶著不易察覺的危險。

等李煜走後，寧妙對吳嬤嬤說道：「明天開始，把藥停了吧！」

吳嬤嬤愣了愣，最後露出一個笑容。王妃終於想通了。

許母反應過來後自是一番哭鬧，可王府裡唯一的親人許華裳都不理她，自然沒人搭理她，傍晚就被送走了。

只是許華裳害怕自己的弟弟在外祖家受欺負，在請示過寧妙後，將人留在了賢王府。

仍然是秋景軒那間包廂內，李煜一邊端起茶杯，一邊笑道：「恭喜你，馬上就能有個小孩來煩你了。」

舒恒眉一挑，想起寧汐，臉部表情軟和了些，眼角也不由得染上喜色，淡淡回道：「謝了。」

雖然舒恒看起來和平常無異，但身為他的摯友，李煜怎麼會聽不出舒恒語氣裡的喜悅？他突然想到了自己，不禁自嘲了一句。「也不知道本王哪日能得個大胖小子？」

舒恒現在心情正好，便不同於平日，調侃了一句。「這事，你得問你的王妃，問我做什麼？」

李煜腦中浮現寧妙那狐狸般的笑容，搖了搖頭，似呢喃、似嘆息地說了聲。「我那個王妃可不像平樂表妹那般乖巧，心裡小算盤多著呢！」

閒聊了兩句，兩人才說到正事上。

李煜收起了笑容，眼眸浮現出冷色。「江南那邊似乎有異動，你發現了嗎？」說完看舒恒一點也不驚訝的模樣，皺了皺眉。「你早就知道了？」

舒恒的嘴角輕輕勾起，眼眸閃了閃。「知道的時間不長，看來四駙馬的狐狸尾巴終於要露出來了。」

李煜望著舒恒，眉頭漸漸鬆開，用打量的神色看著舒恒。「你似乎很高興？」

舒恒瞥了李煜一眼，沒接話。他自然高興，他花了這麼大的力氣才讓前世蟄伏了十餘年的人提前這麼多年浮出水面，怎麼可能不高興？話說，這其中歐陽玲和周王自是功不可沒。

李煜見舒恒沒有回答也不追問，嘴角慢慢浮出一絲冷笑。「我那個大哥也忒心急了點，這一點也不像父皇啊！不知道是不是像他那個早逝的母親？不過他越心急，我們越容易抓住把柄。」

舒恒聞言，眼眸也變得越發漆黑，讓人看不到底。他當初差人救下周王只是抱著試試的心態，想看看這個人的存在會給事情帶來怎樣的改變，沒想到，效果出乎意料得好。

「一個一直處在政治邊緣的人，終於有機會走進政治中心，甚至有機會坐上最高的那個位置，再加上我放出的『那些死士中還有活口』的消息，他自然會心急了些。」

李煜挑了挑眉。「少桓，你把我大哥的心思摸得這麼準，我聽了都覺得害怕，還好你不是我的敵人，否則我都不知道能不能贏你。」

舒恒含笑看著李煜。「我們永遠都不會是敵人。」這是一個回答，更是一個承諾。他舒恒永遠都不會與李煜為敵，不僅僅是因為他們是今生的摯友，更重要的是，前世，在皇上懷疑他舒家的時候，唯有面前這個人站出來為他說話。

李煜聽到舒恒的回答，心裡也放鬆許多。他相信舒恒是個重承諾的人，既然舒恒都做出了這個承諾，他自是相信舒恒不會違背諾言。「那就好。」

舒恒聞言，嘴角勾了起來。果然，他們兩人都不願和對方為敵，哪怕他們站在權力的中心，也不想失去對方這個好友。

然後李煜轉了話題，輕聲道：「聽說逸凡最近要帶他那個寶貝妻子和兒子去京郊的莊子住上一段時間，我記得忠毅侯府在那兒也有一處宅子，你要不要也向父皇請個假，陪平樂表妹去那兒住住？畢竟入夏後你就要忙了，不一定顧得上平樂表妹。」

舒恒知道李煜話中之意，點了點頭，輕聲謝過後，因為擔心家裡的寧汐，便先行離開。

看舒恒匆匆忙忙走了出去，李煜嘴角露出一個無奈的笑容。什麼時候舒恒也變得這麼顧家了？還有他那興奮的模樣，孩子，真的有那麼好？之前許華裳也懷上過，他卻沒有太大的感覺，想到這兒，李煜伸手摸了摸下巴。他要不要考慮努力一點，讓寧妙也給他懷個孩子？也許那個時候他就能明白舒恒的感受了。

舒恒回到家的時候，寧汐正躺在長青堂樹下的貴妃榻上小憩，曬青和峨蕊在一旁替她驅蟲。如今天已入春，寧汐的肚子也有兩個多月，孕吐減輕了，胃口自然就好了許多，於是她就過上了豬一般幸福的生活，每天吃了就睡，睡醒了就去院子裡蹓躂蹓躂。今天一時興起，便叫丫鬟搬來貴妃榻放在樹下，自己在上面躺著看書，沒想到看著看著就睡著了。

看見舒恒走近寧汐的身邊，丫鬟們很識趣，退得遠了些。

舒恒看著睡得正香的寧汐，輕輕伸手摸了摸寧汐的肚子，只覺得一股暖流流進了心底。他在心裡暗暗下了決心，一定要給自己的孩子一個溫暖平靜的生活。

寧汐睡了一會兒就醒了，見她醒來，舒恒忙伸手將她扶著坐起來。

寧汐揉了揉眼角，她現在整個人似乎還有點懵，直愣愣地看著舒恒。

看著寧汐這副呆呆的樣子，舒恒耳朵有些發紅，嚥了嚥口水，下一刻就吻上了她的唇。等舒恒放開寧汐的時候，寧汐脹紅了臉，看了眼不遠處的丫鬟，心裡是又羞又氣，最後抓起舒恒的手狠狠咬了一口。

舒恒也不掙扎，任寧汐咬，最後寧汐自己覺得無趣，悻悻地放開了舒恒。舒恒笑著揉了揉寧汐的頭，然後作勢要拉寧汐起身。

「我又不是玻璃做的，懷個孕而已，幹麼這麼小心翼翼的？」嘴上雖這樣說，還是乖乖地把手伸了過去。

舒恒扶著寧汐在院子裡慢慢走著，邊走邊說道：「太醫說了，妳現在多活動活動，對妳日後生產有好處。」上一世，舒恒雖然沒有親眼見過女人生孩子，也知道女人生孩子是要在鬼門關前走上一遭的，他可不希望到時保住孩子卻折了寧汐，那樣，他寧願不要孩子。

「知道啦，我怎麼覺得我懷孕後你就變得囉嗦了？」寧汐一副不耐煩的樣子。

舒恒無奈地搖了搖頭。寧汐懷孕後好多小性子都顯現出來，也不知道是以前藏得太好，還是真的像太醫說的那樣，孕婦情緒多變敏感。

寧汐又道：「最近我發現我好喜歡睡覺，以後我該不會生個小懶蟲出來吧？」

舒恒輕輕點了點寧汐的額頭。「別亂想，太醫說了，這是正常的，妳現在不用管府裡的事，讓母親去操心就好了，妳只需要吃好、睡好，養好我們的兒子就好了。」

寧汐聞言停了下來，看著舒恒，眼圈突然紅了起來。

舒恒見了，連忙問：「這是怎麼了？怎麼突然要哭了？」

「我說你怎麼變得有人性了，原來都是為了孩子。你根本就不是對我好，你只是為了我肚子裡的這塊肉。」

寧汐這番話弄得舒恒哭笑不得，忙輕聲哄道：「剛剛才叫妳不要亂想，妳看妳，又亂想了吧？我對這個孩子好，還不是因為這是妳辛辛苦苦懷的孩子，是我們的孩子，我愛他是出於我對妳的愛，妳懂嗎？」

寧汐這才撇了撇嘴，道：「勉強相信你吧！」

舒恒寵溺地捏了捏寧汐的臉，繼續扶著她走動，沒走一會兒，舒恒忽然想起李煜說的話，試探著問寧汐。「想不想去京郊住一段時間？」

聞言，寧汐雙眼一亮，臉色也一掃之前的黯淡，期待地看著舒恒。「可以嗎？」

舒恒笑著點了點頭。

寧汐的笑容更甚，可是沒過多久，笑容又淡了下來。「算了，還是別去了。」

舒恒一愣。「為什麼不去了？」

寧汐悶悶地說道：「你又不去，我晚上睡不著誰來哄我啊？」

聽到這話，舒恒哈哈大笑起來，捏了一下寧汐的鼻頭。「誰說我不去的？妳覺得我放心把妳一個人丟在那種荒郊野外嗎？」頓了頓，道：「我明天就進宮去和皇上告假。」

一聽這話，寧汐馬上又高興起來，重重地點了點頭。

第十九章

皇上很快就允了舒恒去京郊暫住的要求，只是將舒恒請求的三個月改成了一個月。寧汐知道這個消息後，便急不可耐地叫丫鬟們收拾東西；因為寧汐懷著孩子的原因，舒母也決定跟他們一同前往。就在一家人急著收拾行李的時候，宮裡卻來了人，說太后宣寧汐進宮。寧汐聽到這話後，抿了抿嘴，眼裡滿是抗拒，她已經猜到太后宣她所為何事。

舒恒見狀，拍了拍寧汐的頭安撫道：「沒事，太后只是想妳了，一會兒我送妳過去。」

寧汐的眼神往下飄去，不敢和舒恒對視，只能僵硬地點了點頭。

舒恒送寧汐到宮門口後，揉了揉寧汐的頭，輕聲道：「快去吧，我就在這兒等妳。」

寧汐看著舒恒，躊躇片刻，終是走了進去。

延壽宮內，太后閉著眼睛，手裡轉著佛珠，聽見寧汐的請安聲，才緩緩睜開眼睛，給寧汐賜了座。看寧汐一直低著頭，一副謹小慎微的模樣，太后眼眸閃了閃，神色卻絲毫未變。

「最近妳在忠毅侯府過得可好？」

聽到太后關心的話語，寧汐臉上卻無任何開心的神色，冷淡地回了句。「還好。」

太后何嘗不知道寧汐還在為上次她說的那些話而怨她，但本來她和寧汐之間就無太深厚的感情，寧汐多怨她一分或少怨她一分，對她而言，都無甚影響。「聽皇上說，你們一家要去京郊住上一段時日，怎地選這個時候去？等入夏後再過去不是更好嗎？」

聽到這話，寧汐抬起了頭，嘴角露出一個諷刺的笑容。「太后想問什麼直接問就是，何必和臣婦繞圈子？」

聽到寧汐的自稱變了，太后的眼神忍不住有一瞬間的黯淡。「那哀家也不和妳兜圈子了，最近江南剛有異動，舒恒就急著出京，妳可有發現他的異狀？」太后很快就整理好自己的情緒，冷靜地開口。

「異狀？」寧汐輕笑一聲，帶著些許嘲諷和冷意。「我不知道怎樣才叫異狀，只是他最近的確變得奇怪起來。」

聞言，太后驀地抓緊了手中的佛珠，眉眼間流露出些許的擔憂。

側室的簾子輕輕動了動，不過寧汐的所有心思都放在太后身上，並沒有注意到這個異狀，繼續道：「他最近變得囉嗦又黏人，每天還絮絮叨叨的，臣婦只要一離開他的視線，他就緊張得很，不知這算不算您口中所謂的異狀？」

太后聽到這話，心裡暗暗鬆了口氣，嘴上卻嚴厲地斥責道：「哀家坐在這兒不是為了聽你們這些兒女情長之事。」

「是嗎？我還以為太后對我們夫妻之間的事很感興趣呢！」寧汐話音剛落，一只茶杯啪嚓一聲碎了，寧汐看著近在眼前的茶杯碎片，輕輕垂下了眼眸。

「寧汐，妳別忘了妳的身分。」帶著惱怒的聲音暴露出聲音主人的不豫。

寧汐嘴角輕揚。「身分？郡主、英國公府的嫡小姐、忠毅侯夫人，不知太后是要臣婦不要忘了哪個身分？還是臣婦該忘了哪個身分？」

「寧汐，難道妳想反抗皇家？」太后的臉色陰鬱了下來。

寧汐嘴角的笑容未變，淡淡地說道：「怎麼敢？臣婦不會忘記自己是皇室之人這件事，如果臣婦的夫君真做出背叛皇室之事，臣婦絕對不會包庇，只是現在，能否請高高在上的太后給臣婦的夫君多一點信任？」

說完，太后的神色好轉了些，但仍然在氣頭上，沒有搭話。

寧汐想了想，又接著說道：「夫君之所以要搬到京郊去住一段時間，不過是為了哄臣婦開心，臣婦已經有了兩個多月身孕。」

太后愣了愣，眼中閃過些許喜色，語氣甚至帶了些急迫。「妳真的懷上了？」

寧汐卻以為太后的急迫是不相信她，聲音忍不住冷了幾分，道：「如果您不相信，大可叫個太醫來給我把脈。」

太后收斂起心中的歡喜，冷著聲音道：「既然舒恒沒其他意圖，哀家也就放心了，你們就過去好好休養一段時間吧！」

寧汐低聲應下，太后便讓她出了宮。

寧汐走後，從側室走出一個人，正是當今聖上。

太后沒有看他，而是直接開口道：「這下你該放心了吧？」

皇上點了點頭，有些愧疚地對太后說道：「兒臣也不想這樣做，只是舒恒挑這個敏感的時機告假，兒臣不得不防。」

太后這才看向皇上，手上又重新轉動起佛珠。「不知道皇上相不相信平樂適才的那番話呢？」

皇上低笑一聲。「自然是信的。」

「哦？」太后眉一挑。「皇上就這麼相信平樂，不怕她是在說謊嗎？」

聽到這話，皇上倒是大大方方地道：「平樂也算是朕看著長大的，她的性子朕還是知道一些，她是個重感情的孩子，雖然心裡抗拒，但她絕對不會背叛自己的親人。」

「也是辛苦那孩子了，現在還懷著小孩兒呢，就要思慮這麼多。」太后再次開口，語氣沒有什麼波動。

皇上聽到這話，心中更加內疚，忙道：「日後，兒臣定當多看顧她一些。」

得到皇上這句話，太后心裡就放心了，面上卻道：「她既然身為郡主，就必須為皇室分憂解勞，這事本就是她該做的，皇上你就算不補償她，她也怨不得你。」

皇上笑了笑，道：「母后，您就別用話激兒臣了，這事的確是兒臣做得不厚道，日後有機會，兒臣肯定會補償平樂的；不過讓母后替兒臣擔了平樂的怨氣，兒臣著實不孝。」

「這點事，哀家替你擔了又如何？哀家現在老了，只想看到家國安寧、兒孫幸福。」

兩人又說了會兒話，皇上才離去。

寧汐一出宮就看到舒恒正站在馬車前望著宮門口。

看到寧汐出來，他忙迎了上去，扶起寧汐的手往回走。

等兩人都坐到馬車上了，寧汐見舒恒還不開口，自己反而有些急了。「欸，你不問問我，太后和我說了些什麼嗎？」

舒恒笑了笑。他在這個時候離京難免會引起皇上的猜疑，皇上不好開口的事自然是由太后代勞了，他早就猜到太后要說些什麼，不過這些他卻不能說出口，免得寧汐胡思亂想，便道：「有什麼好問的，我猜太后不過是聽說我們要去京郊住上一段時間，叮囑妳照顧好自己身子之類的事。」

寧汐看舒恒一臉笑意，抿了抿嘴，最後還是「嗯」了一聲，然後又道：「我把我懷孕的事告訴太后了。」

舒恒揉了揉寧汐的頭。「這又不是什麼見不得人的事，說了就說了；再說，太后是妳的外祖母，這事告知她是應該的。」

寧汐又點了點頭。

第二日，舒恒一行人收拾好東西去了京郊。

皇上離開延壽宮後並沒有回乾清宮，而是不知不覺走到了安然宮，到了殿門口，皇上才發現自己想著事情竟然走到此處。

皇上抬頭靜靜地看著宮門口破落的牌匾，這裡，他似乎很久沒來過了，雲娘剛搬來那兩年，他還常常來偷看她，可是從什麼時候開始，他便再沒有來過了呢？

「雲娘……」皇上呢喃一聲。又有多久，他沒有叫過這個名字了呢？年少時初見的驚豔、曾經為她猛烈跳動過的心，似乎都是幾輩子前的事了，當初他那麼喜歡的人，不顧髮妻的反對，執意將其納入府中，還以為這份喜愛會到天荒地老，最終還是敵不過時間。這麼多年過去了，當初的愛與恨都已漸漸淡化，有時候他甚至忘了這個女子的存在。

皇上本想轉身離開，可是想了想，還是踏進了安然宮。這麼多年，該去看看她了。

宮內，雲娘正站在桌前練字，聽見腳步聲，頭也不抬地道：「啞娘，妳回來啦？給我端杯水過來。」半晌，沒聽到啞娘靠近的聲音，雲娘皺了皺眉，抬起頭來。「妳怎——」話還未全部說出口就停了下來，雲娘愣了愣，掩住眼中的驚訝後，上前給皇上行了個禮。「沒想到皇上會過來，罪妾有失遠迎了。」平靜的聲音，絲毫沒有見到皇上的喜悅。

皇上聽到這熟悉的聲音，恍若當年，彷彿她還是那個自己喜歡的女子，而自己還是那個滿心寵愛她的太子。愣了許久，他才叫雲娘起身。

雲娘起身後就靜靜站在一旁，皇上沒有開口，她也不問皇上的來意。

皇上不由得打量起雲娘，這個他年少時愛慕的女子。記得很多年前，他還是太子的時候，他們之間的相處似乎也是這樣，只要自己不說話，她絕對不會開口多說一句，那時他以為是雲娘性子恬靜、喜歡安靜，可是很多年後，他才知道自己的想法大錯特錯；雲娘根本不是他認知中那種內斂的性子，相反地，她張揚、她明媚，甚至，她敢將利爪伸向皇后。他現在都不知道她在自己面前表現的恬靜究竟是為了討他歡心，還是說，她根本不在意他？

「妳現在這個樣子，又是在朕面前裝模作樣嗎？」皇上忍不住問了句。

雲娘半晌才反應過來皇上口中的裝模作樣是什麼意思，輕聲答道：「罪妾在皇上面前從未裝過什麼樣子，罪妾和您相處時的樣子，就是罪妾在您面前最真實的樣子。」

皇上自嘲地笑了一聲。意思是說，在他面前，她無法表露出自己最真實的感情嗎？

皇上看到桌上的字帖，繞到了桌前，拿起桌上的那幅字，淡淡道：「朕記得妳以前最討厭做這種事，怎麼現在又喜歡上了？」還記得，以前她若惹了自己不高興，他就喜歡罰她寫字，練字的時候雲娘露出的那副苦惱模樣，大概是她在自己面前最真的表情了。

聞言，雲娘的嘴角揚起一絲淺笑。「罪妾在這裡待了這麼多年，總要給自己找點事做。以前罪妾總嫌練字過於枯燥，可是現在卻喜歡上練字時的平靜和怡然自得。」

皇上從未見雲娘在他面前如此坦誠過，不禁半調侃、半認真地說道：「朕還以為妳會說，不過寫著玩玩，說不上喜歡。」

雲娘的嘴角露出一絲淺笑。若是以前，她的確會這樣說，那時的她，抗拒皇上試探她的心，抗拒皇上瞭解她的一切，害怕皇上會觸碰到她心底的秘密；可如今，她進了這如同冷宮的安然宮，皇上對她也沒有了當初那般的熱情，她自然能做到坦然。

皇上環視了一遍殿內的環境，這裡比起其他妃嬪宮裡差得不是一星半點兒，皇上心中一動，不由得問道：「妳可曾恨朕？恨朕將妳困在這一方天地中，恨朕將妳與世隔絕，甚至抹去了妳的存在？」

雲娘聞言，眼中帶著些許的不解，輕聲道：「罪妾記得皇上當時可是恨極了罪妾，如今為何又這般問？」頓了頓，又道：「剛開始的時候自然是恨過的，這裡的生活那麼孤寂，沒有人陪罪妾說話，甚至沒有以前那些討厭的妃嬪上門來嘲諷，那時候罪妾就想，就算是有個人來罵罵罪妾也好過罪妾一個人待在這兒來得好。最痛苦的時候，罪妾甚至會想，皇上您為何不給罪妾一個痛快？哪怕是殺了罪妾也好過罪妾在這裡煎熬。」雲娘的眼神有些恍惚，回憶起剛開始搬到安然宮的日子，她仍然忍不住有些後怕。

皇上見狀，心裡有些苦澀，想要開口說話卻又被雲娘打斷了。

「不過在這兒生活了幾年後，罪妾身上的那股浮躁之氣慢慢沈澱了下來，甚至越來越喜歡這裡平靜的生活，這裡沒有爭鬥，沒有骯髒事，其實，也挺好的。」雲娘嘴角露出一絲恬淡的笑容，不是在敷衍皇上，而是最真的笑容。

聽到這話，皇上愣了愣。現在的雲娘似乎和以前真的不一樣了，這樣想著，皇上脫口問出心中多年的疑問。「朕到現在都不明白，當年妳為何要下藥謀害皇后肚中的孩子？妳明知朕對妳的心意，知道就算皇后生下孩子也根本威脅不了妳的地位，妳又何必多此一舉？」

聽到這話，雲娘眼神一黯。所有人都認為那日她想謀害皇后肚中的孩子，卻忘了當日在場的還有另一個女子——舒夫人；她真正想害的人不是皇后，而是舒夫人，只是宮女弄錯了順序，將下藥的茶杯端到了皇后面前。當年，她覺得自己怎麼這麼倒楣，竟然因為宮女的失誤，害得自己身敗名裂，害得家人被流放，可如今想來，她卻無比慶幸，還好那日舒夫人沒事，否則，如今偌大的忠毅侯府便沒人繼承了。

「往事已逝，皇上又何必追問？終究是臣妾做錯了。」她不會告訴皇上真相的，因為她對前忠毅侯的情意是她年少時最珍貴的回憶；但她知道，對前忠毅侯而言，她的情意卻是極為危險的東西，畢竟有什麼是比自己的妃子愛上了自己的臣子更讓帝王惱火的事呢？

皇上看了雲娘良久，最後才緩緩道：「妳變了，以前的妳從不輕易認錯的，如今看來，妳的確不再是朕認識的那個雲娘了。」

雲娘低笑一聲。「皇上也不再是雲娘記憶中的那個年少太子了。」

年輕時的皇上，待人溫和有禮，雖然比起同齡人要成熟得多，卻遠遠不如今日這般懂得隱藏自己的感情，特別是在自己面前，他更是不掩飾自己的心意。

她永遠都記得自己認罪時，面前這個人的悲憤以及對她深深的失望和不甘。她不是不知道他對自己的情意，只是，那都不是她想要的；她想要的東西早在他娶了自己後，便成了天邊的雲彩，可望而不可及。她不愛他，甚至可以說，她恨他，恨他憑藉自己的地位權勢娶了自己，讓自己和那人終生再無可能。

皇上自嘲一聲。這麼多年過去，早已物是人非，他也好，雲娘也罷，誰都不會再是當年的那個人。「可想出去？」

雲娘一怔，看向皇上，不知他這話是什麼意思。

皇上揉了揉自己的鼻梁。當年雲娘犯的罪雖然嚴重，但她在這形同冷宮的地方生活了這麼多年，也算是為自己贖夠了罪，現在放她出去，就算是皇后也不能說什麼。

「想離開這兒嗎？」皇上又說了一遍。

「去哪兒？」雲娘下意識地接了一句。

「自然是恢復妳的身分、恢復妳的自由，讓妳搬去其他殿中居住。」

聞言，雲娘垂下眼眸，輕聲道：「不必了，罪妾在這兒住了多年，已經習慣了這裡平靜的日子，現在出去，怕是無法適應外面嘈雜的生活。」

反正都不能出宮，在哪兒不是一樣嗎？至少在這裡，她還能免去宮中其他妃嬪的打擾，她可以毫無忌憚地回憶那個人。

皇上沒想到雲娘竟然會拒絕自己，一時面子上有些過不去，忍不住又問道：「難道妳不想出去看看周王嗎？」

「周王？」雲娘低喃一句，突然想起之前寧汐說的，她才反應過來周王就是大皇子，於是低聲道：「十八年未曾見過了，又有什麼好想的？」

皇上眯了眯眼睛。「如果有一日他犯了比妳當年還嚴重的罪名，妳可會後悔現在沒有出去，無法護住他？」

雲娘驀地看向皇上，不知他這是什麼意思，莫不是周王做了什麼？咬了咬唇，雲娘斟酌片刻，最後還是說道：「如果真有那麼一天，那也是周王自己的錯，罪妾一個無權無勢的女子又能護他幾分？如果皇上真的寬恕了罪妾的罪行，還請皇上放過罪妾的家人，他們都是受罪妾牽連才會被流放，他們本身並沒有犯錯。」

聽到這個回答，皇上冷笑了一聲。「朕要收回之前那句『妳變了』的話，這麼多年過去了，妳還是這般無情自私，甚至自私到連自己兒子都可以不管不問。」就像當初不管他多疼她、多寵她，她還是只愛自己。

雲娘自嘲一聲。「大概吧，罪妾本來就不是情深之人，如果皇上覺得罪妾對不住周王、同情周王，那皇上就多看顧他幾分吧！」

雲娘話音剛落，皇上就拂袖走了出去。看著皇上離去的背影，雲娘輕輕閉上了眼睛，蹲了下去。自己無情又自私嗎？也許吧！她本就是薄情的女子，心中那唯一的感情，悉數給了那個人，自從碰到他後，自己的心再分不出一絲一毫給別人了，她的丈夫也好，她的兒子也罷，她都沒有太多的感情，她的眼裡、心裡只有那一個人，再容不下他人……

寧汐等人剛到莊子上安頓好，許逸凡一家人就過來了。

小湯圓見到寧汐就朝她撲了過去，不過半途被舒恒攔住了，小湯圓沒如願撲進自己姨母的懷裡，也不鬧脾氣，兩隻小手緊緊抱住舒恒的脖子，在舒恒懷裡格格直笑。

或許是因為寧汐懷了孩子的原因，舒恒今日對小湯圓格外心軟，任他在自己懷裡胡鬧，許逸凡見了都直呼奇怪。

小湯圓在舒恒懷裡鬧夠了，奶聲奶氣地說道：「三姨父，湯圓可不可以和三姨母玩啊？」

舒恒將小湯圓放下來，蹲下身揉了揉他的頭，輕聲道：「當然可以，不過三姨母肚子裡懷了小寶寶，你不能讓三姨母抱哦。」

聽到這話，寧嫵最先激動起來，拉著寧汐的手道：「好啊妳，竟然連懷孕這麼大的事都不告訴我這個大姊，我就說舒恒和許逸凡不同，怎麼也得空來莊子上住了？原來是這樣。怎麼？難道嫁了人就不和我這個姊姊親了？連這等大事都不與我說。」

聽到這話的許逸凡忍不住瞪了寧嫵一眼。什麼叫和他不同，難道他很閒嗎？他帶他們母子過來不也是為了討她歡心嗎？

可惜，寧嫵根本沒看許逸凡一眼，自然不知道許逸凡內心的抗議。

寧汐瞋了寧嫵一眼。「我這不是還來不及告訴妳嗎？就算我嫁人了，我還是和大姊親啊！」

此時小湯圓慢吞吞地走到寧汐面前，好奇地打量寧汐許久，等寧汐回過頭來看著他的時候，他才軟綿綿地說道：「三姨母肚子裡是有了小妹妹嗎？」

聽到這話，寧汐來了興趣，忍不住逗小湯圓，問道：「湯圓，你為什麼說是小妹妹呢？難道你不喜歡弟弟嗎？」

聽到這話，小湯圓一邊搖頭一邊擺手道：「不要弟弟，要妹妹。爹爹說了，妹妹聽話，弟弟不聽話。」

聽到這話，寧嫵忍不住瞪了許逸凡一眼。難怪最近小湯圓天天跟她鬧著要妹妹，原來是某人教唆的。

許逸凡收到寧嫵的白眼，眼神心虛地往一旁飄去，揉了揉鼻子。哎喲，傻兒子啊，你怎麼就把你爹給出賣了？你知不知道你這樣一摻和，不知道什麼時候你娘才會給你生個妹妹出來了。

寧汐聽到這話大概也明白了為什麼小湯圓會說出這番話，掩嘴笑了起來。「其實小湯圓這麼大了，大姊姊妳該考慮再要一個了。」

寧嫵戳了戳寧汐的頭。「現在竟然管到姊姊身上來了。」

寧汐吐了吐舌。「我這也是為了妳著想啊！妳想，安國公府就大姊夫一個獨子，子嗣不豐，妳自然要為安國公府開枝散葉啊！」

聞言，許逸凡感激地看了寧汐一眼，然後又期待地看了寧嫵一眼，心裡喊著：聽聽妳妹妹說的，多明理啊！

寧嫵笑了笑。她不像許逸凡想得那麼簡單，她知道寧汐這是在勸她，多給許逸凡生兩個孩子，這樣安國公夫人就算想給許逸凡納妾也找不到藉口，寧嫵感激地看了寧汐一眼。這個道理她不是不懂，只是之前小湯圓還小，她覺得自己沒那個精力去照顧兩個孩子，才一直往後推，現在小湯圓大了，可以考慮要下一個孩子了；當然，這件事她沒有跟許逸凡說，否則依許逸凡的性子不知道會得意成什麼模樣。

許逸凡一家人回去後，舒恒又帶著寧汐去莊子外面轉了一圈。

走在羊腸小徑上，傍晚的風拂在寧汐臉上，帶著絲絲寒意和青草的味道，寧汐用力吸了一大口，嘴角露出一個滿足的笑容。有幾個小孩追逐著從寧汐身邊跑過，舒恒小心地扶著她，以防她被小孩撞倒，等那些小孩歡笑著跑開後，寧汐摸了摸自己還不顯懷的肚子。

舒恒見狀，嘴角也露出一個淺笑，輕聲問道：「在想什麼呢？」

寧汐仰頭看著舒恒，眼圈一轉，故作苦惱地道：「我在想，如果以後生個閨女像你一樣是個面無表情的可怎麼辦？怕是賠再多嫁妝也嫁不出去啊！」

舒恒收起笑容，一副嚴厲的模樣道：「我的女兒，還輪不到那些臭小子來評頭論足；再說，我的女兒只有挑別人的分，哪個男人敢嫌棄她不好，本侯就讓他去邊塞嚐嚐什麼叫苦日子。」

寧汐見舒恒這副嚴肅的模樣，心裡暗暗咋舌。這是威脅嗎？而且她怎麼感覺日後若自己真生出個像舒恒的女兒來，這人真的會這樣做呢？算了，為了舒恒的面子著想，她還是生個兒子吧！「好啦，我說著玩的，你幹麼當真啊？我剛剛只是在想，以後我們的孩子也能和那群孩子一樣，快快樂樂地生活該多好。」寧汐戳了戳舒恒的胸膛，如是說道。

舒恒繼續牽著寧汐的手往前走，半晌，才道：「會的。」

寧汐馬上反應過來舒恒的意思，嘴角微微翹起。或許是因為經歷了前世之事，他們兩人對這個孩子都沒有太多奢望，唯一期望的便是他能夠平安出生、健康成長。

兩人回到莊子的時候，天已經黑了，舒母坐在正廳裡等著他們，見他們平安回來，心裡才鬆了一口氣，忍不住說了兩句。「知道你們年輕人坐不住，我也不過分苛求兒媳一定要在府裡老老實實待著，只是傍晚露氣重，兒媳還是少出去為好，實在想走走，就在莊子裡轉轉，有丫鬟們看著，我也安心。」

寧汐知道舒母是在關心自己，自然不會反對，乖順地應了。等舒母走後，她和舒恒對視一笑。期待這個孩子降生的可不只有他們兩人呢！

寧汐低頭看了眼自己的肚子，心裡默唸著：孩子，你可要平平安安出生啊！你知不知道，有多少人期待著你的降臨呢！

寧汐在莊子上待了幾天，吃的都是莊子上自家產的蔬菜，胃口竟然好了許多，舒恒見了自然也歡喜。

雖然舒恒名義上是向皇上告了假的，可偶爾還是有人來向他稟告朝中瑣事，以免舒恒一個月後回到朝堂上兩眼一摸瞎，什麼都不知道。

每當有人來給舒恒稟告朝務的時候，就是寧汐一個人無聊的時候。

寧汐躺在榻上，一隻手無聊地給小溪順著毛。小溪之前被舒恒教訓了兩頓，再不敢往寧汐身上撲了，現在躺在寧汐身邊，安逸地享受寧汐的撫摸。

突然，峨蕊拉開簾子道：「小姐，有人來看您了。」

寧汐皺了皺眉，實在想不出這個時候誰會來看她，便道：「誰啊？」

「除了我，還會有誰啊？」清脆的聲音在外間響起，很快地，聲音的主人就走了進來，原來是楊玲瓏。

寧汐眼睛一亮，笑著坐起身來。「表姊，妳怎麼來了？」

楊玲瓏走到寧汐面前，峨蕊忙拿了張椅子放在楊玲瓏身後，楊玲瓏看了一眼，隨意坐了下來，面對寧汐，似笑非笑地道：「妳個小沒良心的，不聲不響就跑到莊子上來玩耍，都不提前通知我一聲，害我去忠毅侯府撲了個空。」

寧汐有些歉意地說道：「當時走得急了些，所以沒來得及告知大家，是我做事不周。」

「得，今兒也不是來向妳問罪的。」楊玲瓏抽出手帕擦了擦額頭，將目光移到了寧汐的肚子上，嘴角勾起一個戲謔的笑容。「還真懷上啦？」

寧汐的眼角抽了抽。「這事難不成還能有假？」頓了頓，才想起自己並沒有和她說這事，便問道：「妳怎麼知道的？」

楊玲瓏得意一笑。「寧妙告訴我的，所以我今天特意過來看看妳。」

寧汐拉著楊玲瓏的衣袖蹭了蹭頭，撒嬌道：「表姊有心了。」

楊玲瓏推開寧汐的頭，瞪了她一眼。「是比妳這個沒心沒肺的有心多了。」

寧汐不服氣地嘟了嘟嘴。但想到楊玲瓏之前對待于夢賢那些凶殘的手段，又乖乖地閉了嘴。得，這位和她家二姊一樣，都是惹不得的。

兩人又熱火朝天地聊了一會兒後，峨蕊走進來，對楊玲瓏說道：「楊小姐，于公子讓奴婢告訴您一聲，該走了，他在莊子門口等您。」

寧汐一聽到楊玲瓏是和于夢賢一塊兒來的，眼睛發光，忍不住將探究的目光放在楊玲瓏身上。他們之間現在關係這麼好了呀？

楊玲瓏直接忽視寧汐火熱的目光，對峨蕊道：「知道了，去告訴他，我馬上過去。」

等峨蕊一走出去，寧汐就忍不住問道：「這是怎麼一回事啊？雖然你倆之間有婚約，但也不會這麼快關係就這麼好了吧？」她可還記得于夢賢之前見到楊玲瓏的時候，還是跟見到仇人一樣呢！

楊玲瓏抿嘴一笑。「如果不是他帶我過來的，妳覺得我家人會放我過來嗎？至於我和他的關係為什麼這麼好，就恕我無可奉告。」說完楊玲瓏就頭也不回地走了。

寧汐咬了咬唇。最討厭這種說話說一半的人了，楊玲瓏一定是在報復自己沒告訴她懷孕一事。

寧汐在莊子上住了半個多月，肚子也有三個月大了，總算是過了危險期，宮裡的賞賜很快地也下來了。

自然，因為宮裡的賞賜，京中許多人都知道了此事，歐陽玲也不例外。

歐陽玲剛得知這個消息的時候，將手上的銀簪狠狠扎進了梳妝檯裡。

那個女人竟然懷上了舒恒的孩子，憑什麼所有好事都讓她占了？這樣想著，歐陽玲忍不住摸了摸肚子。她嫁來王府也有一段時日了，肚子竟然還沒消息。

「王爺呢？」歐陽玲問身邊的丫鬟。

丫鬟是她嫁來周王府後，周王妃調過來專門負責照顧歐陽玲起居的，名喚春華。

春華在歐陽玲身邊待久了，自然瞭解歐陽玲的性子，聽到歐陽玲語氣不善，便猜到歐陽玲的心情非常不好，支支吾吾地說道：「王爺他、他……」

歐陽玲瞪了春華一眼。「話都說不好了嗎？王爺他怎麼了？」

春華的身子抖了抖，誠惶誠恐地回道：「王爺去王妃那邊了，說是……今日不過來了。」

啪。春華話音還沒落下，歐陽玲就氣得一巴掌拍在了桌上。周王也不是個好的，娶她不過是為了她父親手上的兵力，求她幫忙的時候就來她的院裡，不求她時，絕不會踏進她房門半步。「去把王爺請來。」歐陽玲冷著聲音道。

「可是，天色已經這麼晚了，王爺也許已經歇下了。」春華小聲說道。這個時候去請王爺，怕是會被王妃記恨上，她自是不願。

歐陽玲聞言，嘴角露出一絲冷笑，向春華招了招手。「妳過來。」

見狀，春華的身子忍不住瑟縮了一下，垂著頭慢慢靠近歐陽玲。

歐陽玲嘴角的笑意越發冷酷，待春華靠近後，歐陽玲拔起桌上的銀簪猛地向春華的左臂刺去。

春華咬住嘴唇，不敢叫出聲。這不是她第一次被歐陽玲打了，以前歐陽玲只要不高興，就喜歡用手捏她、用簪子刺她，剛開始，她還會叫，可是她越叫歐陽玲就越興奮，到後來，為了少受苦，她便不敢再叫出聲了，可是身體上的痛楚還是讓她的眼淚像斷了線的珠子一樣落了下來，此刻的歐陽玲在春華看來跟惡魔沒什麼兩樣。

等歐陽玲發洩夠了才收手，她將用來刺春華的銀簪隨手扔到地上，淡淡地道：「表現得不錯，這簪子賞妳了。」

春華強忍著痛楚，撿起那支簪子，謝了歐陽玲的恩典。

歐陽玲攏了攏鬢角，頗為嫌棄地看了眼春華。「下去吧，今晚不用妳過來伺候了。對了，知道什麼話該說、什麼話不該說吧？」

春華捏緊了手中的銀簪，垂下頭，低聲道：「奴婢手上的傷是奴婢自己不小心弄的，與主子無關，主子見了心疼，還特意賞了奴婢一支銀簪。」

歐陽玲聽了滿意地點了點頭，揮揮手。「嗯，下去吧！對了，明兒個一早就去把王爺給本妃請來，我有事要說。」

「是。」應下後，春華迅速退出了房間。

回到偏房後，和春華住同一間房的夏雨見春華左袖上有點點血跡，心裡一驚，連忙走上前來問道：「她又欺負妳了？」

春華抿了抿嘴，低下頭，繞過夏雨，坐到床鋪上，從床頭的小匣子裡拿出一個小藥瓶，輕輕脫掉外衫，挽起衣袖，吃力地用右手給自己的左手上藥。

夏雨沒好氣地搶過春華手上的藥瓶，小心翼翼地給春華抹藥，一邊抹還一邊念叨著。「妳呀，就是太好欺負了，受了氣只知道往肚子裡吞，那位就是看中了妳這點，才敢肆無忌憚地欺負妳，不然，怎麼沒看她欺負別人呢？」

春華咬住嘴唇，半晌才低聲道：「我有什麼辦法？我一個丫鬟，難不成還能指望誰給我作主嗎？反正她只是心情不好的時候才會打我，忍忍也就過去了。」

夏雨恨鐵不成鋼地搖了搖頭。「妳這樣，我都不知道該怎麼說妳了。」頓了頓，夏雨眼眸一轉。「要不妳去和王妃說說，王妃性子良善，定會為妳作主的。」

春華聞言，忙轉頭拉住夏雨，因動作幅度太大，不小心牽動到了傷口，又是一陣急促的呼吸，眉頭越皺越深，等陣痛過去後，才道：「別，這種小事就別麻煩王妃了，而且，如果王妃訓斥了她，她最後還是會找我出氣，遭罪的還是我。」

夏雨一想也是這個理，無奈地嘆了口氣。「那妳怎麼辦？總不能一直這樣下去吧？」

「再過一個月，我哥哥攢夠了錢就能把我贖出去，到時我就不會再受苦了，再忍忍就好。」說起這事，春華眼裡滿是期待。

第二天一大早，春華就去周王妃的院子裡等著，在受了王妃身邊丫鬟的無數個白眼後，終於將周王請到了歐陽玲院裡。

周王一大早被請到歐陽玲的院子裡，連早膳都沒用，心情頗為不悅，一到歐陽玲的院子裡就不耐煩地問道：「一大早把我叫來，妳到底有什麼事？」

歐陽玲本來心情就不好，聽到周王這種語氣，也沒好氣地回道：「給我準備車馬，我要去京郊。」

周王瞇了瞇眼。「妳去那兒幹麼？」

歐陽玲說道：「自然是去看我姨母，順便幫你打探一下舒恒那邊的消息。」

周王慢悠悠地回道：「我看妳給我打探消息是假，想去給平樂使絆子才是真吧？」說完轉頭看向歐陽玲，嘴角勾起一絲極為溫和的笑容，這笑容細看下竟然和李煜有三分相似，只聽周王輕聲說道：「平樂懷孕，妳怕是氣急了吧？」

歐陽玲直覺今日的周王與往日有些不同，但又說不出哪裡不同，皺了皺眉，諷刺道：「該不會你也要維護你那個小表妹吧？」

「呵。」周王輕笑一聲，毫不在意地說道：「對我來說，平樂不過是一個有著血緣關係的陌生人罷了，維護她？真是笑話。」

「既然如此，你就別管我和她之間的恩怨。」

「妳和她之間的恩怨？呵。」說著周王站了起來，走到歐陽玲身邊，輕佻地勾起她的下巴，手上的勁不小，卻用非常溫柔的聲音對她說道：「我的愛妃，妳是否忘了妳已經嫁與本王了呢？妳再為了別的男人爭風吃醋，本王可是會生氣的哦！」

歐陽玲往後退了退，臉頰卻逃不開周王雙手的桎梏，這樣的周王讓她覺得有些害怕，但嘴上仍然不甘地說道：「你求娶我不過是為了我父親手上的東西，憑什麼管我？」

「憑什麼？自然憑我是妳的丈夫。妳父親看中我，不過是看中我的野心，自己又沒有實現野心的能力罷了，妳真覺得我會甘心做你們的傀儡，讓妳父親做背後的真正皇帝嗎？」

歐陽玲眼中滿是震驚。「你在胡說些什麼？父親不過是想為母親報仇、為四舅舅報仇，他從來沒想過要當什麼暗地裡的皇帝。」

「妳真以為本王是傻子，會被你們這些花言巧語所矇騙嗎？現在妳哪兒也別想去，乖乖地待在府裡，做我和妳父親之間的聯絡人就好了，妳父親不相信我這個女婿，總該相信自己的女兒吧？」話音落下才放開歐陽玲。

歐陽玲難以置信地盯著周王，氣得渾身發抖。「你這樣待我，還想要我父親幫你？妄想！」

周王譏笑兩聲。「說清楚，究竟是誰幫誰啊？如果沒有我，妳父親能及時掌握朝中大事嗎？不過互相利用罷了。至於妳，別忘了，我們可是拴在一條繩上的螞蚱，不幫，妳敢嗎？成不了事，我大不了被永生圈禁，而妳，也會陪著我，看平樂在忠毅侯府過得有多幸福。」周王又靠近了歐陽玲一些，就像情人之間一樣，在她耳邊親暱地說：「那樣，妳甘心嗎？」

歐陽玲咬緊了牙，一字一頓地道：「自然不甘心。」要她看著寧汐幸福生活，比讓她自己受凌遲還要痛苦。

「所以，我的愛妃，乖乖待在府裡，別想著出府去尋誰的晦氣，靜靜等著做妳的皇后就是了，到時候，妳想怎麼折騰平樂就怎麼折騰她，為夫絕對不會阻止妳。」

歐陽玲點了點頭，然後看向周王，冷著臉道：「你可別忘了你的承諾，皇后之位是我的。」

「自然，妳父親幫了本王這麼大的忙，皇后之位除了妳，還有誰能坐呢？」嘴上雖然這樣說著，周王眼中卻閃爍著某種晦暗不明的神色。真是蠢貨，這麼好哄，還想當皇后？他會讓一個隨時可能給他戴綠帽的人當皇后嗎？等他登基後，第一個要清理的就是歐陽玲和她父親；不過現在，他還需要前四駙馬手上的兵力，不能和歐陽玲撕破臉，如果現在歐陽玲幫他做好傳話人，別出去給他闖禍，日後他還可以考慮留歐陽玲一條性命。

舒恒在莊子上安逸地陪寧汐住了大半個月，李煜卻在一大早被宮裡的內侍叫醒，說是皇上急宣。

李煜起身的時候，寧妙也被驚醒了。寧妙坐起身來，看丫鬟們正在服侍李煜穿戴，不由得揉了揉眼睛。她沒看錯吧？自從被皇上禁足後他就開始習慣賴床了，沒到日上三竿，他絕對不捨得離開被子，今日怎麼這麼早就起身了？天都還沒亮呢！「王爺怎這麼早就起了？」

聽到寧妙的聲音，李煜才發現寧妙醒了，回過頭看寧妙一臉迷糊的樣子，輕笑一聲，回道：「父皇召我進宮，妳睡吧！」

「嗯。」寧妙又重新躺下，睡了過去。

李煜看寧妙這沒心沒肺的模樣，不由得笑著搖了搖頭。

等李煜走後，本來還躺在床上熟睡的寧妙驀地睜開眼睛，眼裡一片清明，哪還有半點迷茫的樣子。

本來在收拾屋子的小丫鬟看寧妙突然坐了起來，心裡一驚，低低喊了一聲。

寧妙淡淡掃了她一眼，道：「去把吳嬤嬤請來。」

等吳嬤嬤過來後，寧妙已經穿好外衫，坐在梳妝檯前了。

見屋中沒有其他丫鬟，吳嬤嬤便猜到寧妙是有事要吩咐，忙走到寧妙跟前，問道：「王妃，可是有事需要奴婢去做？」

寧妙頷首，道：「麻煩嬤嬤去京郊一趟，告訴忠毅侯，今早皇上匆匆召了王爺進宮。」

聞言，吳嬤嬤眼中閃過一絲不解，卻仍然恭敬地應了。

寧妙看著吳嬤嬤離開的背影，陷入了沈思。皇上這麼急著召已經被禁足的李煜進宮，肯定是發生了什麼大事，雖然她不知道是什麼事，但知會舒恒一聲總歸是好的。

李煜匆匆忙忙進了御書房，看到皇上眉頭緊鎖，手中用力地捏著一封密函，李煜想到最近能讓皇上心煩的大概只有前四駙馬那件事，心裡一緊，莫不是那邊有動作了？

聽到請安聲，皇上才抬起頭來，看到李煜，眉頭鬆了些，也不繞圈子，單刀直入道：「朕的密探來報，江南那邊最近有人大肆造謠抹黑皇家。」

李煜心中一凜。如果只是尋常的謠言，父皇絕對不會讓人在這入春的天氣裡都忍不住打寒顫。

「有人傳言，說朕這皇位，是朕利用中宮皇子的身分從當年的四皇子手上奪來的，還說朕為了掩人耳目，特意編造了乾元二年的謊言，以造反的名義將四皇子和支持四皇子的忠臣屠殺殆盡。」

聞言，李煜眼中閃過一絲了然。乾元二年的事，早被皇上下令不准再談論，就連他，知道的內情都不多，而這造謠的人遠在江南又怎麼會如此清楚當年之事？想到這兒，李煜抬頭，道：「父皇可有追查這些謠言的來源？」

皇上收起臉上的冷笑，沈聲道：「自然查了，只是查到一半線索就突然斷了，躲在暗處的那個人可不會這麼輕易露面。」

「可是這些謠言針對得太明顯，就算揪不出背後黑手，也能輕易猜到謀劃這件事之人的身分。」李煜笑著開口。做這種事的除了當年僥倖活下來的四駙馬，還能有誰？只是不知道自己那個大哥有沒有摻和進去？

皇上看著李煜，知道他已經猜到幕後者的身分，嘴角露出一個欣慰的笑容。雖然皇后不是他最喜愛的女子，但她為自己生的這個兒子卻是極好的，至少在政事上從未讓他失望過，只是身為皇室子弟，似乎過於重感情了些。

「對了，謠言還提到了舒家。」說到這兒，皇上頓了頓，暗中打量著李煜的神色變化，見其神色並無波動，才繼續道：「他們說當年舒氏旁族實在看不慣朕的小人行徑，才出手相助，活脫脫將舒氏從反賊變成了大義之家，還說朕明面上大度放過了舒氏旁支，暗中卻派暗衛將舒家上下屠盡。」說完，皇上直直地盯著李煜，道：「這事你怎麼看？你覺得和舒恒有關係嗎？」

李煜知道自己的父皇猜忌舒家，如果他此刻為舒恒說話定會招來父皇的不悅，可是不替舒恒說話，他又過不去心裡那道坎，斟酌片刻，才緩緩開口。「且不說舒恒一直在京城從未出過京，就算他真的跟前四駙馬有牽連，依他的聰明才智，您覺得他會特意為舒氏旁族說話，惹來您的猜忌嗎？」

皇上點了點頭。雖然對舒恒他做不到完全信任，但是舒恒的才智他是認同的，舒恒絕對不會這麼傻得引火燒身，這也是他講這些話給李煜聽的原因，如果他真的懷疑舒恒，李煜絕對聽不到這番話。

「父皇叫兒臣進宮可是想讓兒臣前往江南，調查清楚前四駙馬的據點？」李煜又問道。

皇上點了點頭。本來這種調查一向是舒恒在做的，可是姑且不說舒恒現在還是告假狀態，就算舒恒得閒，他也不會讓舒恒去做，畢竟此事茲事體大，一個不慎就可能顛覆朝綱。

李煜見皇上點頭後，暗地裡皺了皺眉。他出京是沒問題，可是現下舒恒告假，朝中豈不是沒人能盯著大哥了？如果大哥作怪，他和舒恒都鞭長莫及，出了什麼亂子該如何是好？

或許是看出李煜的憂慮，皇上揚了揚眉。「朕知道你在擔心什麼，你以為他娶了歐陽玲，朕不會對他生疑嗎？朕會注意著他的。」

李煜的眼睛微微張開了些。他沒想到皇上會大大方方地將心中的想法告訴他，皇上雖然是他的父親，但畢竟是帝王，有些事就算是兒子也不能講的，尤其是懷疑自己子嗣這種並不算光彩的事，所以他此刻才會如此驚訝。

皇上笑道：「這下該放心了吧？可以安心去江南替朕做事了吧？」

李煜忙應了。

在回府的路上，李煜還是覺得不妥。雖然皇上說了會注意大哥的動向，但畢竟皇上住在深宮，不可能面面俱到，而且大哥是父皇的兒子，父皇難免會心軟，為了保險起見，還是通知少桓回來較好，雖然這對少桓和平樂挺抱歉的。

吳嬤嬤到寧汐府上時，寧汐和舒恒兩人都還沒起身，一是因為吳嬤嬤過來得早；其次是因為寧汐自從懷孕後就越發嗜睡，舒恒害怕自己起身的時候會驚醒她，所以就算舒恒醒了，他也會待在床上陪寧汐。

吳嬤嬤琢磨著這事不算太急，便沒有讓人去請舒恒。

直到寧汐和舒恒兩人起身後才知道吳嬤嬤過來了，寧汐一聽是寧妙身邊的人過來了，匆忙穿戴好出來見客，舒恒在一旁小心翼翼地照看著。

見到吳嬤嬤，寧汐笑嘻嘻地問道：「我二姊姊最近過得好嗎？」

吳嬤嬤估計自己一會兒回府，寧妙定會問起寧汐的情況，先把寧汐細細打量了一番，見其面色紅潤，神情安逸，眉眼間也透著幸福的味道，在心裡暗暗點頭，看來忠毅侯把平樂郡主照顧得很好，然後才回答道：「王妃過得很好，郡主您現在懷著身子，主子請您不必掛念她。」吳嬤嬤畢竟出身後宮，客套話張口就來。

寧汐認真地點了點頭，然後又說道：「嬤嬤過來是二姊姊有什麼事找我嗎？」

吳嬤嬤笑道：「王妃心裡自是極為關心郡主的，但老奴這次過來是有事要與侯爺說。」

本來一門心思在寧汐身上的舒恒聞言看向吳嬤嬤，皺了皺眉，心想賢王妃找他能有什麼事？舒恒心中的疑問卻被寧汐搶先問出了口。

「二姊姊找夫君能有什麼事？」

吳嬤嬤心想，畢竟是關係朝堂的事，便看了眼四周，欲言又止。

舒恒馬上明白了吳嬤嬤的意思，將一眾丫鬟遣了下去。

等丫鬟們離開後，吳嬤嬤才開口。「王妃叫老奴來知會侯爺一聲，今日皇上一大早就將王爺請進了皇宮。」

「沒了？」等了半晌都沒聽到後半句的寧汐忍不住問道。

吳嬤嬤笑了笑，道：「就只有這一句話。」

舒恒眼中閃過一絲凌厲。李煜還在禁足，皇上竟然毫不避諱地直接召他入宮，究竟朝中發生了什麼事？更重要的是，他這邊一點消息都沒得到。他知道寧妙也是想通了其中的曲折，才特意派人來提醒他，於是舒恒誠懇地向吳嬤嬤表達了自己對寧妙的謝意。

寧汐卻聽得雲裡霧裡的，等吳嬤嬤走了，拉了拉舒恒的衣袖。「二姊姊這是什麼意思啊？我怎麼沒聽懂？」

舒恒笑了笑，輕吻了一下寧汐的額頭，道：「妳有個好姊姊。」如果不是看在寧汐的面上，寧妙又怎麼會向他透露這些訊息。

寧汐皺了皺眉。她當然知道自己的姊姊好，不過，這跟吳嬤嬤剛剛那句話有什麼關係？皇上召賢王進宮有什麼不對嗎？她怎麼想不通呢？難道真的是一孕傻三年？

舒恒見寧汐一副百思不得其解的模樣，寵溺地搖了搖頭，耐心地將其中寧汐想不通的地方講給寧汐聽，寧汐這才反應過來，最後還忍不住敲了敲自己的頭。她似乎真的變笨了好多。

吳嬤嬤走後沒多久，李煜本人就過來了，這時丫鬟正在擺膳，舒恒有些歉意地看了寧汐一眼，寧汐嘟了嘟嘴表示自己的不滿後，就放舒恒離開了。

寧汐在峨蕊的伺候下吃飽喝足，伸手打了個哈欠，又有點想睡了，便讓峨蕊扶著進屋歇下。等她睡醒的時候舒恒已經回了房裡，正坐在一旁守著她。

舒恒俯下身，摸了摸寧汐的頭，輕笑道：「睡醒了嗎？」

寧汐「嗯」了一聲坐起身來，道：「表哥已經走了？」

舒恒點了點頭，伺候著寧汐穿衣、洗漱，等把寧汐收拾好了，兩人又如往常一樣去院子裡散步。

「我今晚想吃羊肉湯。」寧汐雙手抱著舒恒的胳膊，帶著些許撒嬌的語氣說道。

舒恒嘴角含笑應了。

寧汐見狀得寸進尺道：「我還想吃春捲、煎餅、烤肉，還有餃子和銀絲卷。」

聽到寧汐嘴裡冒出這麼多食物，舒恒輕笑起來，捏了捏寧汐的手。「好，都依妳，這兩天就讓廚房挨個兒做來給妳嚐個遍。」

聞言，寧汐嘴角的笑容更加明豔，滿足地摸了摸自己的肚子。自從懷了這個孩子，她似乎比以前貪吃多了，該不會自己懷了個小吃貨吧？可是肚子還是不太明顯，這裡真的孕育了一個生命嗎？

「妳不問我李煜和我說了些什麼嗎？」舒恒突然問道。

寧汐愣了愣，輕輕地回道：「沒什麼好問的啊！」頓了頓，又說：「以前我總喜歡事事過問、面面俱到，總害怕事情的發展會脫離自己的掌心，可是現在懷了這個孩子我才發現，我和上一世還是一樣，還是那麼懶惰、眼界太小，我現在只想生下這個孩子，將他撫養長大，我們一家人待在一塊兒就好。」

寧汐的神情柔和了不少。也許這就是母親吧，不管以前有多好強，只要有了孩子，所求不過是孩子健康成長。

舒恒拉起寧汐的手在嘴角輕吻。「我們會一直在一起的。」

「以後會很忙了是嗎？」半晌，寧汐才低聲問道，心裡多少還是有些低落。

舒恒看了後，心裡嘆了一口氣，將寧汐攬進懷裡。「現在我還能再陪妳一段時間，就算以後忙起來我也會儘量抽空回來陪妳用膳的。」他承諾著。

第二十章

舒恒口中的一段時間如白駒過隙，一晃就過去了。舒恒的假結束了，自是要回朝，本來舒恒看寧汐挺喜歡京郊的生活，想將寧汐和舒母留下來，有舒母照顧寧汐，他也放心，可是寧汐卻說她想念英國公府的親人了，便跟著舒恒一道回了京。

一回到京中，舒恒就忙了起來，不過如他所說，再怎麼忙，他還是會陪寧汐用膳；除了見到舒恒的時間少了些，寧汐倒沒覺得這樣的生活和在京郊時有什麼不同。

這其間，寧家幾個姊妹還被許氏一道叫回去過英國公府，原來是寧顏的婚事訂下來了，對方是一個翰林之子，雖然身分不高，但身家清白，父母都是知書達禮的人，寧顏現在性子不似小時候刁蠻，想來嫁去夫家也能和夫君琴瑟和鳴。

聽說這婚事是許氏為寧顏訂的，自從寧汐和大房的兩個女兒出嫁後，一直都是寧顏在許氏面前盡孝，許氏也樂得給寧顏找個好親事。

剛訂下這門親事的時候，小秦氏和大秦氏都頗為不滿，在老英國公面前鬧了幾回，最後還是被寧顏給勸息了；不得不說，寧顏在許氏的教導下，性子好了不少。

而寧汐也難得見到了寧巧，饒是寧巧畫了個精緻的妝容，頭上戴滿了朱釵，還是難掩眉間的疲倦和辛苦，看來她在郡王府過得並不好。寧汐雖然看出了寧巧的艱難，卻沒點明。她一早就說了，寧巧的事她不會再插手，而且人各有各的過法，現在她點出寧巧的處境，說不定人家寧巧還不樂意呢！

寧顏仍是不待見寧巧，連招呼都不願打一個，寧汐看見心想這孩子如今也忒實誠了點，竟然連樣子都懶得裝，不過也許日後的夫家就喜歡她這個樣子呢！反正這不是她該操心的事，她現在只需要負責把肚中的寶寶養得健健康康的就好了。

從英國公府出來後，寧汐又被寧妙請到了賢王府裡。本來寧妙也叫了寧嫵的，可是寧嫵急著回家看孩子，所以寧汐剛上了寧妙的馬車就先被寧妙教育了一頓，說什麼讓她以後絕對不能有了孩子忘了姊妹。寧汐揉了揉鼻頭，反正她鬥不過自家二姊，乖乖聽著就是了。

到了賢王府，寧汐才知道賢王去了江南，難怪自己二姊最近過得特別滋潤，敢情是山中無老虎，猴子稱大王啊！

寧妙聽到寧汐這番揶揄，自是免不了一陣嬌斥。

寧汐到賢王府不久，許華裳就過來請了一次安，還帶著自己的弟弟，兩人看起來乖順不少，請安的時候也頗懂禮數。寧汐不由得向寧妙眨了眨眼，手段不賴嘛！

寧妙淡定地收回目光，嘴角含笑。對於許華裳，寧妙還真沒費什麼神，之前許家還沒倒的時候，許華裳雖然驕縱，但沒啥心機，根本不需要寧妙出手；後來許家倒了，許華裳沒有了依靠，就算想橫也沒那個本事橫啊，自然就學乖了。至於皇后，就算真的心疼自己這個姪女，也不會明目張膽地幫著罪臣之女。

許華裳離開後，寧汐陪寧妙用過晚膳，舒恒就上門來接寧汐回家了。寧妙親自將寧汐送了出去，到門口的時候還調侃了舒恒一句，才讓他們離開。

寧汐兩人沒有坐馬車，而是手牽著手，踏著細碎的月色往府中的方向走去，馬車在身後靜靜地跟著；然而沒想到的是，兩人竟然在半路上遇到了周王夫妻，因為沒有歐陽玲在，寧汐也沒那麼厭惡。

周王看到舒恒夫妻，眼睛跳動著點點興奮的火花，嘴角的笑容帶了分邪氣。他已經迫不及待想和這位連父皇都讚不絕口的人交手了，他想看看，他和舒恒，孰勝孰敗？不過這樣的人才，如果日後能歸順自己，那就再好不過。

舒恒何嘗沒看出來周王看他的眼神中帶著赤裸裸的算計？舒恒眼中閃過一絲諷刺，面上卻恭敬地向周王打了聲招呼。

周王露出一個清風明月般的笑容，輕聲和兩人打了招呼。

這是寧汐在歐陽玲婚後第一次見到周王，明明是和以前相似的笑容，可現在的周王給她的感覺卻和以前非常不一樣，如果說以前的周王讓她覺得像閒雲野鶴的書生，那麼現在的周王則更像是滿懷野心的弄權者。

寧汐看到眼前的周王，不由得皺了皺眉，直覺這個才是真正的周王，但這樣的周王讓她感到很不舒服。

周王將目光放在寧汐身上。對於這個表妹他還真沒什麼太深刻的印象，也不知是哪點好，竟然能入舒恒的眼，還讓舒恒當寶貝似地寵著，這也是周王最看不起舒恒的一點，大丈夫只要仕途好了，何患無妻？竟然將一個小女子當心肝寶貝，即使對方是身分高貴的郡主，這樣做也著實窩囊了些。

感覺到周王打量的目光，寧汐忍不住將身子藏在了舒恒身後。

舒恒也感覺到周王目光中的不善，眼中不禁露出了危險的光芒。

周王很快就將目光收了回去，舒恒這才斂起自己身上的戾氣。

聽到車中周王妃的呼喊，周王向舒恒點了點頭後才坐回車上。

等周王府的車馬過去後，寧汐忍不住捏了捏舒恒的手。「周王似乎和以前不同了，他——」

寧汐的話被舒恒打斷了，舒恒衝寧汐露出了一個安撫的笑容。「別多想，不是都說好了，朝堂的事交給妳夫君，妳乖乖在家裡待產就好。」

寧汐點了點頭。

寧汐沒想到事情會來得那麼快，剛入夏，一個消息就傳遍了京城——江北反了。前四駙馬打著「征伐當今，扶持正統」的口號，在江北擁兵起義。

當舒恒將此事講給寧汐聽的時候，寧汐忍不住笑出聲。扶持正統？如果當今聖上都不是正統了，那誰是？前四駙馬嗎？而且前四駙馬口口聲聲喊著前四皇子才是先皇心中的皇位繼承人，可是前四皇子已經死了，也沒有留下後人，前四駙馬口中的正統早已不復存在，如今打著這個口號造反，只會讓人笑話。

不過雖然這口號打得不夠漂亮，贏不了人心，但造反的事實擺在那兒，皇上不可能不急，派誰出兵，就成了皇上最焦慮的事。如果李煜在，他肯定會二話不說地選擇李煜，姑且不說李煜是他最信任的人，而是李煜立下了軍功，對他日後繼承皇位非常有利，可偏偏這個節骨眼兒李煜不在，還是被自己派去江南。皇上一直認為謠言是在江南那邊傳出來的，那麼前四駙馬的據點就應該在江南，沒想到這竟是對方用的障眼法。

如今李煜不在，皇上能選的人不多，其中舒恒的才幹是最好的，可是舒恒曾經去過江北，皇上很難不懷疑他沒和前四駙馬的人接觸過，而且以舒恒的能力來看，居然沒有發現江北的異狀，這一點也頗讓他懷疑。

對此，舒恒也很無奈。前世四駙馬明明是在江南起兵的，根本沒想過江北也有四駙馬的人，他一直以為這一世也會這樣，怎麼會想到這一世竟然和上世不同了。因為皇上對舒恒的懷疑，在這最緊急的情況下，舒恒反而清閒下來，每日早早回家陪著寧汐。

寧汐躺在舒恒腿上，舒恒輕聲地講著故事，哄寧汐入睡，可寧汐的思慮卻早就飄遠了。最近，舒恒回家的時辰越發得早，剛開始她還會欣喜，可漸漸地她也察覺出了不對勁。前四駙馬造反，在兵部任職的舒恒怎麼可能會這麼清閒？除非，皇上不願意他碰這件事。想起太后之前對舒恒的疑心，寧汐何嘗不明白，除了太后，她的皇帝舅舅也不信任自己的夫君，這個認知讓她痛心，可是除了痛心，其他的她什麼也做不了。

寧汐看著舒恒雲淡風輕的臉，他陪著她的時候總是一副愉悅的模樣，可是寧汐仍然看出了舒恒眼底的焦慮和擔憂。

當年舒父可以說是死在前四皇子手中，現在舒恒定然想將前四駙馬斬於馬下，不僅報了殺父之仇，也能洗刷皇上對舒家的懷疑，偏偏皇上卻在這個節骨眼上不任用舒恒。

驀地，寧汐伸手撫上舒恒的臉頰。

舒恒的聲音戛然而止，右手覆上寧汐的手，輕笑道：「怎麼了？不喜歡這個故事嗎？」

寧汐搖了搖頭，雙眼平靜地望著舒恒，輕聲道：「這樣真的好嗎？」任憑皇上猜疑，什麼都不做，只是在家陪著她，這樣真的好嗎？

舒恒聽出寧汐話裡的意思，有些心疼自己這個內心通透的妻子，用臉頰蹭了蹭她的掌心，低聲道：「不喜歡我天天陪著妳嗎？」

「不是不喜歡，只是覺得現在這種情況，你不該只是在家陪著我，比起陪在我身邊，我更希望你能去做自己想做的事。」寧汐雖然很希望懷著孩子的時候舒恒能一直陪在她身邊，但她不是那麼自私的人，她知道有些事如果舒恒現在不做，日後定會覺得遺憾，而她不希望舒恒留下遺憾。

「我現在需要做的事就是陪在妳身邊，和妳一起見證我們孩子的成長。」

「這樣說也不怕別人笑話你窩囊。」寧汐咕噥一句。

舒恒忍不住捏了捏寧汐越發圓潤的臉頰。

翌日，寧汐出了府。

舒恒本來想陪著，可是寧汐說她是去找自己二姊說女人之間的私密，他跟去像個什麼樣？被自己媳婦嫌棄了的舒恒，只好乖乖待在家裡閒得發霉。

然而寧汐沒有去寧妙府上，而是轉身去了皇宮。

皇上剛和首輔商討完江北的形勢就被太后請到了延壽宮，剛走進延壽宮，便看到了寧汐，皇上皺了皺眉，先給太后行了個禮。「不知母后喚兒臣來是有什麼事要吩咐兒臣？」

太后看了眼寧汐，嘆氣道：「不是哀家有事找你，是平樂想見你。」

皇上的眉頭皺得更深了，平樂為何想見他？還沒想清楚，寧汐已經跪了下去。

「外甥女此次來見舅舅，是有一事相稟。」

看到寧汐跪了下去，太后先急了，喝斥道：「肚子裡還懷著孩子呢，怎麼能隨便下跪？傷到孩子怎麼辦？還不給哀家站起來。」

聽到這話，皇上也忙道：「妳現在有孕在身，別動不動就跪下，有事咱站著說。」

寧汐卻沒有依言站起來，而是雙眼直視皇上，滿眼誠懇地說道：「平樂願用自己和肚中孩子的性命向舅舅擔保，夫君他對皇上絕對是一片忠心，絕不會背叛皇室。」

聽到這話，皇上臉色一變，也不勸寧汐起身了，只是冷聲道：「朝堂之事，豈是爾等婦人能隨便議論的。」

「平樂並沒有在議論朝事，平樂只是在向自己的舅舅擔保自己夫君的人格。」

聽到這話，皇上直直地盯著寧汐。「可妳的舅舅和夫君都不是尋常人。」

寧汐的嘴角露出一絲柔美的笑。「可是，他們都是平樂的親人，是平樂信任的人，平樂不願意看到他們之間產生嫌隙。」

皇上深深地看了寧汐一眼。「妳可知稍有不慎，這江山就會易主，妳覺得單憑妳的三言兩語，就能夠打消朕心中的疑慮嗎？」

「如果如此舅舅還不相信夫君，大可將平樂和婆婆接入宮中看管。夫君自小被婆婆教養長大，平樂肚中又懷著他的血脈，他定然不會不顧我們的安危，這樣，舅舅就不必擔心夫君會起其他心思了。」

「胡鬧！」寧汐話音剛落，太后就大聲喝斥了一聲。「皇上豈會做這種小人行徑？看來妳是懷孕懷得整個人都糊塗了，來人，將平樂郡主送回忠毅侯府。」

「外祖母，平樂話還沒說完。」寧汐有些急切地說道。

「還不快把郡主拉走。」太后動了怒氣。

宮人不敢耽擱，忙將寧汐拉了出去，而寧汐顧忌著肚中的孩子，也不敢掙扎得太狠。

等寧汐被拉出去後，太后才抬頭看向皇上，說道：「其實寧汐說得未必沒有道理，舒恒那孩子很孝順，絕對不會不管自己的母親，將他母親請進宮，也是一個方法。」

皇上皺了皺眉，心裡還是有些猶豫。

太后又道：「皇上，你現在沒什麼人能用吧？捨棄舒恒未免太可惜了。」

皇上又何嘗願意在這個關鍵時刻捨棄舒恒？可是疑人不用，舒恒身上有太多疑點，他不得不防。

「如果舒恒他父親知道自己用生命救起來的人這樣懷疑自己的兒子，怕是在地下也難安吧！」太后幽幽地添了一句。

皇上苦笑道：「兒臣竟不知母后如此信任舒恒。」

「哀家從未懷疑過他。」

這句話，讓皇上心中一震。想想自己的兒子、母親，再想想自己，原來懷疑舒恒的人只有自己，這難免讓他心裡感到一陣失落。

「皇上，不是所有人都是當年的四皇子，你何不試著相信一次舒恒？」

聽完太后的話，皇上慢慢走出了延壽宮。他真的可以相信舒恒嗎？

而被太后執意送出宮的寧汐心情也非常不好，剛剛似乎太衝動了些，不知道皇上舅舅會不會因此更厭惡夫君？當寧汐垂著頭走到宮門的時候，發現舒恒正站在宮門前等著她。

寧汐張了張嘴，然後狠狠地掃了一眼跟來的幾個丫鬟。究竟是誰出賣了她？

一眼就看穿寧汐想法的舒恒走到寧汐面前，摸了摸她的頭。「她們只是怕妳出事才通知我的。」

感覺到舒恒的溫柔，寧汐鼻頭一酸，喃喃道：「對不起。」

「為什麼說對不起？」

寧汐懊惱地低著頭。「我騙了你，而且我好像把事情弄得更糟糕了。」

舒恒將寧汐拉進自己懷裡，輕輕撫著她的背。「讓自己的娘子為自己操心，怎麼想，都是我這個當丈夫的錯。」

「哪有。」寧汐忍不住回了一句。

舒恒揉了揉寧汐的頭後，帶她回了府。其實皇上不讓他接觸江北的事，他並沒有寧汐想像得那般失落，畢竟上世皇上也是這樣做的，因此這一世他也做好了被隔絕在外的準備。

舒恒沒想到的是，第二日，皇上竟然將他留在了御書房，與他說起出兵江北之事。當舒恒踏出御書房的時候還在想，難道皇上真的是因為自家娘子而選擇相信自己？皇上是那麼重親情的人嗎？

其實皇上本質上並不是一個疑心的人，只是前四皇子的事給他留下了太大的陰影，他很害怕舒恒會成為第二個前四皇子。昨日太后和寧汐的話讓他清醒了一些，舒恒並不是當年的四弟，在這急著用人之際，他選擇相信舒恒一次；不過皇上還是留了後手的，在舒恒身邊安排了幾名暗衛，一旦舒恒有與前四駙馬聯手的跡象，就立刻擊殺舒恒。

舒恒出征了，臨走之前，寧汐將他的手放在自己的肚子上，輕聲道：「如果回來晚了，孩子就不認你這個爹了。」

舒恒鼻頭有些酸澀，眷戀地撫著寧汐的肚皮，然後將下巴抵著寧汐的頸窩處，緩慢卻堅定地說道：「等我回來。」

寧汐忍住眼角的淚水，笑著送舒恒離去。

舒恒離開後，舒母常過來陪她，和她聊聊孩子的事，偶爾還會親自下廚做些吃食給寧汐用，日子沒有寧汐想像中那般難過。只是寧汐待在深院，江北那邊能傳到她耳邊的消息甚少。偶爾寧妙也會過來看看她，有時候和她講講江北的事，李煜一直沒回來，聽寧妙說，是直接從江南去了江北。

雖然戰火波及不到京城，但隨著越來越多的難民湧入、一批批物資不斷往江北運去，京中的百姓也越發不安，每日都緊閉門扉過日子；兵部更是忙得焦頭爛額，絲毫不敢怠慢江北的戰事。

一晃眼已經到了冬天，剛入冬京城就下了一場大雪。寧汐挺著八個多月大的肚子站在窗邊，看著窗外丫鬟們堆的雪人，想起了在江北的舒恒。這幾個月她不是沒收到過舒恒的家書，只是信上從來都只有四字：安好，勿念。寧汐每次看到那些信都恨不得衝到江北去狠狠咬上舒恒一口。就不能多寫幾個字嗎？知不知道她很擔心？可是寧汐心裡又隱隱猜到，舒恒可能已經忙到連多寫幾個字的時間都沒有了。寧汐幽幽地嘆了口氣，也不知道他現在怎麼樣了？聽寧妙說，江北的局勢基本上已經明朗，這一仗，朝廷定不會輸，也不知寧妙說的是真的，還是只是為了安慰她？寧汐摸了摸肚子，孩子還有一個多月就要出生了，不知舒恒能不能趕回來？

周王府裡。周王還在書房和幕僚商談事情，突然，門被人踹開，歐陽玲匆匆忙忙地走了進來，周王見狀，眼中閃過一絲厭惡，卻強壓下，問道：「有什麼事嗎？」

歐陽玲輕笑了起來。「聽說你要動手了？我父親給你的兵馬也有些時日，我看你一直按兵不動，還以為你真要等到舒恒回京才要動手呢！」

歐陽玲開口就是諷刺。這些日子她被周王關在府中不許出門，心裡憋了不少氣。

周王眯了眯眼。這個歐陽玲不僅愚蠢，還不長記性，看來上次自己說的話她忘得差不多了。「本王記得和妳說過，我的事妳少管，否則本王也不確定會對妳做出什麼事來。」

歐陽玲想起之前周王的模樣，心裡有些發怵，可是轉頭一想，周王現在用的兵馬可是自己父親偷偷送進京城的，她憑什麼就不能管了？於是壯著膽子道：「你要做什麼我不管，但是你得給我留一些人手。」

周王眼神凌厲地打量著歐陽玲。「妳要拿來幹麼？」

歐陽玲冷笑一聲。「我自有用處，你放心，我不會在你動手前亂來的，你把人給我就好。」

周王看了歐陽玲半晌，最後微微點了點頭。

就在大家將目光放在江北戰事上的時候，寧汐卻聽說了一個爆炸性的消息——周王反了。告訴寧汐這個消息的人，竟是歐陽玲。

寧汐冷眼看著深夜時分帶著二十餘個士兵闖進忠毅侯府的歐陽玲，悄悄護住肚子，冷聲道：「妳究竟有什麼意圖？」

歐陽玲看著被忠毅侯府護衛護在身後的寧汐，眼角微微上挑。都說懷孕的女子會變醜，看來還真是，看看那暗黃的皮膚，臉也胖了幾圈，不知道舒恒看到這樣的寧汐還會不會把她當寶貝疼著？

「有什麼意圖？我能有什麼意圖？不過是表嫂妳懷孕了，我這個表妹還沒給妳送過禮，所以這次特意過來給妳送禮罷了。」

聽到這話，寧汐忍不住將自己的肚子往舒青身後藏了藏。上一世她的孩子就是被歐陽玲害死的，這一世，她絕不會重蹈覆轍。

舒青見狀，輕聲在寧汐耳邊安撫道：「別怕，峨蕊姊姊已經去找老夫人了，奴婢們就是拚死也會保護您和您肚中的孩子。」

寧汐咬了咬唇。「妳放心，我還沒這麼窩囊，會被歐陽玲這幾句話嚇破膽，我會保護好我的孩子，妳們也不准死。」

話音剛落，一聲暴喝就在院子中響起。

「歐陽玲，妳這是做什麼？當我這個姨母死了嗎？」說著，舒母就疾步走了進來，先是看了寧汐一眼，見她沒事，鬆了一口氣，然後轉頭狠狠瞪著歐陽玲。

歐陽玲臉上的笑容絲毫未減，看著舒母眼中的焦慮和寧汐小心翼翼的模樣，甚至還有種大笑的衝動。這便是掌控著別人生死的感覺嗎？真好啊！難怪周王迫不及待想推翻自己的父親，坐上那個位置。

這樣想著，歐陽玲笑著走到舒母身邊，仍似以前那般親親熱熱地挽住舒母的手，巧笑道：「姨母別急啊，玲兒這是來給表嫂送禮物呢，這不是怕表嫂不見我，才闖了進來嗎？」

舒母毫不客氣地抽出自己的手臂，冷冷地看著歐陽玲，那種看透一切的眼光似乎能直視歐陽玲的心底，歐陽玲畢竟沒經歷過太多事，見到舒母這凌厲的眼神，心頭忍不住一顫。

看歐陽玲眼裡露了怯，舒母方才冷淡地回道：「老身活了這麼多年，還是頭一次見到這樣的送禮方式，側妃娘娘還真是奇特。側妃娘娘也別再稱呼老身什麼姨母了，老身承受不起，走到今天這步，想必妳早就知道自己真正的身分了吧？」

聽到舒母的話，歐陽玲的神色冷了下來，原來舒母早就知道了。「妳是什麼時候知道的？」

舒母看向歐陽玲，眼裡滿是嘲諷。「最近幾日才知道的，我說自己怎麼養了個白眼狼？原來本就不是自家的。」

寧汐聞言抿了抿嘴。聽舒恒說過，舒母早就知道歐陽玲的身分，為什麼現在要說謊？難道是為了不激怒歐陽玲？這種情況下，舒母也沒把握對付歐陽玲吧？畢竟那些士兵和府中的護院不同，是真真切切上過戰場的。

歐陽玲冷笑一聲。「難道妳不應該慶幸自己養了個貴女出來嗎？」

寧汐聞言，嘴角勾起一絲嘲諷的笑意。歐陽玲算是個什麼貴女？跳梁小丑罷了。

在場的人心裡都這樣想著，卻沒人明白指出，畢竟現在激怒歐陽玲不是明智的選擇。

「我自問忠毅侯府對妳不差，如果妳還有點良心的話，就給我回妳的周王府去。」舒母開口道。

聞言，歐陽玲猖狂地笑了起來，越笑越大聲。「你們待我不差？你們待我不差？那舒恒是怎樣待我的？妳這個好兒媳又是怎樣待我的？舒恒他無視我的真心，將我的情意踩在腳下，肆意踐踏我的愛情，還強把我嫁給周王做小。我做錯了什麼？不就是愛上了自己的表哥，卻沒有一個郡主的身分嗎？妳兒子這般欺我，妳還說對我不差？」

寧汐看著有些癲狂的歐陽玲，心裡生出些許害怕。這樣瘋狂的歐陽玲，真的不知待會兒會做出什麼事來？

舒母見狀也皺緊了眉頭，靜靜退到護院身後，站在寧汐身前擋住寧汐。

等歐陽玲笑夠了便看向寧汐，見寧汐此時被眾人齊齊護在身後，心裡更是惱怒不已，同時也更加確定，寧汐肚中的那個孩子，忠毅侯府的人寶貝得很。她現在已經迫不及待想看到寧汐沒能保護好自己肚中胎兒的模樣了，歐陽玲緩緩抬起右手，揚了揚。「動手。」

士兵們聽到命令後馬上持刀衝向寧汐的方向，一時之間，長青堂裡只剩刀光劍影和濃重的血腥味。

寧汐有些受不了，嘔吐起來，舒母輕輕地為寧汐撫著背，舒青和曬青則護在寧汐和舒母身旁。

突然，一道寒光閃過，下一刻一柄大刀向寧汐直劈來，寧汐驀地睜大眼睛，後退幾步。說時遲、那時快，舒青一個閃身擋在了寧汐身前，用肩膀生生替寧汐接了這一刀，然後一個抬腿，將對方踢到了遠處。

歐陽玲見狀，冷笑一聲，大喊道：「忠毅侯夫人我要活口，其他人都給我殺了。」

「語氣挺大的嘛，側妃娘娘，也不怕閃了舌頭啊？」

一道戲謔的聲音在歐陽玲身後響起，然後便是整齊的步伐聲。

舒母看到來人，嘴角微微勾起。來得挺快的嘛！

寧汐眼睛驀地睜大，結結巴巴地喊了聲。「二……二姊姊?!」她沒眼花吧？不然她怎麼看到自己二姊姊穿著一身勁裝走來，身後還跟著一支身著盔甲的侍衛？

舒母輕輕握住寧汐的手，露出安撫的笑容，解釋道：「是我吩咐一個會武的小廝去賢王府請賢王妃過來，賢王府的護衛都是錦衣衛出身，有他們在，我們不會有事的。」

寧汐的神色放鬆了些，心裡對舒母更是感激。幸好舒母在這種情況下還能做出冷靜的判斷，否則今日她們怕是很難逃脫。

歐陽玲看到寧妙後毫不掩飾自己的訝異。「妳怎麼在這兒？」

寧妙和歐陽玲同為皇家媳婦，自然是碰過面的，雖然歐陽玲並不瞭解寧妙，但出於對寧汐的厭惡，她對寧妙也從沒有過好感。當然，寧妙也不喜歡歐陽玲，寧妙是個多聰明的人啊，怎麼可能看不出歐陽玲眼中的厭惡？只是出於自己正妃的身分，不屑和一介側妃計較罷了。

聞言，寧妙挑了挑眉。「看到我很驚訝嗎？還是妳覺得妳那個王爺相公應該早已派人把賢王府包圍了，本妃根本出不來，是嗎？」

歐陽玲愣了愣，難道不是嗎？

寧妙臉上露出一個遺憾的表情。「可惜吶，妳家王爺大概覺得賢王府只剩一些婦孺，對他構不成威脅，派遣的那點兵力連賢王府的護衛都對付不了，本王妃想出來，還不是輕而易舉的事？」寧妙嘴上說得這般雲淡風輕，心裡卻忍不住罵周王混蛋，竟然派兵將賢王府團團圍住，如果不是舒母派來的那個小廝會武，再加上李煜事前告知了她通往府外的暗道，否則她根本無法及時趕來。

歐陽玲怎麼會想到寧妙是騙她的，聽到寧妙這樣說，心裡直埋怨周王無能，然後暗暗打量著寧妙帶來的人馬，計算著和寧妙硬碰硬贏的機會有多大。

寧妙見歐陽玲左右張望的模樣，哪裡猜不到歐陽玲的想法？她今日可是被周王惹得一肚子氣，現在不能對周王做什麼，但拿歐陽玲解解氣也是好的。什麼君子報仇，十年不晚，不好意思，她是女子，還是心眼特別小的女子。

寧妙嘴角一勾，對寧汐道：「既然側妃娘娘來忠毅侯府作客，我們就好好招待一番，免得說我們寧家的女兒不懂待客之禮。」說完，寧妙揚了揚手，她身後的護衛立刻將歐陽玲和其帶來的士兵團團圍住。

形式瞬間逆轉，歐陽玲皺緊了眉頭，大聲對士兵喝斥道：「還愣著幹麼？將他們通通給我拿下！不對，是殺了，把他們通通給我殺了！」

士兵們面面相覷，最後還是衝了上去，一時之間雙方纏鬥起來。

沒過多久，突然聽到了歐陽玲的一聲尖叫，寧汐等人看向聲音的源頭，只見歐陽玲緊緊地捂住脖子，可是刺眼的鮮血還是汩汩地往外冒，瞬間染紅了她的脖頸。

歐陽玲難以置信地看著她的侍女春華，而春華手裡正拿著一支銀簪，雙眼狠狠地盯著歐陽玲，銀簪上還沾著滾燙的熱血。

因為之前三人的注意力都放在寧汐的肚子上，所以沒人知道歐陽玲這邊到底是怎麼發生的？

「賤人，妳……」歐陽玲似乎失去了力氣，跪坐在地上，雙眼死死地盯著春華，連話都說不完全。

春華俯身看著歐陽玲，忽地哈哈大笑起來，笑著笑著眼淚就流了下來。她本來以為只要自己再忍耐一陣子就可以等到解脫的那一天，可是歐陽玲卻不肯放過她，不僅不讓哥哥贖走她，還不准她再與自己的哥哥見面；既然她注定要入地獄，那她自然要拖歐陽玲一起。

看春華笑得越發癲狂，歐陽玲越來越害怕。她還沒當上皇后，她還沒有看到舒恒和寧汐死去，她怎麼能死？她不能死。或許是因為對死亡的害怕，歐陽玲不知是哪來的力氣，朝舒母的方向爬去。「姨母救我，我錯了……姨母，救救我……」

歐陽玲身上的血腥味太重，她稍微靠近一點，寧汐就忍不住吐了起來，而舒母忙著安撫寧汐，哪有時間去管歐陽玲。

春華看著歐陽玲這副模樣，心裡別提多高興了，原來心狠手辣的歐陽玲面對死亡的時候也會害怕啊！春華上前兩步，蹲下身拉起歐陽玲的衣領，冷冷地笑了起來。

歐陽玲忍不住抖了抖，滿臉驚恐地盯著春華。「別殺我、別殺我，你們還不快救——」話還沒說完，尖銳的銀簪已經刺進了歐陽玲的胸膛，歐陽玲甚至還來不及說完嘴裡的話。

春華看著歐陽玲那充滿驚恐的眼睛完全失去生氣，這才吃吃地笑了起來。那個經常折磨她的惡魔終於死了，她終於解脫了，終於可以回家了……下一刻，春華卻將手中的銀簪刺向了自己的胸膛，嘴角含笑。

因為歐陽玲已經死了，她帶過來的士兵自然也群龍無首，很快地就被賢王府的護衛全部拿下。

寧妙厭惡地叫人把屋裡的屍體抬出去，但是對待春華時多了些憐憫，吩咐道：「送她回家吧，給她家人一筆錢，好好安葬。」

見這場風波終於收了場，寧汐心裡總算放鬆下來，可她一放鬆就察覺到自己肚子的不對勁，寧汐皺了皺眉，輕輕抱住自己的肚子。孩子啊，你等不及要提前出來了嗎？

舒母最先發現了寧汐的不對勁，忙叫人扶寧汐前去早就準備好的產室，接著又是吩咐請產婆、又是燒水等一通忙碌。

寧妙之前見過許華裳小產的模樣，心裡本就留有陰影，偏偏現在寧汐生產又是因為受了驚嚇的原因，因此心裡也是急得不行。

忠毅侯府裡正亂，皇宮裡也沒好到哪裡去。周王帶著前四駙馬給的兵馬直接闖到了乾清宮的宮門前。

錦衣衛護著宮門口，不讓周王再前進一步，而被錦衣衛緊緊護在宮內的皇上卻慢慢走了出來，不顧宮人的阻攔，走到了最前面，看著周王，看著這個長相及性子都不似自己，卻是自己第一個孩子的人。到底是從什麼時候開始，當年那個天真的孩子竟變了性子？

「周王，你可知你在做什麼？」皇上沈聲道。

周王看向自己的父皇，嘴角輕輕勾起。「兒臣是來盡孝的，父皇您年紀大了，兒臣實在不忍看您再因朝堂之事受累，這種辛苦活交給兒臣這樣的年輕人就好了。」

「所以你就和前四駙馬合作，妄圖推翻朝綱嗎？」

聽到皇上的厲聲質問，周王收起了笑容。「這話說得就不好聽了。父皇，咱們才是一家人，我自然是向著您的，只要您把您的位置讓給我，我馬上派人前去剿滅逆賊。」

聞言，皇上笑了起來，嘴角滿是嘲諷。「你以為前四駙馬會那麼容易相信你？你防著他，他又何嘗不會防著你？你確信等你坐上這個位置後，不會被他反咬一口？」

周王看著皇上嘲諷的笑容，臉色越發冷漠。這就是他的父親，一個從未正視過他的父親，他的這個父親眼裡、心裡只有李煜，從來都沒有他。「這事父皇就不必擔心了，只要您肯讓出位置，兒臣自有方法對付他們。」

「哦？看來你今日是下定決心要謀朝篡位了。」

「自然。父皇您以後安心頤養天年便好，這天下，兒臣會為您好好打理的。」周王滿臉自信地回道。他從宮門口一路闖到這乾清宮，根本沒折多少人，看來這皇宮裡的守衛好日子過久了，連仗都不會打了，不過這也讓他方便了不少；只是，等他登上皇位後，定要將宮中的守衛全換了。

皇上看到周王一副勝券在握的模樣，心裡嘆了一口氣。周王的才略和心智終究輸了李煜一大截，如果今日是李煜站在他面前，此時絕不會露出自負的表情，反而會越發小心謹慎。

皇上搖了搖頭，沈聲道：「癡人說夢。」

話音剛落，幾隊人馬就從周王身後的宮門湧了進來，人數是周王兵馬的幾倍，而且很明顯，這些都不是周王的人。

周王見狀，驀地睜大眼睛。怎麼會這樣？這和他調查的情況不一樣啊！他明明得到消息，說宮中的護衛數量不如他今日所帶的兵馬數量啊！這多出來的人是怎麼一回事？

皇上看著周王詫異的模樣，嘴角滿意地揚了起來。「如果朕手上的籌碼能那麼容易被人調查到，朕這皇帝也不必做了。從你娶歐陽玲那刻開始，朕就已在防備你了，你今日會輸，全是因為你太自以為是了。孩子啊，這世上聰明的人太多，你真以為能掌控一切嗎？」

聽到這話，周王紅著眼睛看向皇上。「那你又憑什麼能掌控一切？你也不過是個人。」

「因為朕是皇上，是天下百姓的皇上，而你，不過是朕眾多兒子中的一個，哪怕你是長子，你也只是朕的其中一個兒子而已。」

皇上的這句話成功地激怒了周王，周王舉起手中的劍，猛然向皇上砍去。

皇上不躲不藏，就站在那兒等著周王撲過來，只是周王還來不及靠近皇上，就被錦衣衛給擋下了。

「看到了嗎？這就是你和朕的不同。」說完，皇上不再看周王一眼，緩緩走了進去。

「動手吧，留他一條性命。」

周王卻像發了瘋似地大喊。「不，我和他們不一樣！我是長子，我才是皇位繼承人！他們憑什麼和我比……」

乾清宮的門緩緩關上，將周王的悲憤與仇恨隔絕在門外。

周王被抓，似乎本就是意料中的事。一個國家哪是那麼容易就能被顛覆的？他醞釀了這麼久的一場戰事，在皇上眼中卻只是一場鬧劇；也因周王被抓，分布在京城各處的周王兵馬自然皆被錦衣衛清理乾淨。

周王被抓之後叫囂著要見皇上，皇上卻沒再理會。周王所犯的事本就是死罪，皇上對他也不再抱任何希望了，見與不見又有什麼差別呢？對於帝王來說，只要是威脅到自己江山的人，即使是自己的親生兒子，也只剩死路一條。可是皇上驀地想起安然宮的那位，沈思片刻，還是吩咐宮人去告知雲娘關於周王之事，還吩咐宮人，如果雲娘要來見他，誰都不准阻攔。

可是皇上還是沒能等來雲娘，只等來了她的幾句話——

「周王自小就是宮中嬤嬤和皇上帶大，我這個生母未曾出過一分力，如今我又有什麼資格為周王求情？只是周王如今做出這等大逆不道之事，也有我未能盡到母親之責的原因，還請皇上能多憐憫周王一分，酌情處理此事。」

皇上甚至能想像得到雲娘說這話的時候，定是一臉雲淡風輕的模樣，皇上在心裡嘆了一口氣，她連求情都不願親自來，就這般不待見自己的孩子嗎？怎麼說那也是她懷胎十月生下的孩子，她為何就這般不放在心上？這樣想著，皇上心裡對周王反而心軟了幾分。那個孩子從小就沒有母親，他也不曾好好教養過，如今會變成這樣，並不全是那個孩子的錯。因皇上最後一刻的心軟，周王最後被終身幽禁在周王府，府中所有人不得出入。

雲娘得知這個結果後，嘴角勾了起來，哪怕她在安然宮監禁了這麼多年，皇上的性子，她還是能猜到一二的。

此時忠毅侯府裡的一群人正忙得團團轉。寧汐進產房已經多時，產道卻還沒有打開，雖然產婆說寧汐這是頭胎，又是早產，自然會難熬一些；舒母畢竟是生過孩子的人，還算鎮定，可寧妙沒生養過，心裡還是焦慮得很。

因一會兒生孩子會消耗大量力氣，廚房先備好了雞湯給寧汐食用，可是寧汐此時肚子疼得厲害，根本沒心思用東西。可這怎麼行，舒母不得不親自上陣，哄道：「好孩子，先把雞湯喝了，一會兒生孩子還得多費力氣呢！」

「我……啊！」又是一陣陣痛，寧汐揪緊了被子。她現在痛得連話都說不完整，哪還有心思吃東西？

「孩子，為娘知道妳難受，可妳現在不吃東西，一會兒根本沒有力氣生下孩子，到時妳和孩子都會有危險。說句不好聽的，孩子可能因為妳失去力氣而胎死腹中，難道妳忍心看到這種情況？想想少桓，他還在江北，難道妳忍心讓他在戰場上得知妳難產的消息嗎？」

或許是舒母的這番話起了作用，寧汐突然清醒過來，咬著唇，用力道：「把雞湯……端給我。」

舒母心裡終於鬆了一口氣。能吃得下東西就好，現在兒子不在，她不能讓兒媳出事。

等寧汐喝下雞湯後不久，產道慢慢打開了，舒母想著寧妙怎麼說都是身分高貴的王妃，待在產房這種污穢之地，說出去不好，就請寧妙先出了產房。

寧妙沒有舒母這種想法，只是怕自己什麼都不懂，留在產房反而會給大家添亂，便同意了。走之前，聽到產婆問舒母，如果生產過程中出了事，保小孩還是保大人？聽到這話，寧妙沒有搶著開口。她知道以她的地位，就算她越俎代庖替舒母回答保寧汐，舒母也不敢置喙，可是她沒有開口，只因她想聽聽寧汐這個婆婆會怎樣回答？

「保大人。」未曾有絲毫的猶豫，舒母答道。

聽到這話，寧妙的嘴角放鬆了下來。這的確是位值得敬重的長輩。

寧妙離開產房後，一直等在外面，寧汐的每一聲痛呼都讓她緊張不已，直到天空見白，終於聽到一聲嬰兒的啼哭，寧妙的心才放了下來，這也才發現手心都是汗。

從舒母那兒得知母子平安後，寧妙甚至連孩子都來不及看一眼就匆匆回了賢王府，畢竟賢王府才被周王的兵馬圍了一晚，現在估計亂得很，她必須趕回去主持大局。

等寧汐醒來的時候已經是晚上了，她被移出了產房回到自己的院落。

峨蕊見她醒了，忙叫人給寧汐端食物過來。

「孩子呢？」寧汐張口問道，這才發現自己的聲音完全啞了。

峨蕊安慰道：「小少爺讓奶娘帶去餵奶了，一會兒奶娘就給您抱過來，您先吃點東西吧！」

寧汐點了點頭，先吃了一點清粥。因為心裡掛念著孩子，只匆匆吃了幾口，然後滿眼渴望地望著峨蕊。

峨蕊知道見不到孩子寧汐便不會好好用飯，於是笑道：「奴婢這就去請奶娘過來。」

很快地，奶娘就抱著孩子過來了，一同來的還有舒母，舒母接過孩子放到寧汐懷裡。

寧汐低頭看去，心裡湧出一陣喜悅。這便是她和舒恒的孩子嗎？看了許久，寧汐才小聲問道：「這個孩子會不會太小了？」寧汐之前見過茗眉生的孩子，所以她才會覺得自己的兒子長得小了一些。

舒母輕笑道：「因為是早產兒，是比尋常孩子小了些，不過太醫看過了，說是個健康的孩子，我們以後仔細養著就是。」

寧汐點了點頭，又仔細瞧了瞧孩子的五官，總覺得不太像自己，問道：「母親，您覺得他像誰呢？」

舒母笑了起來。「眉眼間瞧著挺像少桓小時候，不過這鼻子看著像妳。」

聞言，寧汐又仔細地看了半晌，還是沒看出來哪裡像她了。

舒母怕寧汐太過費神，傷了身子，便把孩子抱了回去，道：「這一個月妳可得好好休息，孩子先放我那兒養著，等妳身子恢復了，我就把孩子送回來。」

寧汐不覺得舒母會和自己搶孩子，她剛經歷生產，身子是弱了些，現在她也照顧不了孩子，便點了點頭，謝過舒母。

或許是真的累了，舒母走後不久，寧汐就躺下休息。入睡前，寧汐還想著，舒恒若再不回來，孩子就真的不認識他這個爹了……

這一等就是三個月，在這三個月裡，前四駙馬等餘孽皆死在了戰場上，江北情勢漸漸穩定下來，而舒恒和李煜終於能回京城了。舒恒走時是春天，回到家時卻已是冬末。

寧汐早在舒恒寄回來的家書中得知舒恒的歸期，所以她特意在他回來這天好好收拾了一下自己；不過在看到自己腰上的贅肉時，還是忍不住嘆了一口氣。這肉什麼時候才能消下去啊？收拾好自己後，寧汐又去折騰自家的小兒子。

因為舒恒沒回來，孩子還沒有大名，寧汐給他取了個小名，叫阿拙。舒母和寧汐養得仔細，所以阿拙現在看起來白白胖胖的，和其他小孩沒多大區別，甚至丫鬟們還說，阿拙長得比別家小孩都好看，寧汐只當是丫鬟們對阿拙的偏愛了。

寧汐將小阿拙抱起來，發現這小子又重了些，不由得笑著輕輕拍了拍兒子的屁股，都快成小胖子了。寧汐給阿拙穿了件大紅色的小襖，頭上戴了頂金絲花紋的小花帽，看起來可喜慶了。

用過膳後，寧汐將小阿拙放在正廳的榻上。小阿拙被自己娘親放下後，開始在榻上努力地翻身，可惜小阿拙現在力氣還不夠，總是翻不過去，逗得一旁的寧汐哈哈大笑。

舒恒剛走進院子就看到在廳裡逗弄著兒子的寧汐，他停下腳步，一向冷情的他眼角竟然有些濕潤。這一幕，他期待了多久？花費了兩世的時間，他終於看到了。

或許是感覺到舒恒的氣息，寧汐驀地回過頭去，看到站在屋外的舒恒，她嘴角的笑意更甚，一雙眼睛含情脈脈地望著他。「歡迎回家。」

——全書完

番外

自從阿拙出生後，寧妙就常來看阿拙，剛開始寧汐以為寧妙是喜歡小孩，可是，最近她才發現自己的認知似乎出了一個字的偏差，寧妙根本不是喜歡小孩，而是喜歡「玩」小孩。

看著寧妙拿著一塊桂花糕把阿拙當小狗一樣逗得到處爬，寧汐嘆了口氣，把自己那個看到食物就沒骨氣的傻兒子抱進懷裡。

寧妙見寧汐把阿拙抱走，知道自己沒得玩了，不禁撇了撇嘴，在阿拙滿眼期待的目光中將手上的桂花糕塞進了自己嘴裡。

見寧妙把糕點塞進嘴裡，這下阿拙不依了，嘴巴一癟，眼看著就要落淚。

寧汐忙從身邊再拿起一塊桂花糕遞到阿拙的手裡，安撫好兒子，無奈地看向寧妙。「妳能不能有點孕婦的樣子？別的孕婦懷著孩子的時候恨不得連走路都讓人代勞，妳倒好，三天兩頭就往我這兒跑。」看寧妙毫不在意地咂嘴，寧汐揚了揚眉。「你們夫妻最近往我們這忠毅侯府跑得似乎太勤了些吧？」

寧妙淡淡地看了眼寧汐。「難道妳不歡迎我嗎？」

「怎麼會。」寧汐露出一個略帶諂媚的笑容，將阿拙交給峨蕊後，靠近寧妙，小聲道：「欸，妳和賢王究竟是怎麼回事啊？最近你倆這一跑一追的戲碼我都看膩了。」

說起這事，寧妙眼中閃過一絲惱意，不過寧妙並不打算把她和李煜之間的事告訴寧汐，讓寧汐拿她打趣，於是站起身來拍了拍衣袖，說了句「我走了」，毫不遲疑地踏了出去，留寧汐在身後直跺腳。

剛走出忠毅侯府，寧妙就看到李煜站在門口，眼角不禁抽了抽。這廝不是被皇上召進宮了嗎？怎麼會出現在這兒？

「王妃，本王不是說過，本王不在府裡的時候妳別一個人亂跑嗎？」

李煜嘴角帶著春風般的笑容，但寧妙心裡卻打了個突，這廝絕對生氣了。寧妙忙上前挽住李煜的手，兩隻眼睛亮晶晶地望著他，軟軟地問道：「王爺怎麼過來了？」

李煜似笑非笑地看著寧妙道：「最近王妃妳總是喜歡亂跑，本王不放心，才盡快出了宮。」頓了頓，李煜接著道：「本王沒有回府，直接來了少桓府上，結果王妃果然在這裡。王妃的心思還真好猜啊，下次咱換個地方可好？」

聽到這話，寧妙恨不得衝上去咬李煜兩口，這廝就是典型的得了便宜還賣乖。雖然寧妙心裡恨得牙癢癢的，面上卻露出委屈的神色。「還不是因為您經常不在府中，我一個人在府裡待著無聊，這才想著來找三妹妹聊聊天。」

聽到這話，李煜揚了揚眉。他剛剛似乎聽到了磨牙的聲音，怕是這隻小狐狸早在心裡罵了自己不知多少回了，不知為何，想到這兒，李煜的嘴角忍不住翹了起來，他拍了拍寧妙的頭，含笑道：「這樣說來是本王的錯了，以後本王一定儘量抽時間多陪陪妳。」

寧妙吞了吞口水。以後如果李煜真的天天都在府裡看著她，這個不許做、那個不許碰，連出個門他都要緊跟著的話，那她還不得被生生憋死？這也是她老愛往外跑的原因。自己不過是懷了孩子，怎地弄得跟重症病人一樣？

兩人回到王府的時候，正是用午膳的時間，李煜坐到寧妙身邊，很熟練地給她挾菜加飯，甚至還不厭其煩地將魚肉裡的刺挑乾淨了才挾進寧妙碗中。

寧妙在一旁笑得溫婉，看著碗裡的魚肉，心裡卻磣得慌。

自從自己懷孕後，李煜似乎找到了一個新樂趣，就是陪她吃飯，而且幾乎頓頓不落。十幾天前，寧妙故意刁難李煜，讓李煜給自己挑魚刺，她以為李煜定會拒絕，不想李煜不僅沒有拒絕，還一副樂在其中的模樣，替寧妙挑完了所有魚刺，只是，此後寧妙的飯桌上連著十幾天都有魚。一個普通人連吃十幾天同樣的東西都想吐了，更何況她還是個孕婦？寧妙十分確定，李煜就是在報復她。

「王爺，母后喚您進宮所為何事啊？」寧妙恨恨地戳了戳碗裡的魚肉，故意轉了話題。

李煜停下手上的動作，饒有興趣地看著寧妙。「妳真想知道？」

寧妙點了點頭。只要不讓她吃魚，什麼都好說。

「母后說，王府裡人口太少了，想抬側妃進府。」李煜說完，直直地盯著寧妙的臉，似乎不想錯過她臉上的每一絲變化。

聞言，寧妙愣了愣。她不是沒想過會有新人進府，只是沒想到皇后會在這個節骨眼兒提出這件事，如果新入府的側妃身分高貴，且有心計，她現在懷著身子又不宜操勞，怕是不好掌控啊！

見寧妙眼中閃過一絲緊張，李煜心裡越發地愉悅，甚至忍不住笑出聲來，俯下身在寧妙的嘴唇上輕啄了一下，輕聲道：「放心，我已經拒絕母后，日後這府裡除了許華裳外，就只有妳我兩人和我們的孩子，再不會有他人。」

寧妙眼中閃過一絲疑惑。李煜為什麼突然這麼高興？他是不是搞錯什麼了？不過不管了，反正於她而言沒什麼損失。寧妙神遊了一會兒，等回過神來時，一塊魚肉已經遞到了她的面前，抬頭看到李煜臉上溫柔的笑容，寧妙心一橫、眼一閉，張開嘴將魚肉吃了下去。

看寧妙視死如歸的樣子，李煜眼角的笑意更甚。

李煜本在女色上就沒多大興趣，對他而言，娶妻生子不過是在這個年齡該做的事而已，但他沒想到自己娶到的女子竟這般有趣。他第一次見到寧妙這樣的女子，喜歡裝溫柔卻從不會讓自己吃虧，喜歡裝傻卻又愛在暗地裡和他作對，有時候又毫不介意露出自己身為女子任性的一面。寧妙很會掌握尺度，雖然會衝他露出利爪，但又不會觸碰他的底線；而他也發現，每當自己挖掘出寧妙更深層的一面時，心裡就會多一分成就感。他不知道什麼是愛情，但他覺得自己就這樣和寧妙過一輩子也不錯。

寧妙第一胎生了個女兒，大名叫李慕歡，小名叫歡歡。自從歡歡出生後，李煜就將自己的目光放在了歡歡身上，歡歡的事李煜幾乎全部包辦了，這讓寧妙變得悠閒起來。閒下來的寧妙才發現自己無聊得很，偶爾捉弄一下李煜，李煜也根本不理她，只顧著逗弄剛會吐泡泡的歡歡。

不只是李煜，寧妙發現自己身邊的丫鬟、嬤嬤們也都將心思放在了歡歡身上，於是寧妙陰鬱了，過這樣平靜的日子還不如李煜再納幾房側妃進來，讓她折騰折騰。或許是寧妙心裡壓抑得太久了，一時不慎，竟將心裡的話洩漏給了吳嬤嬤。

吳嬤嬤聽到寧妙這話，震驚地盯著寧妙，那眼神怎麼看都是在看傻子。寧妙抿了抿嘴，不知該如何解釋。

於是，害怕自家主子真的因為生孩子而變傻了的吳嬤嬤，毫不猶豫地將此事告訴了李煜。

當晚，李煜將寧妙翻來覆去地折騰得夠後才放開她，此時寧妙已經累得連手指都懶得動了，甚至沒空去想李煜今日怎麼突然化身為狼了？雖然他以前也沒好到哪兒去。

「水……」半晌，寧妙用手碰了碰李煜。

生理需求得到滿足的某人很好說話地起身給寧妙倒了杯水。

接過水，寧妙一口全灌了下去，害怕寧妙喝得太急嗆到，李煜還伸手輕輕拍著寧妙的後背。等寧妙喝完後，李煜也沒離開，而是一邊拍著寧妙的背脊，一邊溫柔地問道：「聽說王妃想讓本王納側室，不知這事是真是假？」

明明是溫潤如玉的嗓音，聽到寧妙耳裡卻如同惡魔的聲音。察覺到李煜眼中的危險光芒，寧妙訕笑道：「王爺聽誰說的，臣妾怎麼可能有那種想法？能獨占王爺一人，臣妾不知道有多高興呢！」

李煜眯了眯眼睛，收起眼中的光芒，將茶杯放回桌上。「或許是本王弄錯了。」

「肯定是您弄錯了。」不能承認，打死都不能承認，不然她明天一定下不了床。

寧妙自認在才智上不輸李煜，但在體力上卻完全不行，這是寧妙心中最深的痛。

寧妙在床笫間一向乖巧，李煜每次都忍不住多欺負她一二，但也知道分寸，今天是因為心裡氣寧妙不懂他的心才不顧寧妙的求饒，狠狠折騰了她一番；現在看寧妙身上的痕跡，李煜心裡有些心疼，伸手在寧妙腰上輕輕揉了揉，待寧妙窩在他懷裡睡著了，在寧妙額上落下一個輕吻後，才閉上眼睛。

第二日寧妙睡醒後，一邊揉著自己的腰，一邊哀怨地看了眼吳嬤嬤。

吳嬤嬤一副「今日天氣真好」的表情，移開了目光。

中秋節這天，寧妙夫妻兩人帶著歡歡進宮赴宴，開宴時，歡歡賴在李煜懷裡，連皇后都不讓抱，李煜也不在意別人的目光，將歡歡摟在懷裡，親自給歡歡餵水擦嘴，逗歡歡玩。

寧妙對此見怪不怪，淡定地在一旁喝著茶。

其他人就沒寧妙那般淡然對待了。那可是堂堂的王爺，竟然紆尊降貴地照顧一個小奶娃？再瞧寧妙那副悠閒的模樣，在場的貴婦全恨不得絞斷手中的手帕，果然都是別人家的夫君，為什麼她們就遇不到這麼好的男人？在場的貴女更是一副與君相逢恨晚的模樣。

寧妙淡淡地掃了眼。嘖嘖嘖，瞧瞧這一個、兩個哀怨的模樣，好像是她活生生拆散她們和李煜一樣；再看李煜眼神都沒施捨一個給她們，目光全給了懷裡的歡歡，寧妙心裡舒坦了。

感覺到寧妙的目光，李煜轉頭看向她，見寧妙正一臉欣慰地看著自己，不由得一笑。

「怎麼這樣看著本王？」

寧妙搖了搖頭。「就覺得王爺您今日真好看。」

李煜眉一挑。「妳的意思是本王以前不好看？」

寧妙皺了皺鼻。一個大男人竟然爭皮相之好？不過她今天心情好，願意奉承一下李煜。

「沒，您最好看，誰都沒您好看。」

李煜輕笑了起來。「既然在王妃心中本王是最好看的，那王妃別瞧其他男子了，畢竟他們都沒有本王好看，我怕王妃看多了傷眼睛。」

寧妙的眼角抽了抽。果然這廝不能誇，給他一分顏色，他就能開幾十家染坊。

中秋夜宴結束了，不過中秋夜宴的後遺症也隨之而來，只要是李煜會出現的地方，必定會有許多女子不是摔了就是丟了東西，只是李煜從未理會過。

寧妙得知這些事後，不由得咂了咂嘴。沒想到一個有婦之夫還這麼受歡迎，竟然還上趕著來做側室。寧妙自認自己是善解人意的女子，於是為了滿足京中某些對李煜抱有幻想的女子，寧妙特意在賢王府辦了個宴會，只宴請未婚女子。

京中都在傳，這宴會是為了給李煜選側妃，聽到這消息，本就對李煜動了心思的女子們自然是好一番打扮。

李煜對寧妙的這種惡趣味嗤之以鼻，現在天大地大都比不過他家女兒大。

宴會這天，李煜本來是打算留在房中逗弄歡歡的，可是寧妙哪裡允許，把女兒留給吳嬤嬤後，硬拉著李煜去了宴會。

一看到李煜到來，本來還嘰嘰喳喳的貴女們都安靜下來，一個個低垂著頭，臉上露出淡淡的紅暈，眼角偷偷打量著李煜的俊容，好一副嬌羞的模樣。

李煜見狀，一向溫和的臉上難得露出不耐煩的神色。

寧妙摀嘴笑了笑，才巧笑倩兮地對李煜說道：「聽說王爺最近出現的地方，頻頻有貴女出現，王爺不妨瞧瞧，底下可有認識的妹妹？」

聽到這話，坐在下面的女子們心裡是又期盼、又害怕——期盼自己能入賢王的眼，卻害怕自己入了賢王的眼後會被賢王妃惦記。

李煜知道寧妙的意圖，雖然不高興自己又被她當槍使了，但一想到寧妙會這樣做，也是因為在乎他，因此便照著寧妙的想法，冷聲道：「本王一向不喜那些拋頭露面的女子，又怎會去注意她們？如果她們老老實實地待在家中，博了個才女、孝女的好名聲，本王或許會注意一二。」

聽到這話，某些心急地在李煜面前露過臉的女子們暗恨自己沈不住氣，而沒有行動過的女子則是暗暗得意，心裡更是堅定了大門不出、二門不邁的想法。

寧妙聞言一笑。「瞧王爺這話說得，多傷大家的心啊！不過臣妾也不太喜歡那種招搖的女子，大家閨秀還是要在閨房中待著才像樣，老是往外跑、往人身前湊，多掉價啊！」

寧妙說得隨意，有心人還是聽出了話中的敲打。有些膽小的忙收斂了心思，至於某些沒聽出來的人、或是聽出來了卻仍是勇往直前的，則是將心思放在了李煜的話上。

該說的話說完了，寧妙捏了李煜一把，示意其離開。

李煜也沒那個心思留在這兒被當成動物供人觀賞，因此毫不猶豫地轉身走了。

寧妙又陪眾人聊了一會兒，才以身體乏了打發眾人。

之後，李煜出現的地方再看不到什麼鶯鶯燕燕，反而京中的貴女們對琴棋書畫更加用心起來，待自己的父母也更為貼心，只為了博一個好名聲。

可是，等她們都出嫁了，賢王府也沒傳出過納側妃的消息……

此時，她們才知道自己被寧妙給坑了。

——全篇完

文創風
498

冤家勾勾纏 下

國家圖書館出版品預行編目資料

冤家勾勾纏 / 紅葉飄香著. --
初版. -- 臺北市 : 狗屋, 2017.02
冊 ; 公分. --（文創風）
ISBN 978-986-328-695-0（下冊：平裝）. --

857.7 105023767

著作者 紅葉飄香
編輯 黃淑珍
校對 沈毓萍 簡郁珊
發行所 狗屋出版社有限公司
地址 台北市104中山區龍江路71巷15號1樓
電話 02-2776-5889～0
發行字號 局版台業字845號
法律顧問 蕭雄淋律師
總經銷 知遠文化事業有限公司
電話 02-2664-8800
初版 2017年 2月
國際書碼 ISBN-13 978-986-328-695-0

本著作物由北京晉江原創網絡科技有限公司授權出版

定價250元
狗屋劃撥帳號：19001626
網址：love.doghouse.com.tw E-mail：love@doghouse.com.tw